POESIAS

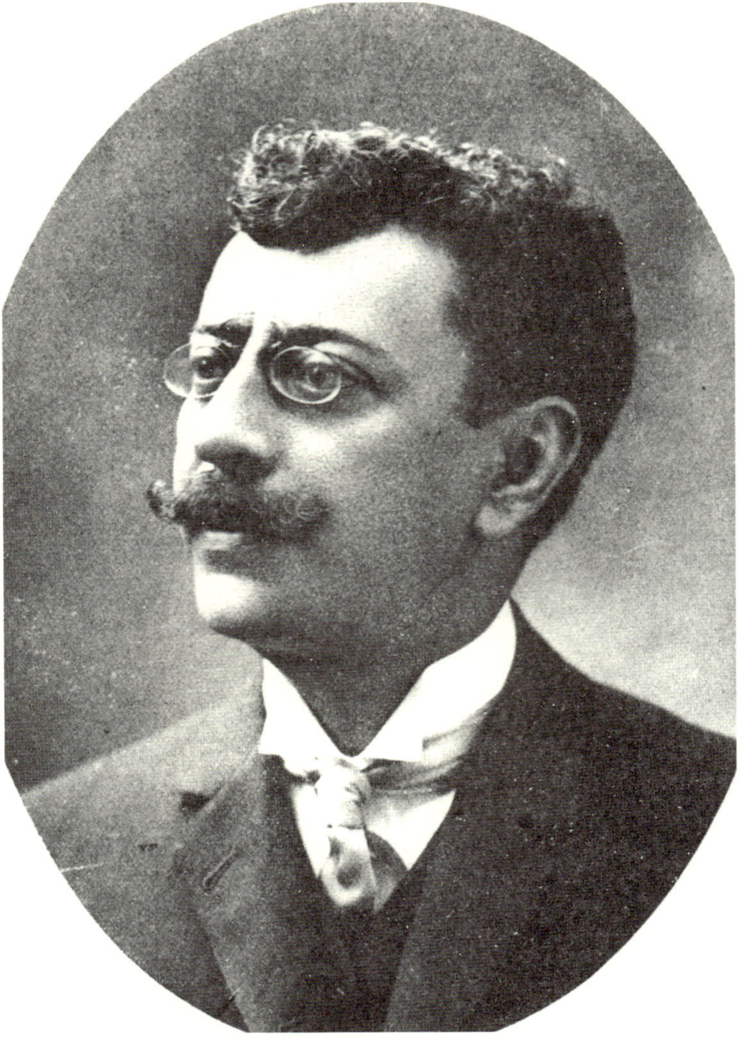

POESIAS

PANÓPLIAS • VIA-LÁCTEA • SARÇAS DE FOGO • ALMA INQUIETA
AS VIAGENS • O CAÇADOR DE ESMERALDAS • TARDE

Olavo Bilac

Introdução, organização e fixação de texto
IVAN TEIXEIRA

Martins Fontes
São Paulo 2001

*Copyright © 1997, Livraria Martins Fontes Editora Ltda.,
São Paulo, para a presente edição.*

1ª edição
junho de 1997
2ª edição
setembro de 2001

Introdução, organização e fixação de texto
IVAN TEIXEIRA

Iconografia
Ivan Teixeira
Preparação do original
Vadim Valentinovitch Nikitin
Revisão gráfica
Teresa Cecília de Oliveira Ramos
Produção gráfica
Geraldo Alves
Paginação/Fotolitos
Studio 3 Desenvolvimento Editorial

**Dados Internacionais de Catalogação na Publicação (CIP)
(Câmara Brasileira do Livro, SP, Brasil)**

Bilac, Olavo, 1865-1918.
  Poesias / Olavo Bilac ; introdução, organização e fixação de texto Ivan Teixeira. – 2ª ed. – São Paulo : Martins Fontes, 2001. –
(Coleção poetas do Brasil)

  ISBN 85-336-1487-X

  1. Poesia brasileira I. Teixeira, Ivan. II. Título. III. Série.

01-4426   CDD-869.91

Índices para catálogo sistemático:
1. Poesias : Literatura brasileira   869.91

Todos os direitos desta edição reservados à
Livraria Martins Fontes Editora Ltda.
*Rua Conselheiro Ramalho, 330/340 01325-000 São Paulo SP Brasil
Tel. (11) 3241.3677 Fax (11) 3105.6867
e-mail: info@martinsfontes.com.br http://www.martinsfontes.com.br*

Coleção "POETAS DO BRASIL"

Vol. IV – Olavo Bilac

Esta coleção tem como finalidade repor ao alcance do leitor as obras dos autores mais representativos da história da poesia brasileira. Tendo como base as edições mais reconhecidas, este trabalho conta com a colaboração de especialistas e pesquisadores no campo da literatura brasileira, a cujo encargo ficam os estudos introdutórios e o acompanhamento das edições, bem como as sugestões de caráter documental e iconográfico.

Ivan Teixeira é doutor em Literatura Brasileira pela Universidade de São Paulo. Leciona no Curso Anglo Vestibulares, de São Paulo. Colabora como crítico e ensaísta na grande imprensa paulistana. Dirige a coleção Clássicos para o Vestibular, da Ateliê Editorial. É autor de *Apresentação de Machado de Assis* (Martins Fontes, 1988). Organizou e prefaciou a edição de diversas obras, dentre as quais se contam *Obras Poéticas de Basílio da Gama* (Editora da Universidade de São Paulo, 1996), *Auto da Barca do Inferno*, de Gil Vicente (Ateliê Editorial, 1996). Participou da criação da série Poetas do Brasil, da Martins Fontes, para a qual organizou o volume *Missal/Broquéis*, de Cruz e Sousa.

Coordenador da coleção: Haquira Osakabe, doutor em Letras pela Unicamp, é professor de Literatura Portuguesa no Departamento de Teoria Literária daquela mesma Universidade.

TÍTULOS PUBLICADOS:

Cruz e Sousa – *Missal/Broquéis.*
Edição preparada por Ivan Teixeira.

Augusto dos Anjos – *Eu e Outras Poesias.*
Edição preparada por A. Arnoni Prado.

Álvares de Azevedo – *Lira dos Vinte Anos.*
Edição preparada por Maria Lúcia dal Farra.

Olavo Bilac – *Poesias.*
Edição preparada por Ivan Teixeira.

José de Anchieta – *Poemas.*
Edição preparada por Eduardo de A. Navarro.

Luiz Gama – *Primeiras Trovas Burlescas.*
Edição preparada por Ligia F. Ferreira.

Gonçalves Dias – *Poesia Indianista.*
Edição preparada por Márcia Lígia Guidin.

Castro Alves – *Espumas Flutuantes & Os Escravos.*
Edição preparada por Luiz Dantas e Pablo Simpson.

Santa Rita Durão – *Caramuru.*
Edição preparada por Ronald Polito.

Gonçalves Dias – *Cantos.*
Edição preparada por Cilaine Alves Cunha.

Diversos – *Poesias da Pacotilha.*
Edição preparada por Mamede Mustafa Jarouche e Ilunga Kabengelê.

INTRODUÇÃO

EM DEFESA DA POESIA
(Bilaquiana)

A Luis Rivera, fino editor

Bilac e os Modernistas

Por sugestão do poeta francês Boileau, ocorreu, no princípio do século XVIII, uma importante polêmica na literatura italiana. O saldo dessa polêmica resume-se numa rigorosa censura contra a poesia do século anterior, cujo maior representante, na Itália, era Giambattista Marino. Criou-se, então, o preceito de que a poesia de Marino, símbolo do que depois viria a se chamar Barroco, confundia-se com o mau gosto. Na perspectiva do poeta, tratava-se apenas de produzir um discurso engenhoso e agudo, fundado em jogos de conceitos, cromatismos, equívocos, antíteses e metáforas imprevistas. Muratori foi o grande sistematizador desse juízo contra a poesia seiscentista, em seu tratado *Della Perfetta Poesia Italiana* (1706). Um pouco antes, esse preceptista participara da fundação da Arcádia Romana, que propunha uma nova diretriz para a poesia de língua italiana. Contrária à poesia seiscentista, a nova orientação fundava-se no enunciado unívoco, na metáfora previsível, na moderação dos ornatos e na verossimilhança, entendida como adequação do texto com as normas do gênero a que pertence. Logo, o juízo negativo de Muratori pode ser entendido como uma forma de legitimar a nova poesia que então se impunha, da qual ele era uma espécie de mentor.

Algo semelhante aconteceu na Espanha, a partir de 1637, quando Ignacio de Luzán editou sua *Poética*, em que se observa o mesmo tipo de acusação contra a poesia de Góngora e o teatro de Lope de Vega. Um pouco mais, e a reação anti-seiscentista atingiria Portugal, mediante o *Verdadeiro Método de Estudar* (1746), de Luís Antônio Verney. Daí em diante, até Camões passou a ser atacado, pela convicção de que fora o criador do discurso engenhoso em Portugal. Na mesma linha, Pe. Antônio Vieira e os poetas da *Fênix Renascida* foram radicalmente desqualificados, sob pretexto de valorizarem processos contrários à "boa razão" iluminista. Enfim, houve um esforço coletivo por atrelar as letras ao intelectualismo da prosa utilitária; o bom poema seria aquele cujo conteúdo pudesse ser traduzido para a prosa.

Com o tempo, a poesia seiscentista foi suplantada pela prática setecentista, mais conhecida como Neoclassicismo, até que este veio a ser superado pela estética romântica. Durante mais de dois séculos, Góngora, um dos maiores poetas da literatura européia, foi sinônimo de ornamentalismo estéril, por força da pregação setecentista, empenhada em impor o próprio padrão de bom gosto. Em 1927, por ocasião do tricentenário da morte do autor de *Soledades*, Dâmaso Alonso e sua geração empenharam-se na reabilitação de Góngora, que, desde então, passou à condição de poeta essencial. Eis aí, didaticamente, a dinâmica das poéticas, em dimensão abstrata. Evidentemente, esse é um roteiro elementar. No exame particular dos poetas, as noções se complicam, com interpenetrações menos aptas a uma visão simplificada.

O prestígio de Olavo Bilac também possui sua história. O poeta nasceu no Rio em 1865, ano do início da Guerra do Paraguai e do romance *Iracema*, de José de Alencar. Aos 23, quando ainda era estudante, publicou o volume *Poesias*, em 1888. Além da Abolição, o ano foi marcado pela publicação de *O Ateneu*. Tal como aconteceu com a prosa depois do romance de Raul Pompéia, a poesia brasileira não seria a mesma depois do livro de Bilac. Hoje, possui importância histórica; na época, foi um enorme sucesso. Há uma tradição de meninos-prodígios na literatura brasileira do século XIX: Álvares de Azevedo produziu uma obra volumosa (de ótimo nível, para os padrões nacionais) antes de completar 21; Manuel Antônio de Almeida escreveu as *Memórias de um Sargento de Milícias* com a mesma idade; aos 22, Casimiro de Abreu compôs *As Primaveras*, o livro mais popular de então.

O volume *Poesias* – composto por *Panóplias, Via-Láctea* e *Sarças de Fogo*, na edição original – consolida o Parnasianismo no Brasil. O próprio Machado de Assis partilha de princípios adotados por Bilac, tanto no verso (*Ocidentais*) quanto na prosa (*Quincas Borba*). O desejo de clareza, concisão, harmonia, penetração e simplicidade aproximam os dois escritores. Nos sonetos, ambos gostavam da chave de ouro, aquele final conclusivo e arrebatador. Além disso, foram os maiores cronistas do Rio, no final do século passado. A presença de ambos na *Gazeta de Notícias* (em que Bilac substituíra Machado, em 1897) era tão intensa e contínua, que nem se davam o trabalho de assinar as crônicas. O estilo de cada um bastava para os identificar. Além disso, ambos se dedicaram com igual empenho (quase obstinação) ao estabelecimento, em 1896, da Academia Brasileira de Letras, onde Machado gostava de ouvir Bilac declamar os próprios versos.

Evidentemente, há muitas diferenças entre a obra machadiana e a de Bilac, apesar desses pontos em comum, que são, em verdade, bastante periféricos. Ainda do ponto de vista exterior, talvez o que mais os aproxime seja a seriedade com que encaravam o ofício de escrever. Igualmente consagrados em vida, ambos acreditavam na missão do escritor. Impulsionados por uma espécie de ordem superior, comportavam-se como pessoas realmente vocacionadas. Acreditavam nisso. Fizeram da literatura uma modalidade profana de religião. Ambos foram também muito populares: uma foto de Machado foi utilizada numa propaganda de charuto; Bilac fez anúncio de remédio, e suas conferências viviam lotadas.

Apesar disso (ou exatamente por isso), ambos foram muito criticados pelos modernistas de 22. Carlos Drummond de Andrade, no primeiro número de *A Revista*, em 1925, considerou malévola a influência de Machado de Assis (1978, 32-33). Julgava que a "magia irreprimível de seu estilo" e a "genuína aristocracia de seu pensamento" constituíam-se num desvio da orientação que a mentalidade do país deveria seguir. Por isso, propunha o repúdio à "alma supercivilizada" de Machado de Assis. É provável que essa idéia tenha tido origem nos ensinamentos de Mário de Andrade, pois este, em 1939, no centenário do nascimento de Machado, desenvolveu com maior fôlego a tese de que o escritor não representava o "*Homo* brasileiro". Mário declara admiração ao escritor, mas faz questão de dizer que não o ama. Julga que o excesso de técnica prejudicara muitos dos contos do mestre. Além disso, afirma que Machado representava a feição colonizada do Brasil, com mania de imitar as conquistas do espírito europeu. Embora com tergiversações, Mário chega a enquadrá-lo numa tradição de brasileiros propensos a "macaquear" certos comportamentos da Europa (1943, 119-143). Enfim, tanto Mário quanto Drummond esforçam-se por desqualificar o autor de *Dom Casmurro* enquanto fonte de inspiração para o presente. Empenham-se em fixar o mestre no passado, restringindo sua importância à história.

O mesmo procedimento se observa com relação a Olavo Bilac, só que de forma mais intensa. No "Prefácio Interessantíssimo", abertura de *Paulicéia Desvairada*, Mário de Andrade cita alguns versos de sua autoria contra outros de Bilac. Apresenta os versos de Bilac como "melodia" ultrapassada; os próprios ele apresenta como "harmonia" revolucionária, insinuando tratar-se da única opção aceitável. Mais adiante, afirma que o poeta de *Tarde* representava "uma fase destrutiva da poesia; porque toda / perfeição em arte significa destruição". Oswald de Andrade não se comportou de maneira diferente. No capítulo 160 das *Memórias Sentimentais de João Miramar*, classifica Bilac e Rui Barbosa como preferências típicas do letrado retrógrado, colocando-os como símbolos do clube Recreio Ping-Pong, dirigido pelo suspeitíssimo Dr. Mandarim Pedroso. Em *Serafim Ponte Grande*, Oswald demonstra o mesmo tipo de insatisfação contra o passado: "O mal foi ter eu medido o meu avanço sobre o cabresto metrificado e nacionalista de duas remotas alimárias – Bilac e Coelho Neto." Na sátira "Os Sapos", Manuel Bandeira associa os poemas parnasianos com a previsibilidade das vozes desses animais, que repetem infinitamente os mesmos ruídos, sempre na mesma toada. Como esses, há inúmeros outros ataques dos jovens contra os emblemas do passado, todos voltados para a legitimação de uma nova literatura.

Os novos escritores conseguiram impor-se. Mais do que isso, transmitiram às novas gerações seu horror literário pelo Parnasianismo. Depois do Modernismo, raros leitores de bom nível conseguiram apreciar os poetas do Parnaso brasileiro. Bilac, Raimundo Correia, Alberto de Oliveira, Vicente de Carvalho, Francisca Júlia... todos previamente recusados, sob pretexto de que são frios, mecânicos, superficiais, formalistas, retrógrados, previsíveis, burgueses etc. Repetem-se hoje os estereótipos criados pela estratégia do combate modernista há mais de oitenta anos, como se essa fosse uma perspectiva absoluta. O maior problema dessa posição não consiste propriamente em prejudicar a inclusão do passado no presente, mas sobretudo em desconsiderar o gênero literário a que pertencem os textos que a veicularam. Eram *manifestos*, modalidade de texto que necessariamente tem de combater a situação dominante em favor de uma nova plataforma. Alguns leitores atuais de Bilac desconsideram esse aspecto formal do ataque modernista, confundindo-o com a empiria das opiniões conceitualmente assumidas. Assimilam apenas os conteúdos dos manifestos modernistas, sem considerar o gênero dos textos, com todas as suas implicações, tanto teóricas quanto históricas. Considerados como expressão típica do gênero manifesto, tais textos não podem ser vistos como portadores de verdades absolutas, de comprovada aplicação prática. Em outros termos, a recusa literária dos modernistas não queria dizer que desgostavam dos parnasianos. Ela pode muito bem ser entendida como pose literária, fingimento poético. Explicava-se como estratégia em nome de uma nova poesia. A forma do manifesto pressupõe o ataque da geração anterior, assim como a epopéia exige a exaltação da guerra. Nem por isso os poetas que adotam o gênero épico são cidadãos belicistas. A melhor prova do argumento está em que, vista hoje, a produção modernista denuncia constante apropriação de elementos do Parnaso. Muito do melhor Drummond seria impossível sem Bilac. Veja-se *Claro Enigma*, tão próximo dos procedimentos retóricos consagrados pela prática bilaquiana. Enfim, a denúncia modernista contra os parnasianos não passa de uma versão renovada da dinâmica do processo literário, exemplificada acima com a polêmica entre neoclássicos e seiscentistas. As idéias de Muratori sobre o século XVII não podem nortear a leitura atual de Marino ou Góngora, assim como a controvérsia modernista não deve inibir nosso contato com os parnasianos.

45 e Depois

Os próprios modernistas se incumbiram de reconsiderar criticamente a poesia parnasiana. É o caso de Manuel Bandeira, cuja formação denuncia íntimo convívio com ela. Apesar da sátira de "Os Sapos", o poeta sempre demonstrou apreço pela poética parnasiana, não só na fase inicial de sua poesia, mas também em seu trabalho crítico. Na *Apresentação da Poesia Brasileira*, emite juízos favoráveis a Olavo Bilac, afirmando que "Profissão de Fé", poema-manifesto que abre o volume *Poesias*, é tão bom quanto sua fonte de inspiração, o poema "L'Art", de Théophile Gautier (1946,108-113). O convívio de Bandeira com Bilac foi tão intenso, que, na juventude, sabia de cor todos os sonetos de *Via-Láctea*. Na maturidade, fez questão de anunciar isso no *Itinerário de Pasárgada* (1954, 16). O próprio Mário de Andrade, que atacou Bilac em 1922, produzira no ano anterior um meticuloso estudo de sua obra, numa série sobre os parnasianos, intitulada "Mestres do Passado" (Silva Brito: 1958, 251-261). Nesse texto, o modernista oscila entre elogios e restrições, tendendo para uma espécie de recusa emocional, embora forneça elementos estilísticos para uma justa avaliação favorável a Bilac. Tal como Bandeira, Mário confessa-se arrebatado pelos sonetos de *Via-Láctea*. Da mesma forma, considera *O Caçador de Esmeraldas* "o esplendor dos esplendores", esclarecendo que a perfeição do poema supera os limites da "realização integral da Beleza". Suas restrições, como as de Bandeira, dirigem-se sobretudo ao livro *Tarde*, editado após a morte de Bilac.

Enfim, a complexidade do problema da poética parnasiana adensa-se com a chamada Geração de 45, que propôs, polemicamente, um retorno ao rigor formal de Olavo Bilac, como estratégia de oposição a um suposto afrouxamento do verso modernista. Retomaram-se, então, as formas fixas e os versos metrificados dos parnasianos. Nesse período, o soneto voltou a ser praticado, e consolidou-se um quase Neoparnasianismo. É o caso de Ledo Ivo e Geir Campos. Inegavelmente, João Cabral de Melo Neto vincula-se ao ressurgimento dessa poética nos anos 40, o que se observa sobretudo em sua obsessão pela métrica regular e pela simetria das estrofes. Original em tudo, Cabral soube se inspirar na objetividade parnasiana, sem se confundir com ela. Talvez mais por identidade espontânea do que por apropriação de posturas, Cabral, tal como Bilac, demonstra muito gosto em tematizar o próprio fazer poético, o que atualmente se chama metalinguagem. Nesse sentido, seria revelador um cotejo entre textos como "Profissão de Fé", "A um Artista", do primeiro, e "Alguns Toureiros" ou "Ferrageiro de Carmona", do segundo.

Outro traço compositivo mais ou menos comum aos dois autores é a produção em série, ainda não analisada pela crítica. Cabral tornou-se célebre pelas variações em torno do mesmo tema, isto é, pelas composições que abordam aspectos diferentes de uma só tópica, como se observa nos livros *Quaderna* e *Serial*, inteiramente dominados pela investigação de facetas imprevistas de coisas bem conhecidas, como uma cabra, um ovo, um cemitério, um canavial etc. Em *Tarde*, composto exclusivamente de sonetos, pode-se observar experiência semelhante, algo embrionária do procedimento cabralino. Nessa obra, há diversos conjuntos de poemas interligados pela exploração de motivos de uma mesma área semântica, como a série constituída pelos sonetos: "O Vale", "A Montanha", "Os Rios, "As Estrelas", "As Nuvens" e "As Ondas". Há, no mínimo, mais seis conjuntos de sonetos seriados, dentre os quais se destaca o tríptico formado por "Pátria", "Língua Portuguesa" e "Música Brasileira". No lirismo épico de *As Viagens*, Bilac adota o mesmo processo serial, compondo um conjunto de sonetos em torno da tópica da aventura de povos ou indivíduos que se entregam aos extremos. A semelhança entre os poemas seriados nos dois poetas não parece essencial, mas precisa ser analisada como traço de uma possível forma mental comum a ambos. Pode ser que isso venha a se caracterizar como algo peculiar às sensibilidades construtivistas, que atribuem especial atenção à dimensão técnica do ato criativo.

Além da obra poética de João Cabral de Melo Neto, outra manifestação apreciável da Geração de 45 é o trabalho crítico de Péricles Eugênio da Silva

Ramos. Munido de um instrumental atualizado para a época, em que se observam elementos do *New Criticism* americano e da Estilística de origem espanhola e alemã, Péricles Eugênio organizou duas antologias da poesia parnasiana. A primeira chama-se *Parnasianismo* e é parte de uma série intitulada Panorama da Poesia Brasileira, organizada por diversos autores (1959, 113-158); a segunda é *Poesia Parnasiana: Antologia* (1967, 117-198), que integra uma ampla escolha de todos os períodos poéticos do Brasil, integralmente realizada por Péricles Eugênio. Em ambas, há uma criteriosa seleção dos poemas de Bilac, a partir da qual talvez se possa iniciar um contato funcional com a produção do poeta[1].

Manuel Bandeira também possui uma ótima seleção de Bilac, organizada para a sua *Antologia dos Poetas Brasileiras da Fase Parnasiana* (1940, 175-218), em que há muitas coincidências com as de Péricles Eugênio, preparadas depois[2].

Mais recentemente, na seleção intitulada *Os Melhores Poemas de Olavo Bilac*, Marisa Lajolo renovou o cânon das antologias consagradas[3] (1985).

Outro gesto em favor de uma leitura despreconceituosa pertence a Ivan Junqueira, no ensaio "Bilac: Versemaker", reeditado na recente *Obra Reunida* de Olavo Bilac (1996). Agudo, esse texto destaca, de forma atualizada, a consciência formal do poeta, entendida como suporte para momentos da melhor poesia brasileira. Infelizmente, o mesmo não se pode dizer da introdução de Alexei Bueno a este volume, que procura erigir o gosto pessoal como critério único de avaliação (1996). Sua perspectiva aproxima-se da dos manifestos modernistas, que viam no sucesso de Bilac um obstáculo para a circulação da própria poesia, sem a mesma penetração crítica. Alexei parece impor-se como uma espécie tardia de paladino em luta contra o "perigo parnasiano". Transmite a impressão de que o gosto pessoal é mais importante do que a história das sensibilidades. Não obstante, soube organizar com competência e profissionalismo o volume, a exemplo do que tem feito com outros poetas igualmente importantes.

Multiplicidade

As seleções de Bandeira, Péricles Eugênio e Marisa Lajolo, assim como as preferências de Ivan Junqueira, facultam um conhecimento atualizado da poesia bilaquiana. Nessas seleções, podem-se vislumbrar as várias tendências compositivas das *Poesias*, das quais o presente autor oferece uma divisão provisória, com propósitos didáticos: poemas de impassibilidade parnasiana, poemas de erotismo espetacular, poemas de lirismo intimista, poemas épicos e poemas reflexivos. Esses são os aspectos consagrados do poeta. Mas há outros que compõem sua trajetória, que não serão considerados no presente ensaio: a poesia infantil, a tradução, a poesia fescenina e a paródia. Quanto ao homem, foi jornalista, novelista, romancista, cronista e ativista político.

Impassibilidade Parnasiana

Os poemas do primeiro grupo caracterizam-se pela impassibilidade, isto é, pelo controle da emoção. Esta é uma das propriedades mais tipicamente parnasianas, que se manifesta nos poemas descritivos, de acentuado caráter objetivista. São textos que retomam o preceito horaciano do *ut pictura poesis*, segundo o qual a poesia se assemelha à pintura. Mais do que nos poemas dos outros grupos, observa-se nestes o princípio da *arte pela arte*, que se traduz pela idéia de que a finalidade da poesia é a construção da beleza. Uma beleza plástica, visual, sem preocupação com idéias ou problemas. Nem sempre estático, esse tipo de poesia justifica-se como uma espécie de captação de *momentos solenes* da vida exterior. Destinadas ao que se poderia considerar uma espécie de contemplação ativa, as descrições parnasianas destacam um pormenor aparentemente inexpressivo do ambiente. É o caso do soneto "A Ronda Noturna" (p. 31 do presente volume). Nele, Bilac descreve, com objetividade de *nouveau roman*, um ambiente noturno dominado pela imobilidade; súbito, surge o movimento de guardas em seu ofício de espreitar. Essa brusca movimentação saúda a vida, que se impõe contra a inércia da noite. Trata-se, essencialmente, de um poema que registra o *momento solene* de um instante da vida exterior (lembre-se "A Cavalgada", de Raimundo Correia). Contra o *momento solene* do Parnasianismo, os modernistas dedicar-se-iam ao registro do *momento forte* no cotidiano, entendido como a descoberta súbita de um lance significativo na multiplicidade das coisas miúdas de todo dia, como as revelações produzidas em "O Cacto", de Manuel Bandeira. Partindo do mesmo princípio horaciano, Bilac optou por desentranhar significados aristocráticos, não só em ambientes lúgubres como o de "A Ronda Noturna", mas também em cenas da natureza e em quadros emblemáticos da história clássica. Enfim, o parnasiano opta pelo solene; o modernista, pelo cotidiano. Ressaltada essa diferença, não seria possível vislumbrar no *registro seco* modernista uma variante da *impassibilidade parnasiana*? Assim como "A Ronda Noturna", "Cidadezinha Qualquer", de Drummond, também é um quadro objetivo, só que da vida comum, captado com desdém e ironia. Em outros textos de *Alguma Poesia* – "Construção", "Rua Diferente", "Poema do Jornal" –, o poeta retoma a impassibilidade parnasiana, transformando-a em indiferença. Veja-se o inventário do mundo exterior de "Construção":

> Um grito pula no ar como foguete.
> Vem da paisagem de barro úmido, caliça e andaimes
> [hirtos.
> O sol cai sobre as coisas em placa fervendo.
> O sorveteiro corta a rua.
> E o vento brinca nos bigodes do construtor.

O simples fato de o poeta optar pelo registro de um pormenor do desenvolvimento urbano caracteriza o texto como futurista, embora a técnica da fragmentação perspectivista o aproxime mais do Cubismo. Este poema – bem como os mencionados acima – exemplifica o recorte instantâneo do cotidiano, em dimensão objetivista, de máquina fotográfica. Nesse sentido, o retrato modernista pode ser entendido como uma versão atualizada da tópica clássica do *ut pictura poesis*[4]. Logo, quando os modernistas propunham *kodakar* a realidade, nada mais faziam do que redimensionar o preceito horaciano de que poesia é a pintura que fala, presente nos parnasianos. Como quer que se analisem as diferenças, talvez não seja inverossímil associar o *flash* urbano dos modernistas com o *cromo* parnasiano, não só como paródia da impassibilidade, mas também como desdobramento do conceito de poesia como pintura.

No *Itinerário de Pasárgada*, Bandeira afirma, com Ribeiro Couto, que o morro do Curvelo lhe ensinara o que a leitura dos grandes livros da humanidade não podia substituir: a rua (1954, 59-60). É sobretudo a esse universo que os modernistas aplicaram a objetividade impassível herdada dos parnasianos, transformada, viu-se acima, em indiferença ou ironia. Bilac, ao contrário, declara horror ao cotidiano propriamente dito, conforme se percebe pela primeira estrofe de um de seus mais emblemáticos sonetos, "A um Artista":

> Longe do estéril turbilhão da rua
> Beneditino, escreve! No aconchego
> Do claustro, na paciência e no sossego,
> Trabalha, e teima, e lima, e sofre, e sua!

Em função disso, preferiu flagrar a realidade a partir de arquétipos da tradição clássica. Resulta daí o aspecto arqueológico de diversos poemas em que se aplica o princípio da impassibilidade, como "A

Sesta de Nero", "O Incêndio de Roma" e o "Sonho de Marco Antônio", todos de *Panóplias*. Este é, enfim, o livro mais radicalmente parnasiano do autor. Hoje, vale sobretudo como amostra de uma tendência da história da poesia brasileira, preocupada então em se atualizar mediante a equiparação com a moda francesa de seu tempo. Nesse sentido, pode até ser que *Panóplias* nem seja pior que *Alguma Poesia*. Ambos, a seu modo, confundiam qualidade artística com a idéia de atualidade: Drummond buscava equiparar-se ao cubismo de Picasso e Braque (*ut pictura poesis...*); Bilac pautava-se por Lesconte de Lisle e Théophile Gautier. Nos dois casos, a Europa funcionava como padrão aferidor de atualidade e/ou qualidade estética. Essa observação pode ensinar um pouco sobre a relatividade dos valores artísticos praticados no Brasil.

Por uma perspectiva atual, é possível afirmar que o mais convincente dos poemas descritivos de Bilac acha-se em *Sarças de Fogo* e chama-se "Rio Abaixo" (p. 96 do presente volume). Embora partilhe dos princípios estritamente parnasianos, esse texto parece superar o mero exercício de escola, funcionando como um modelo bem realizado de descrição geométrica. Entendendo a poesia como pintura que fala[5], o poeta produz um soneto de eloqüente nitidez. Há nele certas repetições que persistiriam na poesia contemporânea brasileira. Observe-se, no soneto, que o oitavo verso é uma repetição invertida do primeiro. Logo, põe em evidência um dos grandes traços estilísticos do autor, que é a exploração eficiente da reiteração. Hoje, considera-se a reiteração como um dos procedimentos que conferem atualidade à poesia contemporânea. Enfim, a fama de Drummond ("No Meio do Caminho") começou com uma paródia ao famoso quiasmo bilaquiano de "Nel Mezzo del Camin...", conforme se esclarece mais adiante no presente ensaio. Depois, Cabral retomou seriamente o processo reiterativo, sobretudo a partir de *O Cão Sem Plumas*, em que há um composto imagético envolvendo *rio* e *espada*, que lembra o final deste soneto bilaquiano. Por outro lado, o rio de Cabral possui *pele*; o de Bilac, *seio*. Obedecendo ao mesmo critério descendente de seleção vocabular, Cabral não hesita em utilizar *cachorro* no mesmo poema. Ao contrário, em dois de seus textos infantis, Bilac mantém-se fiel ao vocábulo *cão*, mais de acordo com os padrões nobilitantes do Parnasianismo[6]. Bilac vai e vem em seus procedimentos. No soneto IV de *Via-Láctea*, o primeiro verso repete-se sem variação no final do segundo quarteto, com surpreendente efeito de geometrização do poema, procedimento que se consagraria como conquista formal em *A Educação pela Pedra*, de João Cabral de Melo Neto. As reiterações bilaquianas ecoam também num dos mais geométricos poemas da primeira fase de Haroldo de Campos, outro poeta em quem a redundância é entendida como fator de modernidade. Trata-se do "Lamento sobre o Lago de Nemi", do *Auto do Possesso*.

Erotismo Espetacular

Os poemas de erotismo espetacular encontram-se, sobretudo, em *Sarças de Fogo* e *Alma Inquieta*.

Compõem a face mais popular de Olavo Bilac. Exploram o nu feminino, mediante a expansão de desejos e ímpetos sexuais. Há soberbas descrições esculturais de mulheres nuas, em posições insinuantes. Como os poemas do grupo anterior, estes apresentam estreita relação com as artes plásticas, em sua dimensão acadêmica.

Sabe-se que, em 1816, D. João VI instalou no Rio de Janeiro a Escola Real das Ciências, Artes e Ofícios, que persiste ainda hoje no Museu Nacional de Belas Artes. Sob influência do Neoclassicismo francês, essa primeira fase do estudo sistemático das artes plásticas no Brasil privilegiou a imitação da estatuária grega, para cujo ensino foram modeladas em gesso cópias perfeitas das principais esculturas da tradição antiga. Para se graduar pela Academia, o aluno deveria demonstrar habilidade suficiente em imitar tais modelos. Essa tradição persistiu durante todo o século XIX, projetando-se até às primeiras décadas do século XX. O Museu Nacional de Belas Arte mantém em exposição essas peças, a partir das quais se pode ter idéia do conceito de arte da época, por cuja manutenção se esforçou Manuel de Araújo Porto-Alegre, um dos mais operantes diretores da instituição no século passado. Bilac deve ter tido contato com o ambiente da então Academia de Belas-Artes, pois seus poemas eróticos revelam familiaridade com as formas e posições da estatuária grega. Ainda que as pudesse ter absorvido em outras fontes, o clima de ateliê desses poemas torna essa idéia bastante verossímil. Sem dúvida, o espírito acadêmico das artes plásticas do período ecoa no discurso do poeta, que redimensiona a retórica neoclássica com muita eficiência. Há, portanto, uma relação interessante entre o academismo das artes plásticas e o academismo retórico de Bilac, não só nos poemas eróticos, mas em toda sua produção.

Em termos atuais, pode-se dizer que o nu bilaquiano não se distancia muito das chamadas "revistas masculinas", em que prevalece o traço da visualidade cinematográfica. Aliás, ao dizer que Bilac foi "exímio na pintura da pornocinematografia", Mário de Andrade produziu uma belíssima metáfora crítica, de insinuante poder descritivo (1958, 253). Embora preservem um pudor próprio da Belle Époque, os poemas eróticos de Bilac partilham dessa espécie de indústria das poses sensuais. Ressalte-se, contudo, a extrema perícia construtiva desses textos. O requinte compositivo atinge pontos poucas vezes observados na língua portuguesa. O poeta demonstra-se um verdadeiro *designer* do verso, organizando as linhas e insinuando as cores. Em português, antes de Bilac, apenas Camões, em dimensão sublime, dedicou-se ao generoso desenho dos corpos em movimento. Igualmente a Camões ainda, o poeta brasileiro não se mostra carrancudo diante da nudez feminina. Ao contrário, deixa sempre espaço para a hipótese do humor e da ironia. Além da visualidade sensual dos corpos, os poemas eróticos de Bilac completam-se com uma razoável massa acústica, representada por gemidos, soluços e frases de prazer. Mas há elegância suficiente para que os textos persistam como obra de arte. Afinal, o poeta era muito sensível aos recursos sonoros do verso, jogando magistralmente com as vogais, consoantes, aliterações e rimas ricas.

Essa face joco-séria de Bilac coincide com uma espécie de festa galante dos sentidos. É o reflexo de sua experiência de moço boêmio e jornalista noturno no Rio de Janeiro do final do século XIX. Os poemas mais emblemáticos do erotismo espetacular de Bilac são "O Julgamento de Frinéia", "Satânia", "A Tentação de Xenócrates", "Tercetos" e "Alvorada do Amor". Encontram-se em *Sarças de Fogo* e *Alma Inquieta*. Alguns desenham-se como pura imaginação arqueológica, no sentido de restaurarem uma suposta licenciosidade da Grécia antiga. Outros encarnam o ideal pós-romântico de emancipação burguesa dos desejos, em que se captam aspectos a um tempo decadentes e joviais do Segundo Reinado brasileiro. Em ambos os casos, Bilac soube adaptar as sugestões de Baudelaire, que ele leu e traduziu.

A partir dos anos 70 do século passado, Baudelaire foi muito traduzido pelos poetas anti-românticos no Brasil. Uma das conseqüências da presença das *Flores do Mal* entre nós foi a hipertrofia do sexualismo mórbido, que atinge proporções antropofágicas, em função do acúmulo de metáforas que encareciam os aspectos carnais da posse sexual (Machado de Assis: 1910, 116; Antonio Candido: 1987, 25-33). Os principais representantes dessa poesia animalesca, no sentido de enfatizar os aspectos naturais do sexo, foram Carvalho Júnior, Fontoura Xavier e Teófilo Dias, todos empenhados em eliminar a musa romântica, identificada com mulheres angelicais e abstratas. Ao mesmo tempo, esses poetas pretendiam agredir a sociedade provinciana do Rio de então. Machado de Assis, sempre recatado, julgou que tais aspectos deformavam o verdadeiro Baudelaire (1910, 118-119). Partilhando da elegância machadiana, Bilac também recusou os excessos dos poetas que o antecederam na assimilação de Baudelaire no Brasil. Sempre sensuais e insinuantes, suas mulheres primam pela beleza plástica, e não pelos arroubos de sadismo ou devoração animal. Em "A Tentação de Xenócrates", há um bom exemplo desse erotismo exibicionista, mas controlado pelo equilíbrio das poses:

> Tem nos seios – dois pássaros que pulam
> Ao contacto de um beijo, – nos pequenos
> Pés, que as sandálias sôfregas osculam,
>
> Na coxa, no quadril, no torso airoso,
> Todo o primor da calipígia Vênus
> – Estátua viva e esplêndida do Gozo.

Igualmente requintado nas imagens, é o poema "Satânia". Pode ser entendido como uma ruidosa e rutilante alegoria da busca do prazer solitário de uma formosa mulher que, nua em seu quarto, põe-se a imaginar as vozes do próprio corpo, ansioso por se deixar possuir. Como as outras modalidades de poesia em Bilac, os poemas eróticos obedecem a um rigoroso cálculo retórico, no sentido de objetivarem um efeito facultado pelos ornatos da poética tradicional. Mais que todos, é assim "O Julgamento de Frinéia", que deve ter se inspirado na leitura de uma página das *Instituições Oratórias*, de Quintiliano. Durante o século XVIII, essa obra recebeu três adaptações para o português, sendo que a mais consagrada é a de Jerônimo Soares Barbosa, feita para seus alunos de Coimbra na década de 1760, mas só editada entre 1788 e 1790, em dois tomos. No primeiro capítulo do famoso manual da Antiguidade, ao tratar das diversas maneiras de persuasão, o autor explica que também se persuade sem palavras, mediante o silêncio ou o gesto teatral. Para ilustrar este último tipo de persuasão, que aliás Quintiliano condena, relata o caso de Phrynes (Bilac grafa *Mnezarete* ou *Frinéia*). Trata-se de uma prostituta (*hetere*, em Bilac) de rara beleza, acusada de atentar contra os costumes de Atenas. Seu advogado é o grande orador Hipérides. Percebendo que os Heliastas (conselho de anciãos: *Heliostes*, em Bilac) se mostravam insensíveis a seus elaborados argumentos verbais, o orador dirige-se à ré e desnuda-a em pleno Areópago. Diante da nudez de Frinéia, os anciãos não hesitaram em absolvê-la, "no triunfo imortal da Carne e da Beleza".

Lirismo Intimista

Os poemas de lirismo intimista resultam do convívio de Bilac com a tradição petrarquista. Acham-se sobretudo nos sonetos de *Via-Láctea*. Trata-se de uma visão do amor iluminado, o amor das grandes abstrações. Suas imagens compõem-se de estrelas, luar e amplidão celeste. A um tempo mulher e santa, a musa dessas composições inunda-se de luz e música das esferas. Passando também por Dante, Camões e Bocage, a experiência lírica de *Via-Láctea* não deixa de apresentar contato com o ambiente baudelairianos dos amores parisienses, transferidos para escadas, corredores, alcovas, janelas e jardins cariocas. Nessa série, configura-se o que se convencionou chamar *lirismo estelar* de Olavo Bilac, em que as estrelas (e também a lua) funcionam como verdadeiros correlatos objetivos de sentimentos e êxtases indizíveis, tomando *correlato objetivo* no sentido eliotiano da expressão. Sem dúvida, Bilac é mestre em traduzir, num lance visual e concreto, as experiências abstratas do mundo emotivo. Observe-se o soneto XXVI, em que, para exprimir o êxtase provocado pela voz de uma cantora, o poeta afirma que a alma se desprende do corpo e vaga pelo infinito do espaço, encontra anjos e corre países. Ao terminar o canto, a alma baixa das estrelas e se abate no chão como um "pássaro ferido" (p. 66 do presente volume).

Não existe nenhum estudo atualizado sobre a eficácia das imagens em Bilac. Quando houver, talvez incorpore alguns preceitos neoclássicos sobre a representação poética, pois parece evidente que o poeta partilhou deles para compor sua obra. No caso deste soneto, aplicou o processo da *pintura poética* ou *evidência*, em que as cores vivas dos ornatos realçam a visualidade de uma coisa (um lugar retórico) que, por si só, não teria poder de causar maravilha. O poeta constrói uma pequena alegoria, em que a emoção se metaforiza em pássaro ou qualquer outro ser alado capaz de, como por magia, alcançar as alturas e, de lá, se abater, com o cessar do canto. O som converte-se em luz ou em ondulações visíveis de movimentos transparentes, que todavia se deixam ver. Modernamente, a pintura ou evidência clássica aproxima-se do que T. S. Eliot chamou correlato objetivo, que é, conforme se viu acima, a tradução concreta de uma sensação, entendida como lugar retórico ou matéria previamente aceita como matéria de poesia.

A idéia de que as matérias poéticas são convencionais pode parecer pedante; mas não é. Um poeta modernista, em sã consciência, não faria um poema em que um indivíduo apaixonado procurasse comunicar-se com as estrelas sobre mágoas ou desejos amorosos, como fez Bilac no célebre soneto XIII de *Via-Láctea*: "Ora (direis) ouvir estrelas!". Da mesma forma, um poeta parnasiano jamais tiraria conclusões metafísicas de uma cena em que sapos engolissem mosquitos à luz de um poste num canto escuro da cidade, como fez magistralmente Bandeira em "Noite Morta" (*O Ritmo Dissoluto*). Esse tipo de observação, que historiciza o gosto, não se perde em condenações do passado; procura restaurar a poética cultural dos artistas, para, então, reinterpretá-la numa perspectiva atual.

Assim, parece improdutivo condenar, em Bilac, o tema da tentação do pecado ou da divisão do amor em puro e impuro, sob pretexto de que isso é falso moralismo. Pelo prisma do poeta, pode ser que tais motivos nem tivessem implicações morais. Talvez não passassem de tópicas literárias, escolhidas apenas como meio de viabilizar a dinâmica do texto, sobretudo quando se tratava de figurar a angústia entre o que se fez e o que não se deveria fazer, segundo a ética amorosa do século XIX. É o que se observa, por exemplo, no soneto XIV de *Via-Láctea*, em "Pecador" (*Sarças de Fogo*) e em "Remorso" (*Tarde*). Talvez seja mais atual ler o Parnasianismo como se lêem os demais estilos do passado, isto é, com relativismo histórico, não em termos adesão ou recusa estética. Projetar no passado convicções adquiridas no presente pode gerar anacronismos incompatíveis com a boa inteligência dos textos, além de funcionar como armadilha para possíveis preconceitos. Comparem-se didaticamente dois casos: Macunaíma, querendo sexo, diz: "Vamos Brincar?". Bilac, em "Alvorada do Amor" (*Alma Inquieta*), pretendendo recriar o primeiro encontro entre Adão e Eva, em tom *kitsch* joco-sério, evidentemente, não poderia usar senão um termo solene e carregado de conotações religiosas e morais. Por isso, usa o termo bíblico *pecado*. A mesma dinâmica se observa em outros textos, quando se trata de trazer à cena o machismo oitocentista, que entendia o sexo como um tabu, de cuja ruptura advinha uma espécie de glória profana, dignificadora do macho. É o caso do soneto XIV de *Via-Láctea*: "Viver não pude sem que o fel provasse."

Mário de Andrade observou que alguns sonetos de *Via-Láctea* fogem do motivo lírico-amoroso e, por isso, quebram a harmonia do conjunto. Referia-se ao soneto dedicado à mãe do poeta, à paráfrase de Calderón, ao soneto endereçado a Luís Guimarães Júnior e ao soneto em louvor a Bocage. De fato, tais textos funcionam melhor isoladamente que no conjunto do livro. Aliás, a homenagem a Bocage representa um aspecto importante da técnica compositiva dos sonetos bilaquianos, que é a desenvoltura da sintaxe. Compõe-se de um único período gramatical, processo típico dos clássicos de boa origem e restaurado recentemente pelo poeta Nelson Ascher (1993 e 1996), com admirável dose de ironia pós-moderna, num curioso caso de reconquista de processos bilaquianos, sobretudo no que diz respeito ao exotismo das rimas ricas.

Nem todos os poemas de lirismo intimista de Bilac se encontram em *Via-Láctea*. Muitos pertencem a *Sarças de Fogo* e *Alma Inquieta*. Alguns destes representam o que há de mais persuasivo na poesia brasileira. É o caso de "Nel Mezzo del Camin..." (*Sarças de Fogo*). A transcrição justifica-se em função de algumas comparações que se farão a seguir:

> Cheguei. Chegaste. Vinhas fatigada
> E triste, e triste e fatigado eu vinha,
> Tinhas a alma de sonhos povoada,
> E a alma de sonhos povoada eu tinha...
>
> E paramos de súbito na estrada
> Da vida: longos anos, presa à minha
> A tua mão, a vista deslumbrada
> Tive da luz que teu olhar continha.
>
> Hoje, segues de novo... Na partida
> Nem o pranto os teus olhos umedece,
> Nem te comove a dor da despedida.
>
> E eu, solitário, volto a face, e tremo,
> Vendo o teu vulto que desaparece
> Na extrema curva do caminho extremo.

É provável que o soneto se torne mais interessante quando lido como uma versão finissecular do lugar-comum da dor da despedida, muito forte na tradição retórica da língua portuguesa. Quer dizer, uma das maneiras de julgar um poema é compará-lo com outras realizações que abordem a mesma situação, tendo em mira a eficácia de seu efeito. Talvez o soneto bilaquiano se torne mais vivo ainda quando comparado, especificamente, com a "Cantiga sua Partindo-se", de João Roiz de Castelo Branco, poeta português do século XV que participou do *Cancioneiro Geral*, organizado por Garcia de Resende em 1516 (1973, 134). Sem dúvida, o texto de Bilac dialoga com o de Roiz de Castelo Branco, não apenas como hipótese ocasional, mas como uma possível retomada consciente da situação e de alguns processos estilísticos do fim da Idade Média. Vale a pena reler o texto antigo, em versão atualizada:

> Senhora, partem tão tristes
> Meus olhos por vós, meu bem,
> Que nunca tão tristes vistes
> Outros nenhuns por ninguém.
>
> Tão tristes, tão saudosos,
> Tão doentes da partida,
> Tão cansados, tão chorosos,
> Da morte mais desejosos
> Cem mil vezes que da vida
> Partem tão tristes os tristes,
> Tão fora de esperar bem,
> Que nunca tão tristes vistes
> Outros nenhuns por ninguém.

Além de aludir ao Humanismo italiano da *Comédia*, o soneto de Bilac retoma a tradição humanista lusitana, como forma de acentuar a impessoalidade dos lirismos pessoais, no sentido de que todas as subjetividades se encontram na encruzilhada da retórica. Tal associação de Bilac com o *Cancioneiro*

Geral liga-o, de alguma forma, ao movimento da pintura pré-rafaelita inglesa. Assim como Dante Gabriel Rossetti retoma o quatrocentismo como forma de renovar a pintura supostamente prosaica do Realismo dominante (Gombrich: 1993, 404-405), Bilac inspirou-se na tradição arcaica do lirismo português para fugir da poesia social do realistas e do lirismo sexualista dos primeiros baudelairianos brasileiros, dos anos 70-80. Essa idéia parece tanto mais razoável quando se pensa que o lirismo de *Via-Láctea* é sabidamente de origem petrarquista. Além disso, não se pode esquecer que, em 1890, Bilac passou um mês em Londres, justamente quando o movimento pré-rafaelita se achava em fase de consolidação, sendo que Gabriel Rossetti falecera em 1882. Isso não quer dizer que o poeta tenha se inspirado diretamente num quadro de Rossetti para compor esse soneto, o que evidentemente não ocorreu[7]. Trata-se, apenas, de reconhecer uma atmosfera mais ou menos comum a ambos os artistas, a qual Bilac pode ter captado nas revistas ilustradas francesas e americanas da época, de que era ávido leitor, como deixa ver na crônica de abertura do primeiro número da revista *Kosmos*, em 1904[8]. De qualquer forma, como as pinturas de Gabriel Rossetti, o soneto de Bilac apresenta um sensualismo reprimido, sublimado em mágoa e ressentimento. A idéia de um Bilac pré-rafaelita situa-o com particularidade em seu tempo, sem o desligar do passado. Observe-se a imagem dos olhos, presente na cantiga quatrocentista e no soneto. Em João Roiz, os olhos correspondem a uma espécie de sensor metonímico da mágoa provocada pela despedida. Em Bilac, converte-se em metonímia do mútuo deslumbramento apoteótico da aproximação, apta a representar a união das almas através dos corpos. Apesar dessa função no segundo quarteto, os mesmos olhos, que uma vez uniram os amantes, mostram-se insensíveis no momento da despedida, por força dos tempos modernos, que então apregoavam a passiva aceitação do desgaste das afeições. Tal como os pré-rafaelitas, Bilac afasta-se do Romantismo puro e simples pelo desejo de transformar os males da civilização moderna através de uma arte que restaure alguns valores da ética cavalheiresca do quatrocentismo, bem como de sua retórica formular (H. W. Janson: 1982, 610-611). De fato, há um tom galante de namoro deslumbrado em sua lírica amorosa, cuja elegância lembra o ornamentalismo melancólico das ilustrações decorrentes do movimento pré-rafaelita, de inspiração gótica. Não obstante, não se pode esquecer que os requintes dessa elegância de vinheta fundem-se com o vaivém das ruas e alcovas do Rio de Janeiro.

Bilac não só observou, de maneira própria, as reiterações sintáticas, como também preservou a sonoridade do texto de João Roiz. Trata-se, portanto, não apenas de um poema sobre o amor, mas também de paixão pela língua portuguesa e pela tradição dos lugares retóricos, sempre revisitados com êxito pelos verdadeiros artistas, para quem a originalidade absoluta não passa de inocência infundada. Como nas pinturas geometrizantes de Giotto, as repetições invertidas da primeira estrofe do soneto de Bilac podem ser entendidas como uma espécie de primitivismo de construção, no sentido de provocar o efeito de elementaridade através do sábio uso das técnicas da tradição. O verso final do poema reflete o quiasmo do início, como a sugerir que a separação repete, às avessas, a grande emoção do encontro de pessoas magoadas, presentes tanto em Bilac quanto em João Roiz.

Afirmou-se acima que a fama inicial de Drummond (*Revista de Antropofagia*, ano I, número 3, julho de 1928) deveu-se a uma paródia desse soneto de Bilac[9]. Hoje, a imitação irônica de Drummond talvez seja mais conhecida do que sua matriz bilaquiana. Não parece necessário ressaltar que o poeta modernista, habilmente, reproduziu apenas o esquema retórico de Bilac, que é a repetição invertida do quiasmo, sem deixar de aludir rapidamente à imagem dos olhos, no centro do texto:

No Meio do Caminho
No meio do caminho tinha uma pedra
tinha uma pedra no meio do caminho
tinha uma pedra
no meio do caminho tinha uma pedra.
Nunca me esquecerei desse acontecimento
na vida de minhas retinas tão fatigadas.
Nunca me esquecerei que no meio do caminho
tinha uma pedra
tinha um pedra no meio do caminho
no meio do caminho tinha uma pedra.
(*Alguma Poesia*)

A tradição interligou esses três textos. A leitura isolada de qualquer um deles será sempre um ato parcial do entendimento. Assim como Bilac retoma com certo prosaísmo a solenidade da cantiga humanista, Drummond abaixa ainda mais o tom de Bilac, imitando-o ironicamente. Detém-se sobretudo no processo retórico das repetições, às quais atribui oralidade cotidiana mediante o verbo *ter* em lugar do clássico *haver*[10]. Assim, a tópica da dor da despedida não pertence propriamente ao ideário bilaquiano, mas ao repertório coletivo dos lugares retóricos, de onde, geralmente, se extraem os grandes poemas. Registre-se, por fim, que "Nel Mezzo del Camin..." exemplifica a espontaneidade e fluidez do soneto bilaquiano, sempre entendidas como efeito de laborioso artifício de linguagem. Poucos textos terão desenvoltura tão eficiente, cujo discurso flui com a naturalidade do próprio tempo, que também integra o universo semântico do soneto

O presente ensaio partilha da idéia de que a associação entre diferentes poetas, assim como da poesia com outras artes, enquadra-se no horizonte de uma crítica aceitável. Assim, observe-se uma última aproximação do lirismo íntimo de Bilac, desta vez com Sousândrade. Haroldo de Campos, na segunda edição de *ReVisão de Sousândrade* (1982, 456), destaca uma pequena seqüência da *Harpa de Ouro*, que pode ser vista como uma espécie de antecipação do *lirismo estelar* de Bilac, sobretudo do soneto "Ora (direis) ouvir estrelas!":

> Silêncio! no ar oiço rumor
> D'estrelas... quão cintiladora
> Cai do amplo céu! topásion-flor!

Poesia Épica

A principal experiência épica de Bilac acha-se em *O Caçador de Esmeraldas*, poema mais patriótico do que propriamente heróico. Como todo poeta que atinge certa importância perante a sensibilidade contemporânea, Bilac também desejou contribuir para a formação da civilidade em seu tempo. Até um poeta irônico como Drummond, numa certa fase de sua vida, achou-se investido da função formadora da poesia. Enfim, vem de Aristóteles e Horácio a idéia de que a poesia não deve apenas deleitar, mas também instruir. Bilac acreditava na função instrutiva da poesia. Tem sido bastante esquecido o aspecto educativo de sua obra. Talvez com razão, porque é muito difícil elaborar um poema duradouro nesse setor. Ainda mais para ele, cujo temperamento o conduzia espontaneamente para a poesia dos sentidos. Camões conseguiu associar lirismo pessoal com preocupação coletiva, isto é, deu-se tão bem na poesia lírica quanto na épica. No século XX, Fernando Pessoa também se dividiu, com êxito, entre a poesia de investigação imaginosa do eu e a poesia de celebração da pátria.

Embora consagrado pelo lirismo amoroso, Bilac sempre se preocupou com a idéia de compor um hino às glórias do passado nacional. Nesse sentido, é possível que não tenha conseguido produzir uma obra de leitura ao mesmo tempo instrutiva e prazerosa. Pode ser que o problema esteja com o Brasil, que não possui um passado maravilhoso, digno da admiração popular. Não obstante, *O Caçador de Esmeraldas* teve seu prestígio. Foi muito admirado e declamado em décadas passadas. Explora o tema das bandeiras do século XVII, que, em busca de riquezas naturais, alargaram as fronteiras do país. Trata-se de um conjunto de 46 sextilhas em versos alexandrinos, tão sonoras quanto esculturais. Embora sem os traços cubistas de Victor Brecheret, lembram o *Monumento às Bandeiras*. Comparando *O Caçador de Esmeraldas* com *Os Brasileidas*, de Carlos Alberto Nunes, Antônio Candido acusa senso de proporção no poema de Bilac (1959, vol. II, 34).

A preocupação épica de Bilac, vinda do Arcadismo e do Romantismo, prosseguiu pelo Modernismo afora. Toda a fase heróica desse movimento preocupou-se em captar a essência da história do povo brasileiro. Tanto *Pau Brasil*, de Oswald de Andrade, quanto *Macunaíma*, de Mário de Andrade, enquadram-se na busca de um nacionalismo estético, que descobrisse algo específico de nossa formação histórica. O mesmo acontece com *Martim Cererê*, de Cassiano Ricardo, e com *Cobra Norato*, de Raul Bopp. Sendo a epopéia uma obsessão da literatura brasileira, não parece justo censurar o propósito bilaquiano em exaltar a pátria, mesmo porque críticos de bom gosto sentem extremada admiração por *O Caçador de Esmeraldas*, dentre os quais se destaca Mário de Andrade, que, em 1921, se desmanchou em elogios (1958, 252-253).

A exaltação patriótica de Bilac possui aspectos menos ágeis que a dos modernistas. Seus poemas patrióticos não possuem o humor ou o senso crítico que se observa na épica do século XX, fator talvez responsável por sua eficácia, em termos genéricos. O próprio tema amoroso, possivelmente mais sério que o da pátria, foi tratado com ironia por Bilac. Na épica, manteve-se sempre sisudo, esquecendo-se de certas liberdades camonianas em *Os Lusíadas*. Talvez almejasse o sublime, o que seria compatível com o gênero, mas muito difícil de alcançar. A melhor prova da solenidade algo excessiva dessa preocupação bilaquiana talvez esteja na convicção de que as origens morais do Brasil vinham todas de Portugal, em completo abandono pelo folclore brasileiro. Levado por essa noção, escreveu também um poema de feições épicas intitulado *Sagres*, em que celebra as navegações lusitanas, comemorando o quarto centenário da descoberta do caminho marítimo para a Índia. Além desse, deixou um conjunto interessante de sonetos com o título *As Viagens*, que se aproxima do conceito cabralino de composição seriada, conforme hipótese apresentada acima.

Bilac não possuía legítimo impulso épico. Talvez fosse apenas dominado pela necessidade festiva de celebração da pátria. Esteve ligado a campanhas cívicas em favor do serviço militar obrigatório, tendo sido muito estimado pelo exército nacional. Sua campanha justificava-se pela crença de que a caserna pudesse contribuir para a erradicação do analfabetismo no país. Todavia, coloca-se acima dessas discussões a beleza plástica de algumas estrofes de *O Caçador de Esmeraldas*, como a segunda sextilha da quarta parte do poema (p. 261 do presente volume). Nela, para sugerir o delírio de Fernão Dias Pais Leme, que morreu obcecado pelas esmeraldas, o poeta repete nada mais nada menos que oito vezes o vocábulo *verde*, quase sempre com diferentes notações cromáticas.

Exaltada por todos quantos falam de Bilac, essa estrofe possui o efeito próprio dos textos ordenados segundo o cálculo de quem subordina a poética à retórica. Tudo nela é medido de forma a provocar sensações fugidias e eficazes. Bilac sempre foi assim, um poeta de dimensão retórica, isto é, colocava a inteligência e o estudo a serviço da montagem sensível do texto. Projetava um efeito e saía em busca dos lugares retóricos que o facultassem. A leitura da "Filosofia da Composição", de Poe, ensina que tal princípio, vindo dos clássicos, permanece atuante nos grande artistas. É nesse sentido que se deve entender a célebre estrofe de "Profissão de Fé", em que Bilac afirma desconhecer outro *ofício* mais difícil que o de escrever.

Além do domínio retórico sobre o texto – o que, enfim, pode ser exemplificado em qualquer poema do autor – *O Caçador de Esmeraldas* possui um aspecto inovador na tradição épica brasileira, que é o *minimalismo da epopéia*. Trata-se de uma espécie de recorte metonímico da história colonial, traço que Bilac deve ter aprendido com Basílio da Gama, cujo *O Uraguay* se impõe como verdadeira obra-prima da brevidade e da concisão (Ivan Teixeira: 1996, 34-36). À exemplo de tantos poetas inferiores a ele, Bilac talvez pudesse tentar um poema épico de grandes dimensões. Todavia, deteve-se às reduzidas proporções que se conhecem, deixando em cada verso a marca lapidar da perfeição de seu ofício. Nesse sentido, seu "lirismo épico" aproxima-se de *Mensagem*, de Fernando Pessoa, que partilha de um nacionalismo semelhante ao de Bilac. O resultado dos trabalhos de ambos é diferente, embora persista nos dois o ideal clássico da sintaxe e da exploração retórica das tópicas da tradição.

É possível que Pessoa tenha lido as *Poesias* de Bilac. O poeta brasileiro era muito estimado em Portugal. Em 1904, quando ele passava por Lisboa, a revista *Ocidente* estampou sua foto na primeira página, seguida de elogios e da transcrição do soneto "Ora (direis) ouvir estrelas!" Em outro veículo, João Chagas, jornalista popular em Lisboa, fez uma crônica sobre poesia, a partir do mesmo soneto de Bilac, convocando os leitores a que o lessem (Mário Monteiro: 1936, 54-56). Ainda nesse ano, a Livraria Clássica Editora, de Lisboa, lançava *Crítica e Fantasia*, livro de crônicas de Olavo Bilac. Nessa altura, Fernando Pessoa preparava-se para ingressar na Universidade do Cabo, na África do Sul. Todavia, em agosto de 1905 fixar-se-ia definitivamente em Lisboa. Em 1911, o jovem poeta traduzia poemas estrangeiros para a *Biblioteca Internacional de Obras Célebres*, editada no Rio de Janeiro, na qual colaboravam escritores do grupo de Olavo Bilac, como José Veríssimo, Vicente de Carvalho e João Ribeiro. Além disso, o próprio Bilac constava da antologia como um clássico do idioma. Dentre outros de seus poemas, reproduzia-se aí *Sagres*, de especial interesse para Portugal. Se não através do volume *Poesias*, Pessoa deve ter tido contato com *Sagres* mediante a *Biblioteca Internacional*, pois, afinal, se tratava da publicação em que ele próprio fazia sua estréia como tradutor[11].

Em busca de espaço e ainda sem ambiente em Portugal, Fernando Pessoa filiou-se, em 1912, ao grupo Renascença Portuguesa, liderado por Teixeira de

Pascoaes. O órgão literário da Renascença Portuguesa era *A Águia*, em cujas páginas Pessoa estreou como crítico literário, compondo a série de artigos *Sobre a Nova Poesia Portuguesa*, para a qual sugeria o caminho do saudosismo patriótico, na linha de Teixeira de Pascoaes. Ao lançar, em 1915, o primeiro número de *Orpheu*, Pessoa já tinha rompido com o grupo Renascença Portuguesa, que ainda manteria a liderança cultural e artística no país por vários anos. Em 1916, Bilac retornou a Portugal, tendo sido calorosamente homenageado pela revista *Atlântida*, de Pedro Bordalo Pinheiro e João de Barros. Num célebre banquete, Jaime Cortesão saudou o poeta, em nome do grupo Renascença Portuguesa, de que então era presidente. Alguns dias depois, Bilac pronunciou uma conferência no Teatro República de Lisboa, em cuja audiência achavam-se a elite da intelectualidade portuguesa e o próprio presidente da República. Nessa conferência, Guerra Junqueiro fez um elogio comovido ao poeta, em que houve beijos e lágrimas públicas (Mário Monteiro: 1936, 59-60). Em 1917, a tipografia da Renascença Portuguesa (Porto) editou uma conferência proferida por Bilac no Teatro Municipal de São Paulo sobre Bocage. Por essas razões, é improvável que Fernando Pessoa não tivesse tomado conhecimento da passagem de Olavo Bilac por Lisboa. Mais do que isso, a lógica dos fatos conduz à hipótese de que o jovem poeta português, cujo interesse nunca se restringiu às vanguardas, tivesse tomado contato com a obra bilaquiana, sobretudo a seção épica, em que se encontra o poemeto *Sagres*, sobre o Infante D. Henrique. Ronald de Carvalho, bilaquiano convicto – mesmo depois de seu convívio com o grupo de *Orpheu*, a julgar por suas opiniões na *Pequena História da Literatura Brasileira*, de 1919 – deve ter contribuído para essa aproximação. Convém lembrar que, em seus pronunciamentos em Portugal, Bilac abordou com particular interesse a idéia do nacionalismo como um aspecto do tradicionalismo (saudosismo), que ele diferenciava do pensamento retrógrado. Embora envolvido com a criação dos heterônimos, Pessoa não engavetou o ideal patriótico após o rompimento com a Renascença Portuguesa, pois, em 1928, escreveria *O Interregno. Defesa e Justificação da Ditadura Militar em Portugal*, editado pelo Núcleo de Ação Nacional.

Quanto às opiniões políticas, Bilac esteve à esquerda de Fernando Pessoa. Aproximava-se do que hoje se considera politicamente correto. Basta lembrar sua oposição ao regime autoritário de Floriano Peixoto, por quem foi perseguido e preso. Esse paralelo entre a vida dos dois poetas tem por finalidade fundamentar uma certa identidade entre ambos, que se manifesta na semelhança entre os poemas de *Mensagem* e os textos épicos de Bilac. O primeiro poema de Pessoa para esse livro foi escrito em 1913, segundo o espírito do misticismo patriótico da revista *A Águia*. Trata-se de "D. Fernando, Infante de Portugal". Dois outros são de 1918; os demais, da década de 20 e 30. Enfim, quando Bilac foi homenageado em Lisboa, com a participação do grupo Renascença Portuguesa, Pessoa achava-se envolvido com a idéia de se impor como o segundo Camões, procurando uma teoria que o impulsionasse a um novo projeto de epopéia nacional. Nesse sentido, é possível que

Prefácio

tenha recebido alguma sugestão de *O Caçador de Esmeraldas* e, sobretudo, dos sonetos de *As Viagens* e do poemeto *Sagres*. Como quer que se encare o problema, parece haver em ambos os poetas um aspecto inovador na tradição épica de língua portuguesa, que é o minimalismo da epopéia, entendendo-se por *minimalismo* a busca do máximo através do mínimo. Como fundamento da hipótese de que os dois poetas partilharam da mesma atmosfera nacionalista, comum a Portugal e ao Brasil, comparem-se os seguintes textos:

> Só, na trágica noite e no sítio medonho,
> Inquieto como o mar sentindo o coração,
> Mais largo do que o mar sentido o próprio sonho,
> – Só, aferrando os pés sobre um penhasco a pique,
> Sorvendo a ventania e espiando a escuridão,
> Queda, como um fantasma, o Infante Dom Henrique...
> *Sagres*, est. II

> Em seu trono entre o brilho das esferas,
> Com seu manto de noite e solidão,
> Tem aos pés o mar novo e as mortas eras –
> Único imperador que tem, deveras,
> O globo mundo em sua mão.
> *Mensagem*, "O Infante D. Henrique"

Há também uma certa identidade quanto à idéia dos heróis que se empenham nos grandes projetos nacionais: dominam-se pelo ideal, por uma espécie de sonho obstinado que se aproxima da loucura. É assim que Bilac concebe seu Fernão Dias e seu Infante D. Henrique. Quanto aos heróis de *Mensagem*, sabe-se que o livro confunde-se com a apologia da obstinação e da loucura, vistas como as únicas virtudes capazes de imortalizar o "cadáver adiado que procria":

> É que o Sonho lhe traz dentro de um pensamento
> A alma toda cativa. A alma de um sonhador
> Guarda em si mesma a terra, o mar, o firmamento,
> E, cerrada de todo à inspiração de fora,
> Vive como um vulcão, cujo fogo interior
> A si mesmo imortal se nutre e se devora.
> *Sagres*, est. VI

> Minha loucura, outros que me a tomem
> Com o que nele ia.
> Sem a loucura que é o homem
> Mais que a besta sadia,
> Cadáver adiado que procria?
> *Mensagem*, "D. Sebastião, Rei de Portugal"

Lirismo Reflexivo

O livro *Tarde*, editado após a morte do poeta em 1919, costuma ser lembrado por suas relações com o Simbolismo. Não só pela musicalidade, mas também pelas sugestões cromáticas. Trata-se de uma noção bastante discutível, pois as maiores notações simbolistas de Bilac acham-se em *Via-Láctea*, e não em *Tarde*. A sonoridade deste último aproxima-se mais do ritmo de fanfarra, com instrumentos estridentes (Bandeira falou em "clangor de metais" [1946, 113]). Esse tipo de música não tem muito a ver com a discreta insinuação sonora do Simbolismo. É mais própria do ornato acústico do Parnasianismo. Enfim, mais do que *Tarde*, o lirismo estelar de *Via-Láctea* deve ter influído na concepção da poesia evanescente e alvar do Simbolismo, sobretudo em *Broquéis*, de Cruz e Sousa.

Tarde é composto basicamente pelos poemas reflexivos de Bilac. Não se encontra nesses poemas nenhuma inquietação propriamente filosófica, como se encontra, por exemplo, em *Claro Enigma*, de Drummond. Não há também indagações líricas, como em Gonçalves Dias ou Álvares de Azevedo. Como tudo em Bilac, a poesia de *Tarde* – noventa e oito sonetos – é dominada por esquemas retóricos, com a diferença de que, em muitos poemas, os processos se dão mais a ver do que os efeitos. Ao contrário do que propõe o soneto "A um Artista", em que o poeta expõe a teoria clássica dos efeitos. Aí, afirma que a simplicidade resulta da manipulação (tornada espontânea pela prática) dos ornatos da tradição. Nos livros anteriores, os componentes retóricos foram assimilados com tamanha verossimilhança, que os poemas transmitem impressão de naturalidade. Soam como se fossem escritos espontaneamente, sem auxílio dos esquemas compositivos, embora existam. O mesmo não acontece com a maioria dos sonetos de *Tarde*. Aí, a maquinaria retórica torna-se muito saliente. A oralidade (Bilac possui uma certa oralidade) cede lugar ao enunciado solene, algo verboso.

Os temas abordados pertencem também à tradição dos lugares-comuns da retórica clássica: a velhice, a passagem do tempo, o sentido da solidariedade, a aproximação da morte, a resignação em face da inexorabilidade da morte, apologia da moral cristã, associação das fases da vida com as estações do ano, o amor na velhice, a celebração discreta da história, o balanço da vida na velhice, exaltação de grandes modelos artísticos da história, encarecimento da piedade e da modéstia cristã, demonstração da pequenez do homem no cosmos, etc. São os estereótipos com que se escreveram os grandes poemas da humanidade. Mas, em alguns sonetos de *Tarde*, parece faltar a adequada junção entre o momento da invenção (escolha da tópica) e o da elocução (uso do ornato para verbalizar a tópica). Nem todo grande tema produz grande poema: daí, a impressão de coisa forçada em diversos passos do livro. Contribui para essa impressão a extensão meio lenta do verso alexandrino, muito freqüente em *Tarde*.

Apesar disso, acham-se em *Tarde* alguns dos sonetos mais bem realizados de Bilac, consensualmente admirados: "Língua Portuguesa", "As Ondas", "A um Artista", "Vila Rica". Este último foi recriado por Manuel Bandeira, em forma de homenagem, na abertura de *Lira dos Cinqüent'Anos*, com o título de "Ouro Preto". Aliás, o número de apropriações dos textos de Bilac é enorme. Dentre os emuladores mais recentes, irônicos ou não, acham-se Caetano Veloso e Chico Buarque. Só isso bastaria para dar a medida de sua presença na literatura brasileira. Drummond parodiou Bilac diversas vezes ao longo da vida ("Casamento do Céu e do Inferno", "No Meio do Caminho", "Fábula", "Príncipe dos Poetas"...). Nos poemas memorialistas de *Boitempo*, Bilac surge diversas vezes como parte do universo intelectual da juventude de Drummond. Em "Repetição", refere-se de forma carinhosa aos sonetos de *Tarde*, muitos dos quais foram publicados na revista *Careta*, com belas ilustrações de página inteira, a partir de 1912, geralmente com ilustrações de página inteira de J. Carlos, que fez também duas ótimas caricaturas de Bilac, ambas muito conhecidas:

> Volto a subir a Rua de Santana.
> De novo peço a Ninita Castilho
> a *Careta* com versos de Bilac.
> É toda musgo a tarde itabirana.
> ("Repetição")

Trata-se da primeira estrofe de um soneto, cuja chave de ouro lhe atribui um remoto tom bilaquiano. Numa das entrevistas concedidas à jornalista La Cavalcante na Rádio Ministério da Educação e Cultura, em 1954, Drummond declara: "Sempre amei Bilac, embora não o confessasse no período modernista; é riqueza da minha infância, nas páginas da *Careta*, ilustradas por J. Carlos" (1986, 17).

Conclusão

O presente ensaio procura estabelecer uma possível identidade de Bilac com alguns traços da poesia contemporânea, sem deixar de reconhecer a necessidade de caracterizar o poeta como homem de seu tempo. Há uma especificidade bilaquiana, que parece ser o compromisso da poesia com a retórica, numa dimensão neoclássica. Nesse sentido, o Parnasianismo pode ser visto como a última encarnação coesa da mentalidade aristotélica, ainda que esgarçada pelas múltiplas sugestões dos novos tempos. Não se trata, portanto, de propor um Bilac pré-modernista, mas de investigar nele a permanência de certas tópicas e ornatos da tradição, os quais se fazem presentes também nos poetas do século XX. Pode-se, enfim, pensar que entre o Parnasianismo e o Modernismo não houve propriamente ruptura, mas continuidade.

Surpreendentemente, Bilac ainda hoje é atacado sob pretexto de previsibilidade construtiva ante a suposta imprevisibilidade da criação pós-moderna, que não parece tão liberta quanto se supõe. Bilac deve ser lido como um poeta declaradamente clássico. Formou-se pelas poéticas do século XVIII, que entendiam a poesia como usuária dos lugares-comuns da retórica antiga, aos quais ele adicionou algo da sensibilidade romântica. Aristóteles subordinava a poética à retórica. Mais tarde, Horácio divulgou a idéia da poesia como uma espécie mais ornada de retórica. E assim por diante, até chegar no século XVIII, quando tal preceito se radicalizou, sobretudo em Portugal. Não é por acaso que as preferências de Bilac em língua portuguesa foram Bocage e Gonçalves Dias, este um poeta sabidamente de dicção classicizante. Em seu projeto de revigorar a poesia romântica, Bilac voltou-se para os lugares retóricos da tradição, fundindo-os com as cores do Parnasianismo francês, tributário de Boileau. Curiosamente, isso funcionou bem no tempo do poeta, sensibilizando os chamados leitores comuns e os supostamente mais sofisticados, como Lima Barreto, José Oiticica e Manuel Bandeira, que, em 1913, contribuíram para eleger Bilac o Príncipe dos Poetas Brasileiros, no famoso concurso da revista *Fon-Fon*[12].

Prefácio

A poesia clássica não via diferença essencial entre prosa e verso. Em conformidade com os mestres italianos e franceses, Luís Antônio Verney, no século XVIII, só admitia como ótima a poesia cujo conteúdo se orientasse pela lógica. Bilac pertence a essa tradição, com as variantes de seu tempo e condição. Por isso, não se intimidava em transpor para o verso lugares retóricos extraídos de textos prosaicos. Da mesma forma, incorporava tópicas estimadas pelo grande público, dando a elas uma feição verbal compatível com a época. Isso é freqüente na poesia antiga. Tradicionalmente, redimensionar a sensibilidade do povo é o que caracteriza a grande poesia. A *Ilíada*, a *Odisséia* e a *Eneida*, *Édipo Rei* ou as *Bacantes* estruturaram-se a partir da apropriação de lendas e mitos veiculados anteriormente, tanto em prosa quanto em verso. Camões extraiu quase toda a matéria de *Os Lusíadas* da prosa dos cronistas que o antecederam, sobretudo de Fernão Castanheda. Em certa medida, *O Uraguay*, de Basílio da Gama, pode ser entendido como uma versão poética da propaganda pombalina, veiculada em prosa antes do poema. Logo, desqualificar o poeta porque glosava certos lugares-comuns da sensibilidade de seu tempo não parece ser argumento suficiente. Da mesma forma, a suposta fragilidade, digamos, de "O Acendedor de Lampiões", de Jorge de Lima, não pode ser atribuída exclusivamente ao fato de desenvolver em versos um conteúdo prosaico, de existência prévia. Evidentemente, sempre haveria a hipótese de se argumentar sobre a possível impertinência da restauração do espírito clássico no final do século XIX. Mas não é o que se observa na crítica atual contra os processos do Parnasianismo e a poesia bilaquiana. Ao contrário, constata-se uma condenação sumária, sem ponderação histórica ou discussão acerca de possíveis dificuldades da reciclagem da poética clássica enquanto estratégia contra o suposto desgaste das formas românticas.

Pode parecer contraditório, mas Bilac é um poeta impessoal, no mesmo sentido em que foi Fernando Pessoa, tanto no *Cancioneiro* quanto em *Mensagem*. Com resultados diferentes, ambos preferiam estruturas consagradas pela tradição para se expressar liricamente. Ainda hoje, mesmo depois da descoberta do eu, grandes artistas trabalham com arquétipos ou tópicas objetivas da tradição, cuja existência se verifica numa espécie de repertório coletivo, que os retores chamam de *copia rerum*, isto é, o conjunto de coisas retóricas, das quais se pode falar em literatura. Assim, a obra bilaquiana deve ser vista como tributária de uma tradição milenar de poesia, entendida como manifestação da retórica. Ignorar isso equivale a um equívoco de perspectiva, pois desconsidera a própria essência desse tipo de poesia.

Ao que tudo indica, Bilac é um poeta em descompasso com a média do gosto pós-moderno, o qual, por sua vez, padece do excesso de confiança nas possibilidades de um supremo eu criador, capaz de gerar frases e noções nunca antes ditas ou pensadas. Todavia, há diversas coisas na poesia brasileira que não se entendem sem a presença dele. O presente ensaio levantou algumas hipóteses de leitura, sem pretender que sejam indiscutíveis; ao contrário, postulam a discussão. O ensaio parte do princípio de que a crítica deve levar em conta o discurso histórico de que os poemas fazem parte. Em rigor, todo poema é uma oração, um período ou um parágrafo de um discurso maior. Assim, a época de Bilac, que envolve tempos anteriores e posteriores, não deve ser entendida como *contexto*, mas sim como *texto*, um grande texto, cujas regras se entendem como a *poética cultural* do período, na qual se inscreve, como frases intercaladas, a produção do poeta.

São Paulo, novembro/dezembro de 1996.

IVAN TEIXEIRA

Notas

1. Por essa razão, relacionam-se aqui os poemas presentes nas duas antologias: "Profissão de Fé", "A sesta de Nero"; os seguintes sonetos de Via-Láctea: II, VI, IX, XII, XIII, XIV, XV, XVII, XXVI, XXVII, XXIX, XXX, XXXII, XXXV; "O Julgamento de Frinéia", "Satânia", "De Volta do Baile", "Pomba e Chacal", "Nel Mezzo del Camin...", "A Tentação de Xenócrates", "Inania Verba", "Virgens Mortas", "Vanitas", "Tercetos", "In Extremis", "Velhas Árvores", "Maldição", "Última Página", "O Caçador de Esmeraldas", "Pátria", "Língua Portuguesa", "Música Brasileira", "Os Matuius", "O Vale", "A Montanha", "As Estrelas", "As Ondas", "Dualismo", "A Iara", "Benedicite", "Sperate, Creperi!", "A um Poeta", "Aos meus Amigos de São Paulo", "Perfeição", "O Tear", "O Cometa", "Penetralia", "Frutidoro", "Os Sinos".

2. Para completar uma possível escolha dos melhores poemas de Bilac, destacam-se, a seguir, os textos escolhidos apenas por Manuel Bandeira: soneto IV de *Via Láctea*, "Sahara Vitae", "Pecador", "Surdina" "Os Rios". Além desses, Bandeira editou em sua antologia um poema até então inédito em livro, "Carta de Olimpo".

3. Do volume *Poesias*, sua escolha difere nos seguintes poemas: "A Morte do Tapir", "O Incêndio de Roma", "O Sonho de Marco Antônio", "A Ronda Noturna", sonetos I, X, XVIII, XIX, XX, XXVIII, XXXI, XXXIII, XXXIV de *Via Láctea*, "Marinha", "Abyssus", "Pantum", "Na Tebaida", "Milagre", "Canção", "A Avenida das Lágrimas", "Incontentado", "Noite de Inverno", "Alvorada do Amor", "Vita Nuova", "Em uma Tarde de Outono", "Crepúsculo na Mata", "Sonata do Crepúsculo", "Remorso", "Messidoro", "Um Beijo", "Criação". Além destes, Marisa Lajolo adiciona poemas pouco conhecidos (ausentes das *Poesias*), incluindo textos fesceninos, sátiras e paródias. Estes últimos poemas, como de resto o prefácio do volume, auxiliam uma revisão de Olavo Bilac, revelando a multiplicidade de facetas do poeta e a atualidade de seu lirismo.

4. Em "A Maçã", de Manuel Bandeira, parece persistir algo da impassibilidade parnasiana, embora o poema possa ser visto também em conexão com noções mais modernas, como o fez Davi Arrigucci Jr., que não deixa de constatar a presença clássica do *Ut pictura poesis* no poeta modernista (1990, 21-28).

5. Francisco José Freire (Cândido Lusitano), em sua *Arte Poética ou Regras da Verdadeira Poesia* (1758, 2ª ed.), assim comenta o conceito horaciano, citado aqui através da edição setecentista graças a uma especial fineza do Prof. Antonio Candido: "[...] Por isso, com expressiva metáfora, comumente se chama à Poesia *Pintura que fala*; e à pintura *Poesia muda*. Assim o deu a entender Horácio na sua *Poética*. Tomé de Burguilhos (ou Lope de Vega, como é mais crível, disfarçado com este nome), em um dos seus Sonetos, chamou engenhosamente à Poesia Pintura dos ouvidos, e à Pintura Poesia dos olhos, dizendo:

Marino, gran Pintor de los oídos,
Y Rubens, gran Poeta de los ojos.

Mas, já antes, Petrarca havia dito quase o mesmo, louvando a Homero com o epíteto de *Pintor*; e verdadeiramente o foi insigne em descrever vivamente os objetos materiais", capítulo V, p. 34.

6. Trata-se dos poemas "Plutão" e "O Lobo e o Cão".

7. "Nel Mezzo del Camin..." acha-se em *Sarças de Fogo*, editado na primeira edição de *Poesias*, em 1888, antes, portanto, da viagem de Bilac a Londres. A hipótese de identidade entre o poeta e o estilo pré-rafaelita baseia-se também em poemas de *Alma Inquieta* (1902), alguns dos quais parecem acusar influência da permanência do poeta em Londres ("Midsummer's Night's Dream" e "Romeu e Julieta"). Mais tarde, quando esteve em Nova York, escreveu um soneto sobre a cidade.

8. Esta e as revistas européias em que se baseia incorporaram bem cedo o ornamentalismo da pintura pré-rafaelita, de grande influência na artes gráficas da *Belle Époque*.

9. O presente autor não conhece nenhuma alusão à conexão entre os dois poemas, mesmo tendo consultado as obras que abordaram mais especificamente o poema drummondiano: *Uma Pedra no Meio do Caminho: Biografia de um Poema*, com introdução de Arnaldo Saraiva e seleção e montagem de Carlos Drummond de Andrade (1967) e *Drummond: a Estilística da Repetição*, de Gilberto Mendonça Teles (1976).

10. Arnaldo Saraiva (1967, 13) registra o depoimento de João Alphonsus quanto ao escândalo que, na época, causou o uso do verbo *ter* pelo *haver*. Em *Claro Enigma*, o poeta retomará esse texto num soneto perfeitamente clássico-parnasiano: "Legado", em que afirma que de tudo quanto fizera na vida só restaria sua obra poética, singularizada no verso "uma pedra que havia em meio do caminho". Neste soneto de 1951, o poeta retorna à forma solene do verbo *haver*, o que provocou reações polêmicas tanto em Décio Pignatari quanto em Haroldo de Campos.

11. Os poemas traduzidos por Pessoa para a *Biblioteca Internacional de Obras Célebres* foram coligidos por Arnaldo Saraiva em *Fernando Pessoa: Poeta-Tradutor de Poetas (Os Poemas Traduzidos e o Respectivo Original)*, Porto, Lello Editores, 1996. Aí, o professor português descreve essa enorme antologia (24 volumes, 12.228 páginas), destacando sua influência na formação de Carlos Drummond de Andrade, que escreveu um poema sobre ela, intitulado "Biblioteca Verde" (*Menino Antigo: Boitempo II*). Ao recompor as leituras juvenis de Drummond, José Maria Cançado também se refere à famosa *Biblioteca Internacional*, em *Os Sapatos de Orfeu: Biografia de Carlos Drummond de Andrade* (1993, 45-48). *Sagres* vem transcrito no vol. 8 da *Biblioteca Internacional*, p. 3.983.

12. O concurso da *Fon-Fon* foi anunciado e comentado em diversos números da revista, mas o resultado final saiu no número 16 do ano VII, em 19 de abril de 1913.

Bibliografia

1967. ANDRADE, Carlos Drummond de (Seleção e montagem). *Uma Pedra no Meio do Caminho: Biografia de um Poema*. Rio, Editora do Autor.

1978. ———. "Sobre a Tradição em Literatura". In: *A Revista*. Número I. Ano I, Belo Horizonte, julho de 1925. Edição Fac-similar. Apresentação de José Mindlin. Estudos de Cecília de Lara e Plínio Doyle. São Paulo, Metal Leve.

1975. ———. "No Meio do Caminho". In: *Revista de Antropofagia*. Primeira e Segunda Dentições. Edição fac-similar com prefácio de Augusto de Campos. São Paulo, Abril/Metal Leve.

1986. ———. *Tempo Vida Poesia: Confissões no Rádio*. Rio, Record.

1943. ANDRADE, Mário de. *Aspectos da Literatura Brasileira*. Rio, Americ = Edit.
1958. ———. "Mestres do Passado, V: Olavo Bilac". In: BRITO, Mário da Silva. *História do Modernismo Brasileiro: Antecedentes da Semana de Arte Moderna*. São Paulo, Saraiva. [Publicado originalmente no *Jornal do Comércio*, Edição de São Paulo, 20-8-1921].
1993. ASCHER, Nelson. *O Sonho da Razão*. São Paulo, Editora 34.
1996. ———. *Algo de Sol*. São Paulo, Editora 34.
1910. ASSIS, Machado de. *Crítica*. Coleção feita por Mário de Alencar. Rio, Garnier.
1940. BANDEIRA, Manuel. *Antologia dos Poetas Brasileiros da Fase Parnasiana*. Rio, Ministério da Educação e Saúde
1946. ———. *Apresentação da Poesia Brasileira*. Seguida de uma pequena antologia. Prefácio de Otto Maria Carpeaux. Rio, Casa do Estudante do Brasil.
1957. ———. *Itinerário de Pasárgada*. Rio, Edições Jornal de Letras.
1788. BARBOSA, Jerônimo Soares. *Instituições Oratórias de M. Fábio Quintiliano*. Escolhidas dos seus 12 livros, traduzidas em linguagem e ilustradas com notas críticas, históricas e retóricas para uso dos que aprendem. [...] Tomo primeiro. Coimbra, Imprensa Real da Universidade.
1994. BRESSLER, Charles E. "New Historicism". In: *Literary Criticism: An Introduction to Theory and Practice*. Nova Jersey, Prentice Hall.
1973. BRANCO, João Roiz Castelo. "Cantiga sua Partindo-se". In: *Cancioneiro Geral*, Garcia de Resende. Nova edição em 5 volumes. Introdução e Notas de Andrée Crabbé Rocha. Lisboa, Centro do Livro Brasileiro.
1996. BUENO, Alexei. "Nota Editorial" e "Bilac e a Poética da *Belle Époque* Brasileira". In: *Olavo Bilac: Obra Reunida*. Rio, Nova Aguilar.

1982. CAMPOS, Haroldo de. "Sousândrade: Formas em Morfose". In: *ReVisão de Sousândrade*. Augusto e Haroldo de Campos. Rio, Nova Fronteira.

1992. CANÇADO, José Maria. *Os Sapatos de Orfeu: Biografia de Carlos Drummond de Andrade*. São Paulo, Scritta Editorial.

1959. CANDIDO, Antonio. *Formação da Literatura Brasileira: Momentos Decisivos*. 2 vols. São Paulo, Martins.

1987. ―――. *A Educação pela Noite e Outros Ensaios*. São Paulo, Ática.

1942. CARVALHO, Afonso de. *Bilac: o Homem, o Poeta, o Patriota*. Rio, José Olympio.

1972. GOMBRICH, E. H. *História da Arte*. Tradução de Álvaro Cabral. São Paulo, Círculo do Livro.

1989. GREENBLATT, Stephen. "Towards a Poetics of Culture". In: *The New Historicism*. Edited by VEESER, H. Aram. Nova York/Londres, Routledge.

1963. JORGE, Fernando. *Vida e Poesia de Olavo Bilac*. São Paulo, Exposição do Livro.

1982. JANSON, H. W. *História da Arte: Panorama das Artes Plásticas e da Arquitetura da Pré-História à Atualidade*. Tradução de J. A. Ferreira de Almeida com a colaboração de Maria Manuela Rocheta Santos. Lisboa, Calouste Gulbenkian.

1996. JUNQUEIRA, Ivan. "Bilac: Versemaker". In: *Olavo Bilac: Obra Reunida*. Organização e introdução de Alexei Bueno. Rio, Nova Aguilar.

1985. LAJOLO, Marisa. [Introdução]. In: *Os Melhores Poemas de Olavo Bilac*. São Paulo, Global.

1945. MONTALEGRE, Duarte. *Ensaio sobre o Parnasianismo Brasileiro*. Seguido de uma breve antologia. Vila Nova de Famalicão, Coimbra Editora.

1972. MAGALHÃES JR., Raimundo. *A Vida Turbulenta de José do Patrocínio*. Segunda edição, revista pelo Autor. São Paulo/Brasília, Lisa/INL.

1974. ————. *Olavo Bilac e sua Época*. Rio, Companhia Editora Americana.
1936. MONTEIRO, Mário. *Bilac e Portugal*. Lisboa, Agência Editorial Brasileira.
1944. PONTES, Eloy. *A Vida Exuberante de Olavo Bilac*. Edição ilustrada, em 2 vols. Rio, José Olympio
1959. RAMOS, Péricles Eugênio da Silva. *Panorama da Poesia Brasileira: Parnasianismo* (Vol. IV). Civilização Brasileira, Rio.
1967. ————. *Poesia Parnasiana: Antologia*. São Paulo, Melhoramentos, São Paulo.
1967. SARAIVA, Arnaldo. "Apresentação". In: *Uma Pedra no Meio do Caminho: Biografia de um Poema*. Seleção e montagem de Carlos Drummond de Andrade. Rio, Editora do Autor.
1996. ————. *Fernando Pessoa: Poeta-Tradutor de Poetas (Os Poemas Traduzidos e o Respectivo Original)*. Porto, Lello Editores.
1976. TELES, Gilberto Mendonça da Silva. *Drummond: Estilística da Repetição*. Segunda edição, revista e aumentada. Rio, José Olympio.

BIBLIOGRAFIA DE POESIAS

Pode-se esboçar, com segurança, considerando apenas as publicações em volume, a seguinte bibliografia até 1919, data de publicação de *Tarde*, alguns meses após a morte do poeta.

Poesias: Panóplias, Via-Láctea, Sarças de Fogo. São Paulo, Teixeira & Irmão – Editores, 1888.

Sagres. Rio de Janeiro, Tip. do Jornal do Comércio, 1898.

Poesias (edição definitiva): *Panóplias, Via-Láctea, Sarças de Fogo, Alma Inquieta, As Viagens, O Caçador de Esmeraldas*. Rio de Janeiro, Paris, H. Garnier, Livreiro-Editor, 1902.

Poesias (nova edição): *Panóplias, Via-Láctea, Sarças de Fogo, Alma Inquieta, As Viagens, O Caçador de Esmeraldas*. Rio de Janeiro, Paris, H. Garnier Livreiro-Editor, 1904. Em rigor, esta deveria ser a terceira edição das *Poesias* de Bilac e a segunda da Editora Garnier. Mas nenhuma Bibliografia registra sua existência.

Poesias (terceira edição) *Penóplias, Via-Láctea, Sarças de Fogo, Alma Inquieta, As Viagens, O Caçador de Esmeraldas.* H. Garnier Livreiro-Editor, Rio de Janeiro, Paris, 1905.

Poesias (quarta edição, revista pelo autor e aumentada): *Panóplias, Via-Láctea, Sarças de Fogo, Alma Inquieta, As Viagens, O Caçador de Esmeraldas.* Rio de Janeiro, Belo Horizonte, São Paulo, Livraria Francisco Alves, 1909.

Poesias (quinta edição): *Panóplias, Via-Láctea, Sarças de Fogo, Alma Inquieta, As Viagens, O Caçador de Esmeraldas.* Rio de Janeiro, Paris, Francisco Alves & Cia., Aillaud. Alves & Cia., 1913.

Poesias (sexta edição revista): *Panóplias, Via-Láctea, Sarças de Fogo, Alma Inquieta, As Viagens, O Caçador de Esmeraldas.* Rio de Janeiro, Paris, Francisco Alves & Cia., Aillaud, Alves & Cia., 1916.

Tarde. Rio de Janeiro, São Paulo, Belo Horizonte, 1919.

CRONOLOGIA

1865. Em 16 de dezembro nasce, no centro do Rio de Janeiro, Olavo Brás Martins dos Guimarães Bilac. Pais: Brás Martins dos Guimarães Bilac e Delfina Belmira dos Guimarães Bilac. Bilac tinha três irmãos: Ida Angélica, Cora e Gastão. José de Alencar, então ministro da justiça, publica *Iracema*. A Guerra do Paraguai chega ao fim de seu primeiro ano.

1866. Publica-se em Paris a célebre antologia de poetas *Le Parnasse Contemporain*, editada por Alphonse Lemerre. O volume agrupava poetas de tendências múltiplas. Um vinha de um Realismo pessoal: Charles Baudelaire; alguns se unificavam pelo perfeccionismo formal: Leconte de Lisle, Théophile Gautier, Théodore de Banville, Sully-Prudhomme, François Coppée e José Maria de Heredia; outros formariam a contra-vertente simbolista: Paul Verlaine e Stephane Mallarmé. Do título da obra surgiu o nome Parnasianismo, de que Bilac é o maior representante no Brasil.

1880. Bilac ingressa na Faculdade de Medicina do Rio de Janeiro, por decreto imperial, em virtude de o estudante, então com 14 anos, achar-se abaixo da idade legal. Embora sem apreço pelos estudos médicos, obtém, mediante concurso, o lugar de ajudante de preparador da cadeira de Fisiologia, com pequena remuneração.

1881. Aluísio Azevedo publica, no Maranhão, *O Mulato*, que inaugura o Naturalismo no Brasil, obedecendo aos padrões de Émile Zola e Eça de Queirós. Machado de Assis publica, em volume, as *Memórias Póstumas de Brás Cubas*, que representa um tipo especial de Realismo no Brasil.

1883. Aos 18, Bilac publica, na *Gazeta Acadêmica*, da Faculdade de Medicina, três sonetos materialistas e anticlericais sob o título de "Deus". Ao que tudo indica, são os primeiros poemas editados pelo poeta. Nessa altura, já é amigo e admirador de Alberto de Oliveira, que cursava a mesma faculdade, na área de Farmácia. Raimundo Correia publica *Sinfonias*, livro em que se misturam a denúncia realista e o esteticismo parnasiano.

1884. Apresentado por Alberto de Oliveira, Bilac estréia na grande imprensa (*Gazeta de Notícias*), com o soneto "A Sesta de Nero", reeditado em *Panóplias*. O soneto revela assimilação da tendência arqueológica dos colaboradores do *Parnasse Contemporain*: Leconte de Lisle, Gautier e Heredia. Bilac passa a freqüentar a casa de Alberto de Oliveira, a Engenhoca, chácara de Niterói, onde conhece a irmã do amigo, Amélia de Oliveira, por quem manteria uma frustrada paixão ao longo de toda a vida. A Engenhoca era uma espécie de academia informal, freqüentada por escritores como Raimundo Correia, Aluísio Azevedo, Artur Azevedo, Guimarães Passos, Raul Pompéia, Pardal Mallet e Valentim Magalhães.

1885. Bilac colabora nas revistas *A Estação* e *A Semana*, com o apoio de Artur Azevedo, que foi o primeiro de seus críticos. Eram revistas importantes, para as quais Machado de Assis escrevia profissionalmente. Nessa ocasião, começam os conflitos de Bilac com o pai, por causa de sua vida boêmia.

1886. Bilac amplia seus contatos jornalísticos, escrevendo para *A Quinzena* e *Vassourense*, ambos de Vassouras, onde residia o poeta-juiz Raimundo Correia. Em 31 de julho, publica, em *A Semana*, seu primeiro grande sucesso, o soneto "Ora (direis) ouvir estrelas!", que seria reproduzido na *Gazeta de Notícias* e na *Vida Semanária* (este, de São Paulo). Trata-se do soneto XIII de *Via-Láctea*. O poeta abandona o curso de Medicina, disposto a estudar Direito em São Paulo. Já não mora com a família, e a relação com o pai torna-se insustentável.

1887. Participa, com Machado de Assis, da fundação do Grêmio de Letras e Artes, do qual resultaria a Academia Brasileira de Letras. Parte para São Paulo, sem recursos, com recomendações de Raimundo Correia ao *Diário Mercantil*, jornal abolicionista. No final do ano, torna-se noivo de Amélia de Oliveira.

1888. Bilac não consegue casar-se com Amélia, por proibição de José Mariano, o irmão mais velho da noiva. Aos 23, o poeta custeia a publicação do volume *Poesias*, impresso em Portugal, pela Livraria Teixeira, de São Paulo. De volta ao Rio, intensifica a amizade com Coelho Neto, com quem divide um sobrado. Escreve para o *Novidades*, jornal abolicionista de curta duração. Ao mesmo tempo, colabora na *Cidade do Rio*, de José do Patrocínio, também abolicionista. Mantém curto noivado com Selika, que lhe inspira o poema "Noite de Inverno", de *Alma Inquieta*. Raul Pompéia publica, no Rio, *O Ateneu*: primeiro, na *Gazeta de Notícias*; depois, em volume. Silvio Romero lança a primeira versão de sua *História da Literatura Brasileira*. Em Portugal, publicam-se *Os Maias*, romance que coroa a fase realista-naturalista de Eça de Queirós.

1889. Bilac funda o jornal *A Rua*, com Pardal Mallet, Luís Murat e Raul Pompéia. Por razões pouco claras, o poeta duela com Pardal Mallet. Assim como apoiara a Abolição, Bilac participa da Proclamação da República, em cuja causa vinha escrevendo tanto em *A Rua* quanto em a *Cidade do Rio de Janeiro*.

1890. Escreve, com Pardal Mallet, *O Esqueleto*, narrativa satírica contra a família real brasileira. Aluísio Azevedo publica *O Cortiço*. Bilac viaja à Europa, como correspondente de *A Cidade do Rio*. Conhece Lisboa, Londres e Paris, a cidade de seus sonhos. Aí, em casa de Eduardo Prado, conhece Eça de Queirós, de quem se torna íntimo. Ambos chegam a planejar um livro de parceria. Segundo Afonso de Carvalho, Bilac conhece pessoalmente: Zola, Edmond Goncourt, Maupassant, Daudet, Heredia, Coppée, Lesconte de Lisle e Anatole France.

1891. É nomeado para o cargo de oficial-maior da Secretaria dos Negócios da Justiça do Estado do Rio. Morte do pai, com quem não se relacionava desde 1888. Fernando Jorge conta que, sob o travesseiro do pai, foi encontrado um exemplar das *Poesias*, todo manuseado. Bilac acompanhou o enterro.

1892. Em virtude de sua participação no jornal antiflorianista *O Combate*, de Lopes Trovão, Bilac é demitido do emprego público. Por razões políticas e também por insinuações sexuais ainda não esclarecidas, Olavo Bilac bate-se em duelo com Raul Pompéia, defensor do governo de Floriano Peixoto. Repressão do governo contra os adversários. Bilac e José do Patrocínio são presos. O primeiro ficou na Fortaleza da Lage, no Rio; o segundo foi deportado para a Amazônia.

1893. Libertado, Bilac refugia-se em Ouro Preto, então capital de Minas Gerais. Aí, colabora em jornais locais, sem deixar de escrever para os jornais cariocas, sobretudo a *Gazeta de Notícias*. Amizade com Afonso Arinos, autor de *Pelo Sertão*. Cruz e Sousa edita *Missal* (prosa poética) e *Broquéis* (versos), que introduzem o Simbolismo no Brasil. Coelho Neto publica seu primeiro romance, *A Capital Federal*, com êxito retumbante. Dá-se a Revolta da Armada, que é debelada com violência por Floriano Peixoto. Proibição do jornal *A Cidade do Rio*. Organização do arraial de Canudos, na Bahia.

1894. Publica *Crônicas e Novelas* (Rio, Cunha e Irmão). Envolvido num escândalo de carnaval, Bilac vê-se obrigado a deixar Ouro Preto, transferindo-se para Juiz de Fora, onde escreve grande parte de "O Caçador de Esmeraldas". Aparecem, na *Gazeta de Notícias*, os sonetos de *As Viagens*, que devem ter exercido influência no minimalismo épico de *Mensagem*, de Fernando Pessoa. Compõe o romance satírico *Sanatorium*, em parceria com Magalhães de Azeredo, editado em volume apenas em 1977. Prudente de Morais é eleito Presidente da República. Ressurgimento da imprensa livre no Rio.

1895. De volta ao Rio, Bilac dedica-se a livros didáticos com Coelho Neto, nos quais fundem civismo, culto pela língua, lirismo facilitado e aventura. Destacam-se: *Contos Pátrios*, *A Terra Fluminense* e *A Pátria Brasileira*. Colabora no *Dom Quixote*, na *Cigarra* e na *Revista Ilustrada*.

1896. Dirige a revista *A Bruxa*, em que publica poemas humorísticos e fesceninos. Mantém o mesmo espírito em sua colaboração para *O Filhote*, suplemento humorístico da *Gazeta de Notícias*, em que editou o picante poema fescenino "Medicina". Em dezembro, Bilac participa, com Machado de Assis e outros escritores, da primeira reunião da Academia Brasileira de Letras, realizada na redação da *Revista Brasileira*, então dirigida por José Veríssimo.

1897. Inicia sua colaboração semanal como cronista na *Gazeta de Notícias*, em substituição a Machado de Assis, que, nessa altura, envolve-se inteiramente com a redação de *Dom Casmurro*. A posição de cronista dominical desse jornal consagra definitivamente Bilac como escritor brasileiro. Em outubro, consolida-se o massacre de Canudos.

1898. Publica, pela Tipografia do *Jornal do Comércio*, o poemeto *Sagres*, com o subtítulo de "Comemoração da descoberta do caminho da Índia".

1899. Colabora no *Engrossa*, seção humorística da *Gazeta de Notícias*. Nomeação para diretor do Pedagogium (escola municipal) e, depois, para inspetor escolar na cidade do Rio de Janeiro, sob chefia de Manuel Bonfim, com que escreveria, entre outros, o *Livro de Composição*, destinado às escolas primárias de todo o Brasil. Depois dessa nomeação, Bilac atenua sua colaboração humorística nos jornais.

1900. Participa do Caso Dreyfus com um soneto em francês, que o jornal *Le Siècle* edita com um elogio protocolar. Em outubro, Olavo Bilac viaja à Argentina como emissário da *Gazeta de Notícias*, em sua cobertura da viagem do presidente Campos Sales àquele país. Bilac discursa num banquete em Buenos Aires. *La Nación* publica o resumo desse discurso, com elogios calorosos. A revista *Caras y Caretas* publica uma caricatura do poeta, acompanhada de autobiografia. Contra o esperado, Bilac prolonga sua permanência em Buenos Aires. Seu espaço dominical na *Gazeta de Notícias* teve de ser preenchido por Machado de Assis, que então escreve duas crônicas das mais inspiradas de sua carreira. São as duas últimas do volume póstumo *A Semana*. De volta ao Rio, Bilac é calorosamente saudado pela *Gazeta de Notícias*.

1901. Por iniciativa de Bilac, inaugura-se, no Passeio Público, o busto a Gonçalves Dias, esculpido por Rodolfo Bernardelli. Na inauguração, Machado de Assis profere um discurso, coisa rara em sua vida. No mesmo dia, na Academia Brasileira de Letras, Bilac profere uma conferência sobre o poeta de *Os Timbiras*, reproduzida imediatamente na *Gazeta de Notícias* e no *Jornal do Comércio*. Com ela, o poeta abriria o seu volume *Conferências Literárias*, editado em 1906. Contratado pela Livraria Laemmert, vinha, nos últimos anos, traduzindo e adaptando livros de diversão infantil, dos quais o mais famoso é *Juca e Chico: História de dois Meninos em Sete Travessuras*, que veio a público neste ano. Trata-se de obra escrita e ilustrada pelo poeta alemão Wilhelm Busch, que produziu longa série utilizando os mesmos personagens. Em 16 de novembro, a *Cidade do Rio* publica "O Automóvel", conto humorístico de Batista Cepelos, baseado no primeiro desastre automobilístico ocorrido no Brasil. O motorista era Olavo Bilac; o proprietário do veículo, José do Patrocínio, o primeiro a circular com automóvel no Rio (R. Magalhães Júnior: 1972, 366-370).

1902. Sai a segunda edição de *Poesias*, acrescida de *Alma Inquieta*, *As Viagens* e *O Caçador de Esmeraldas*. Traz uma fotografia do autor, de perfil, olhando para a direita. Na página de rosto, além dos títulos dos diversos livros do volume, aparece a indicação: "Edição Definitiva". Guimarães Passos publica crítica elogiosa na *Gazeta de Notícias*. José Veríssimo fez restrições que, talvez, valham ainda hoje: "Olavo Bilac é porventura o mais brilhante dos nosso poetas – poeta brilhante, penso eu, é o apelido que mais lhe convém e que melhor o caracteriza – mas faltam-lhe outras virtudes sem as quais não há verdadeiramente um grande poeta". Euclides da Cunha publica *Os Sertões*; Graça Aranha, *Canaã*.

1903. Bilac interessa-se pelas experiências de Santos Dumont, escrevendo uma crônica sobre o inventor e um soneto dedicado a Bartolomeu Lourenço de Gusmão, chamado "O Voador", aproveitado em *Tarde*. José do Patrocínio dedica-se também a experiências com Balões. Caso decolasse, o poeta voaria na primeira viagem.

1904. Publica *Poesias Infantis* e *Contos Pátrios* (este, em parceria com Coelho Neto). Inicia colaboração na *Kosmos*, revista ilustrada de fino acabamento, além de manter a crônica semanal na *Gazeta de Notícias* e de escrever diariamente para *A Notícia*.

Nova viagem à Europa. Em Portugal, publica *Crítica e Fantasia*, que recupera parte de *Crônicas e Novelas*, editado em 1894. Em Lisboa, é saudado pelo jornalista João Chagas, que transcreve o soneto "Ora (direis) ouvir estrelas" como suporte para a exaltação do poeta (Mário Monteiro: 1936, 54-56). A revista *O Ocidente*, também de Lisboa, publica, na primeira página, foto do poeta, seguida de elogio e da transcrição do mesmo soneto. Em Paris, procura entrar em contato com José Maria Heredia, autor de *Troféus* e ídolo de Bilac na juventude. De volta ao Rio, Bilac posiciona-se a favor da vacina obrigatória, imposta por Rodrigues Alves, através de Oswaldo Cruz. Comenta em crônica os tumultos provocados pela medida governamental. O prefeito Pereira Passos inicia a reurbanização do Rio, pela abertura da Avenida Central, saudada por Bilac em crônica da *Kosmos* (ano I, nº 3). Em novembro, o poeta assina contrato com a Livraria Garnier para a terceira edição das *Poesias*, que lhe daria boa soma em dinheiro, muito acima da média dos direitos autorais de então. A tiragem foi de dois mil e duzentos exemplares.

1905. Terceira edição das *Poesias*, com foto do autor, olhando para a esquerda. Bilac é convidado por Medeiros e Albuquerque para o suceder na Diretoria de Instrução do Distrito Federal. Embora mais elevado que o cargo de inspetor escolar, Bilac recusa sob pretexto de que não pretendia se envolver em dificuldades administrativas. Medeiros e Albuquerque, Olavo Bilac e Coelho Neto iniciam o processo de conferências pagas para o grande público no Rio de Janeiro. O primeiro a falar é Coelho Neto, com a conferência "As Mulheres na Bíblia", proferida no Instituto Nacional de Música, com grande repercussão na imprensa carioca. No dia 19 de agosto, Bilac profere a segunda conferência da série: "A Tristeza dos Poetas Brasileiros". O sucesso não é menor que o de Colho Neto. A *Gazeta de Notícias* informa que havia gente sentada "ao pé do órgão, por trás do conferencista". Aparecem os *Últimos Sonetos*, de Cruz e Sousa. Em crônica de *A Notícia*, Bilac informa que havia cerca de 10 automóveis no Rio.

1906. Publica *Conferências Literárias* (Rio, Kosmos), proferidas neste e no ano anterior. A partir de então, a mania das conferências domina o Rio de Janeiro. Em vez de semanais, passam a ser quase diárias. Em popularidade, ninguém supera Olavo Bilac, tido também por ótimo declamador. Corre o boato de que o poeta bebia muito. Todavia, cumpre com pontualidade seus compromissos jornalísticos, entregando diariamente sua crônica em *A Notícia*. Aos domingos, continua na *Gazeta de Notícias*. Mensalmente, colabora na revista *Kosmos*. Começa a compor os sonetos do livro *Tarde*. Desempenha a função de secretário geral da Terceira Conferência Pan-Americana no Rio, assessorando Joaquim Nabuco. A revista *Kosmos* edita foto de Bilac como integrante do evento internacional.

1907. Tramita no Congresso Nacional o projeto de lei para instituir a obrigatoriedade do serviço militar. Bilac apóia o projeto em artigos na imprensa. Da mesma forma, apóia a reforma ortográfica da língua portuguesa, no sentido da simplificação. Na revista *Kosmos*, condena a mania das conferências, que, àquela altura, beiravam o ridículo. Ironicamente, sugere que as variações talvez pudessem vir das posições dos conferencistas: falar uma hora sobre um só pé, outra hora de cabeça para baixo, de charuto na boca, sem deixar que se apagasse. Na *Gazeta de Notícias*, ironiza outra mania carioca, a dos cinematógrafos. Na ocasião, havia dezoito deles no Rio (R. Magalhães Jr.: 1974, 285). Em outubro, Bilac é homenageado num grande banquete, promovido pelo diretor da *Gazeta de Notícias*, Henrique Chaves. Estão presentes senadores, ministros, deputados, generais, marechais. Machado de Assis também comparece. Oliveira Lima pronuncia o discurso de homenagem, publicado depois na *Gazeta*. João do Rio publica, no *Momento Literário*, uma crônica sobre o poeta, a partir de uma entrevista, concedida em sua casa de solteirão, na rua Barão de Itambi, 35. Na entrevista, Bilac revela profundo pesar sobre o índice de analfabetismo no Brasil, razão pela qual se dedicava a textos didáticos. Declara: "A Arte é a cúpula que coroa o edifício da civilização: e só pode ter Arte o povo que já é 'povo', que já saiu triunfante de todas as provações em que se apura e define o caráter das nacionalidades"

1908. Publica-se, em Roma, a tradução italiana de *O Caçador de Esmeraldas*, por Carlo Parlagreco, com ilustrações e texto bilíngüe. A publicação traz foto do poeta, tirada em Roma. O Rio de Janeiro comemora o centenário da vinda da Família Real para o Brasil. O Governo Afonso Pena organiza a Feira Internacional da Indústria. No final do ano, Bilac rompe com a imprensa: na *Gazeta de Notícias*, é substituído por João do Rio; na revista *Kosmos*, por Gonzaga Duque e Lima Campos. A imprensa o acusara de receber subvenção do Itamarati, através de seu amigo Barão do Rio Branco, para abrir uma firma na Europa, a Agência Americana, destinada a informar empresários sobre negócios estrangeiros no Brasil. Mais tarde, João do Rio esclareceria que houve calúnia, informando que Bilac, ofendido, restituíra, contra a vontade do governo, o dinheiro recebido. Logo após a acusação, embarca para a Europa.

1909. Sai a quarta edição das *Poesias*, com a indicação de "Revista pelo autor e aumentada". Bilac pronuncia o discurso de inauguração do Teatro Municipal, ocasião em que se encena comédia de Coelho Neto. Em junho, morre sua mãe. Morre Guimarães Passos, logo depois de concluir, em parceria com Bilac, o *Tratado de Versificação*. Em outubro, Bilac fala no primeiro aniversário da morte de Machado de Assis, na Academia Brasileira de Letras. Nova viagem à Europa. Estréia de Lima Barreto: *Recordações do Escrivão Isaías Caminha*.

1910. Saem: *Tratado de Versificação*, com Guimarães Passos, e *Através do Brasil*, com Manuel Bonfim. Bilac é enviado em missão diplomática à Argentina, como membro da Quarta Conferência Pan-Americana, por escolha do Barão do Rio Branco. Revolta da Chibata no Rio, contra castigos corporais na Marinha.

1911. Prepara uma *Revista do Brasil*, de caráter semi-oficial, para a Exposição Internacional de Turim. Viagem a Nova York, onde escreve soneto sobre a cidade, que seria publicado em *Tarde*.

1912. Sai a segunda edição das *Conferências Literárias*, sensivelmente ampliada. Instado por Jorge Schmidt, proprietário da revista *Careta*, Bilac passa a colaborar nesse veículo. A primeira colaboração de Bilac na *Careta* dá-se no número 210, que circulou em 8 de junho. Trata-se do soneto "Os Amores da Aranha", em página inteira, com ilustração *art déco* de J. Carlos. A partir de então, muitos sonetos, que seriam depois recolhidos em *Tarde*, apareceram nessa revista. Editavam-se com especial cuidado, impressos em cores, ora com desenhos geométricos, ora com motivos relacionados ao conteúdo. Augusto dos Anjos publica *Eu*, sobre o qual Bilac, em conversa, se manifesta com desdém.

1913. Bilac é eleito Príncipe dos Poetas Brasileiros. Estando o poeta na Europa, a revista ilustrada *Fon-Fon*, à imitação do que ocorrera na França com Paul Fort, promove no Rio a eleição do melhor poeta brasileiro, segundo a opinião de escritores. O voto era aberto. Votaram 104 escritores. Bilac obteve 39 pontos; Alberto de Oliveira, 34: Mário Pederneiras (redator-chefe da *Fon-Fon*, mas também criador do verso livre e da poesia coloquial no Brasil), 13. Augusto dos Anjos obteve apenas um voto. José Oiticica, João Ribeiro, João do Rio, Gilberto Amado e Manuel Bandeira votaram em Bilac. Após o retorno de Bilac da Europa, em 21 de julho, no salão do *Jornal do Comércio*, há ruidosa homenagem ao poeta, com discursos e declamações de poemas seus. Alcides Maya, o mesmo que, no ano anterior, escrevera um sábio livro sobre Machado de Assis, profere o discurso principal do evento. Alberto de Oliveira preside à comemoração. A *Careta* de 26 de julho reproduz esse discurso, aproveitando para dar, em primeira mão, quatro sonetos inéditos declamados na ocasião e que o autor incluiria em *Tarde*, dentre os quais se destaca "Vila Rica", então com o título de "Ouro Preto".

1914. Participa, em Paris, de um banquete oferecido pela Société de Gens de Lettres a intelectuais brasileiros residentes em Paris. No Brasil, empenha-se na eleição de Emílio de Meneses para a Academia Brasileira de Letras. Apesar disso, afirma R. Magalhães Jr. que o candidato espalhava quadrinhas obscenas alusivas a hipotéticas tendências homossexuais em Bilac (1974, 345). O poeta dedica-se ao *Dicionário Analógico da Língua Portuguesa*, ainda inédito.

1915. Em plena guerra, Bilac embarca de novo para a Europa. De volta ao Brasil, aceita a presidência honorífica da Sociedade dos Homens de Letras, menos formal que a Academia Brasileira. Com esse grupo, participa de ensaios para a encenação de *Deuses de Casaca*, peça de Machado de Assis. A encenação não se efetua, porque um dos atores, Aníbal Teófilo, é assassinado por Gilberto Amado. Empenhado na campanha do serviço militar obrigatório, Bilac viaja a São Paulo, onde é recebido com euforia pelos alunos da Faculdade de Direito do Largo São Francisco. Depois das palestras, é conduzido a passeio de automóvel pela Serra da Cantareira, sob o comando de Alfredo Pujol e Oswald de Andrade. Dessa recepção resulta o soneto "Aos Meus Amigos de São Paulo", editado na *Careta* e aproveitado em *Tarde*. Tira foto com intelectuais paulistanos, dentre os quais se encontra Oswald de Andrade (Maria Eugênia Boaventura: 1995, 28). A partir desse ano, Oswald de Andrade procura Bilac diversas vezes no Rio. Sai a obra-prima de Lima Barreto: *Triste Fim de Policarpo Quaresma*.

1916. Publica *Ironia e Piedade*, constituído basicamente por crônicas escritas na *Gazeta de Notícias*. Sai a sexta edição das *Poesias*, a última revista pelo poeta. Nova viagem à Europa. Em Portugal, é recebido pela revista *Atlântida*, com discurso de Jaime Cortesão, então diretor do grupo Renascença Portuguesa. Bilac profere conferência no Teatro República, em cuja audiência se achava o presidente da República, Bernardino Machado. Na conferência, Guerra Junqueiro saúda-o comovidamente. Em tempos de guerra, o jornal lisboeta *A Capital* exalta o patriotismo de Bilac, transcrevendo o soneto "À Língua Portuguesa", com destaque para a presença de Camões na sensibilidade bilaquiana. De volta ao Brasil, Bilac cria a Liga de Defesa Nacional, com o propósito de divulgar a idéia do serviço militar obrigatório. Em Belo Horizonte, encontra apoio no jovem Aníbal Machado, que discursa em homenagem ao poeta. Por fim, até Rui Barbosa, sempre contrário ao projeto, adere à campanha. A guerra européia impunha temores às nações desprotegidas. Bilac recusa a sugestão de se candidatar a deputado: "Não fui, não sou, nunca serei político."

1917. Publica *A Defesa Nacional (Discursos)*, em edição da Liga de Defesa Nacional, Rio. A Universidade de São Paulo outorga a Bilac o título de professor honorário. Em 7 de setembro, dia da Pátria, há parada militar no Rio, com especial entusiasmo, em virtude das pregações cívicas de Bilac. Oswald de Andrade, como delegado da Liga Nacionalista de São Paulo, pronuncia "brilhante conferência patriótica" no Colégio do Mosteiro de São Bento. No Rio, Oswald homenageia Bilac. Mário de Andrade assiste, embevecido, a declamações de Bilac (Mário de Andrade: 1921, 260). Monteiro Lobato mantém-se indiferente ao sucesso do poeta, como deixam ver irônicas insinuações em carta a Godofredo Rangel (R. Magalhães Jr.: 1970, 408). Em dezembro, o jornal *O Estado de São Paulo* inicia campanha em favor de um medalhão de bronze em homenagem ao poeta, inaugurado em almoço solene. Oswald conhece Mário de Andrade. Monteiro Lobato ataca a exposição expressionista de Anita Malfatti, no artigo "Paranóia ou Mistificação?". Menotti Del Picchia publica *Juca Mulato*. Manuel Bandeira e Mário de Andrade publicam seus primeiros livros: *A Cinza das Horas* e *Há uma Gota de Sangue em cada Poema*, respectivamente.

1918. Publica cinco sonetos seriados sob o título de "Diziam que...", na *Revista do Brasil*, a que se ligava Monteiro Lobato. Trata-se da última colaboração em versos do poeta na imprensa. Depois, seriam reeditados em *Tarde*. Monteiro Lobato faz questão de editar em fac-símile um texto autógrafo de Bilac, em favor da *Revista do Brasil*, que enfrentava dificuldades. Bilac prepara os originais de *Tarde*, a partir de recortes das edições em periódicos, sobretudo da revista *Careta*. Morre na madrugada de 28 de dezembro, em sua casa, Rua Itambi, 35, de edema pulmonar, em conseqüência de problemas cardíacos. É assistido pela irmã Cora e por Amélia de Oliveira, a "eterna noiva". Conforme Eloy Pontes, esta apóia a cabeça do defunto em travesseiro recheado com os próprios cabelos. Coelho Neto profere a oração fúnebre na Academia Brasileira de Letras. Apesar da chuva, o enterro é acompanhado por grande multidão até o Cemitério São João Batista. Sai a obra-prima de Monteiro Lobato: *Urupês*.

1919. Publicação de *Tarde*. Manuel Bandeira publica seu segundo livro: *Carnaval*, em que há sonetos de visível recorte bilaquiano, como "Súcubo" e "A Ceia".

1921. Sétima edição das *Poesias*, a primeira que inclui *Tarde*.

1922. Semana de Arte Moderna em São Paulo. Mário de Andrade publica *Paulicéia Desvairada*.

1924. Publicação de *Últimas Conferências e Discursos*. Oswald de Andrade publica *Memórias Sentimentais de João Miramar*; Manuel Bandeira, *O Ritmo Dissoluto*.

1928. Décima terceira edição das *Poesias*, em cuja capa se lê: "A família do autor e os editores combinaram publicar esta edição limitada, cujo produto será integralmente aplicado como contribuição para o monumento a Olavo Bilac". Mário de Andrade publica *Macunaíma*.

SONETOS DA *CARETA*

Em 1908, Olavo Bilac rompeu com a imprensa brasileira, porque foi acusado de se valer de seu prestígio para obter vantagens do Estado, acusação de que o defendeu João do Rio. Ofendido, o poeta jamais tornaria aos jornais. Todavia, foi sensível aos apelos das revistas ilustradas. Assim, explica-se sua colaboração, a partir de 1912, na **Careta**. *Aí foram publicados inúmeros sonetos do poeta, reunidos depois no volume* **Tarde**. *Tais publicações deram-se em página inteira, com insinuantes ilustrações coloridas de J. Carlos. Essas imagens, associadas aos textos de Bilac, devem ter contribuído para a popularidade do Parnasianismo no Brasil. Representam um estágio interessante da veiculação da poesia entre nós, cujos efeitos persistem ainda hoje na sensibilidade interiorana. Publicam-se a seguir sete desses sonetos, extraídos da espantosa biblioteca de José Ramos Tinhorão e da Livraria S. Bach, de José Luís Garaldi, que gentilmente cederam os exemplares ao presente organizador.*

CARETA

Os amores da aranha

Com o velludo do ventre a palpitar hirsuto,
E os oito olhos de braza ardendo em febre estranha,
— Vede-a: chega ao portal do intrincado reducto,
E na gloria nupcial do sol se aquece e banha.

Môscas! podeis revoar, sem medo á sua sanha:
Molle e tonta de amor, pendente o palpo astuto,
E recolhido o anzol da mandibula, a aranha
Anciosa espera e attráe o amante de um minuto...

E eil-o corre, eil-o acode á festa e á morte! Um hymno
Curto e louco um momento abala e inflamma o fausto
Do aranhol de ouro e seda... E o aguilhão assassino

Da noiva satisfeita abate o noivo exausto,
Que cáe, sentindo a um tempo — invejavel destino! —
A tortura do espasmo e o gozo do holocausto.

OLAVO BILAC

"Os Amores da Aranha" - Ano V, Número 210, 8 de junho de 1912.

CARETA

HYMNO Á TARDE

Gloria joven do sol no berço de ouro e chammas,
Alva! natal da luz, primavera do dia,
Não te amo! nem a ti, canicula bravia,
Que a ti mesma te estrues no fogo que derramas!

Amo-te, hora hesitante em que se preludia
O adagio vesperal, — tumba que te recamas
De luto e de esplendor, de crepes e auriflammas,
Moribunda que ris sobre a propria agonia!

Amo-te, ó tarde triste, ó tarde augusta, que, entre
Os primeiros clarões das estrellas, no ventre,
Sob os veos do mysterio e da sombra orvalhada,

Trazes a palpitar, como um fruto do outono,
A noite, alma nutriz da volupia e do somno,
Perpetuação da vida e iniciação do nada...

OLAVO BILAC

"Hino à Tarde" - Ano VI, Número 251, 22 de março de 1913.

CARETA

NO EQUADOR

Entre as tremulas mornas ardentias,
A Noite no alto mar anima as ondas...
Sobem das fundas humidas Golcondas,
Perolas vivas, as nereidas frias;

Entrelaçam-se, correm fugidias,
Voltam, cruzando-se; e, em lascivas rondas,
Vestem as formas alvas e redondas
De algas rôxas e glaucas pedrarias;

Côxas de vago onyx, ventres polidos
De alabastro, quadris de argentea espuma,
Seios de dubia opala ardem na treva;

E boccas verdes, cheias de gemidos,
Que o phosphoro incendeia e o ambar perfuma,
Soluçam beijos vãos que o vento leva...

OLAVO BILAC

"No Equador" ("As Ondas", na versão definitiva) - Ano VI, Número 252, 29 de março de 1913.

CARETA

Os Amores da Abelha

Quando, em pronubo anceio, a abelha as azas sólta
E escala o espaço, — ardendo, exul do corcho cereo,
Louca, se precipita a sussurrante escolta
Dos noivos zonzos, voando ao nupcial mysterio.

Em breve, succumbido, o enxame arqueja, e volta...
— Mas o mais forte, um só, senhor do excelso imperio,
Segue a esquiva, e, em zumzum zeloso de revolta,
Entoa o epithalamio e o cantico funereo:

Toca-a, fecunda-a, e vence, e morre na victoria...
A esposa, livre, ao sol, no alto do firmamento
Paira, e, rainha e mãe, zumbe de orgulho e gloria;

E, rodopiando, inerte, o suicida sublime,
Entre as bençãos da luz e os hosannas do vento,
Róla, martyr feliz do delicioso crime...

1913, agosto.

Olavo Bilac

"Os Amores da Abelha" - Ano VI, Número 275, 6 de setembro de 1913.

CARETA

MATERNIDADE

> « O Senhor disse á mulher:
> Porque fizeste isto? Eu multi-
> plicarei os teus trabalhos!» (Gen.
> Cap. III).

Ventre martyr, a rutila visita
Do amor fecundo te arrancou do somno:
E irradias, lampejas como um throno
De animado marfim que á luz palpita!

Ergues-te, em esto de orgulhoso entono:
Fere-te emfim a maldição bemdita!
Tens o viço da Terra, quando a agita,
Rico de orvalhos e de sóes, o outono.

Augusto, em gozo eterno, o teu supplicio...
Feliz a tua dor propiciatoria...
— Rasga-te, altar de torturante auspicio,

E abra-se em flores tua alvura eborea,
Ensanguentada pelo sacrificio,
Para a maternidade e para a gloria!

OLAVO BILAC

1914.

"Maternidade" - Ano VII, Número 305, 25 de abril de 1914.

Avatar

Numa vida anterior, fui um cheik macilento
E pobre... Eu galopava, o albornoz solto ao vento,
Na soalheira candente; e, heróe de vida obscura,
Possuia tudo: o espaço, um cavallo, e a bravura.

Entre o deserto hostil e o ingrato firmamento,
Sem abrigo, sem paz no coração violento,
Eu namorava, em minha altiva desventura,
As areias na terra e as estrellas na altura.

A's vezes, triste e só, cheio do meu desgosto,
Eu castigava a mão contra o meu proprio rosto,
E contra a minha sombra erguia a lança em riste..

Mas o simum do orgulho enfunava o meu peito :
E eu galopava, livre, e voava, satisfeito
Da força de ser só, da gloria de ser triste!

1914.   *Olavo Bilac*

"Avatar" ("Avatara", na versão definitiva) - Ano VII, Número 309, 23 de maio de 1914.

CARETA

Benedicite!

Bemdito o que, na terra, o fogo fez, e o tecto;
E o que uniu a charrúa ao boi paciente e amigo;
E o que encontrou a enxada; e o que, do chão abjecto,
Fez, aos beijos do sol, o ouro brotar do trigo;

E o que o ferro forjou; e o piedoso architecto
Que ideou, depois do berço e do lar, o jazigo;
E o que os fios urdiu; e o que achou o alphabeto
E o que deu uma esmola ao primeiro mendigo;

E o que soltou ao mar a quilha, e ao vento o pano;
E o que inventou o canto; e o que creou a lyra;
E o que domou o raio; e o que alçou o aeroplane...

Mas bemdito, entre os mais, o que, no dó profundo,
Descobriu a Esperança, a divina mentira,
Dando ao homem o dom de supportar o mundo!

1914.

Olavo Bilac

"Benedicite!" - Ano VII, Número 311, 6 de junho de 1914.

NOTA SOBRE O TEXTO DA PRESENTE EDIÇÃO

Para a presente edição das *Poesias*, tomou-se como base a sexta edição (1916), por ter sido a última revista pelo autor. Para *Tarde*, recorreu-se à edição de 1919, por ter sido organizada pelo poeta. Quanto à atualização ortográfica dos nomes próprios, buscaram-se sugestões na vigésima nona (Rio de Janeiro, Civilização Brasileira, 1977), por ser uma boa edição e trazer posfácio de R. Magalhães Júnior, o que pode indicar alguma responsabilidade no estabelecimento do texto. Foram também úteis as notas de Péricles Eugênio da Silva Ramos a poemas de Bilac compilados em duas de suas antologias: *Poesia Parnasiana* (São Paulo, Edições Melhoramentos, 1967) e *Parnasianismo*, terceiro volume da série Panorama da Poesia Brasileira (Rio de Janeiro, Editora Civilização Brasileira, 1959).

PROFISSÃO DE FÉ

PROFISSÃO DE FÉ

Le poète est ciseleur,
Le ciseleur est poète.
Victor Hugo.

Não quero o Zeus Capitolino,
  Hercúleo e belo,
Talhar no mármore divino
  Com o camartelo.

Que outro – não eu! – a pedra corte
  Para, brutal,
Erguer de Atene o altivo porte
  Descomunal.

Mais que esse vulto extraordinário,
  Que assombra a vista,
Seduz-me um leve relicário
  De fino artista.

Invejo o ourives quando escrevo:
  Imito o amor

Com que ele, em ouro, o alto-relevo
  Faz de uma flor.

Imito-o. E, pois, nem de Carrara
  A pedra firo:
O alvo cristal, a pedra rara,
  O onix prefiro.

Por isso, corre, por servir-me,
  Sobre o papel
A pena, como em prata firme
  Corre o cinzel.

Corre; desenha, enfeita a imagem,
  A idéia veste:
Cinge-lhe ao corpo a ampla roupagem
  Azul-celeste.

Torce, aprimora, alteia, lima
  A frase; e, enfim,
No verso de ouro engasta a rima,
  Como um rubim.

Quero que a estrofe cristalina,
  Dobrada ao jeito
Do ourives, saia da oficina
  Sem um defeito:

E que o lavor do verso, acaso,
  Por tão sutil,
Possa o lavor lembrar de um vaso
  De Becerril.

E horas, sem conto passo, mudo,
  O olhar atento,

*A trabalhar, longe de tudo
    O pensamento.*

*Porque o escrever – tanta perícia,
    Tanta requer,
Que ofício tal... nem há notícia
    De outro qualquer.*

*Assim procedo. Minha pena
    Segue esta norma,
Por te servir, Deusa serena,
    Serena Forma!*

*Deusa! A onda vil, que se avoluma
    De um torvo mar,
Deixa-a crescer; e o lodo e a espuma
    Deixa-a rolar!*

*Blasfemo, em grita surda e horrendo
    Ímpeto, o bando
Venha dos Bárbaros crescendo,
    Vociferando...*

*Deixa-o: que venha e uivando passe
    – Bando feroz!
Não se te mude a cor da face
    E o tom da voz!*

*Olha-os somente, armada e pronta,
    Radiante e bela:
E, ao braço o escudo, a raiva afronta
    Dessa procela!*

*Este que à frente vem, e o todo
    Possui minaz*

*De um Vândalo ou de um Visigodo,
  Cruel e audaz;*

*Este, que, de entre os mais, o vulto
  Ferrenho alteia,
E, em jato, expele o amargo insulto
  Que te enlameia:*

*É em vão que as forças cansa, e à luta
  Se atira; é em vão
Que brande no ar a maça bruta
  À bruta mão.*

*Não morrerás, deusa sublime!
  Do trono egrégio
Assistirás intacta ao crime
  Do sacrilégio.*

*E, se morreres porventura,
  Possa eu morrer
Contigo, e a mesma noite escura
  Nos envolver!*

*Ah! ver por terra, profanada,
  A ara partida;
E a Arte imortal aos pés calcada,
  Prostituída!...*

*Ver derribar do eterno sólio
  O Belo, e o som
Ouvir da queda do Acropólio,
  Do Partenon!...*

*Sem sacerdote, a Crença morta
  Sentir, e o susto*

Ver, e o extermínio, entrando a porta
    Do templo augusto!...

Ver esta língua, que cultivo,
    Sem ouropéis,
Mirrada ao hálito nocivo
    Dos infiéis!...

Não! Morra tudo que me é caro,
    Fique eu sozinho!
Que não encontre um só amparo
    Em meu caminho!

Que a minha dor nem a um amigo
    Inspire dó...
Mas, ah! que eu fique só contigo,
    Contigo só!

Vive! que eu viverei servindo
    Teu culto, e, obscuro,
Tuas custódias esculpindo
    No ouro mais puro.

Celebrarei o teu ofício
    No altar: porém,
Se inda é pequeno o sacrifício,
    Morra eu também!

Caia eu também, sem esperança,
    Porém tranqüilo,
Inda, ao cair, vibrando a lança,
    Em prol do Estilo!

PANÓPLIAS

A MORTE DE TAPIR

I

Uma coluna de ouro e púrpuras ondeantes
Subia o firmamento. Acesos véus, radiantes
Rubras nuvens, do sol à viva luz, do poente
Vinham, soltas, correr o espaço resplendente.
Foi a essa hora, – às mãos o arco possante,
                                           [à cinta
Do leve enduape a tanga em várias cores tinta,
A aiucara ao pescoço, o canitar à testa, –
Que Tapir penetrou o seio da floresta.
Era de vê-lo assim, com o vulto enorme ao peso
Dos anos acurvado, o olhar faiscando aceso,
Firme o passo apesar da extrema idade, e forte.
Ninguém, como ele, em face, altivo e hercúleo,
                                             [a morte
Tantas vezes fitou... Ninguém, como ele, o braço
Erguendo, a lança aguda atirava no espaço.
Quanta vez, do uapi ao rouco troar, ligeiro

Como a corça, ao rugir do estrépito guerreiro
O tacape brutal rodando no ar, terrível,
Incólume, vibrando os golpes, – insensível
Às preces, ao clamor dos gritos, surdo ao pranto
Das vítimas, – passou, como um tufão, o espanto,
O extermínio, o terror atrás de si deixando!
Quanta vez do inimigo o embate rechaçando
Por si só, foi seu peito uma muralha erguida,
Em que vinha bater e quebrar-se vencida
De uma tribo contrária a onda medonha e bruta!
Onde um pulso que, tal como seu pulso, à luta
Costumado, um por um, ao chão arremessasse
Dez combatentes? Onde um arco, que atirasse
Mais célere, a zunir, a fina flecha ervada?
Quanta vez, a vagar na floresta cerrada,
Peito a peito lutou com as fulvas onças bravas,
E as onças a seus pés tombaram, como escravas,
Nadando em sangue quente, e, em roda,
      [o eco infinito
Despertando, ao morrer, com o derradeiro grito!...
Quanta vez! E hoje velho, hoje abatido!

II

      E o dia
Entre os sangüíneos tons do ocaso decaía...
E era tudo em silêncio, adormecido e quedo...
De súbito um tremor correu todo o arvoredo:
E o que há pouco era calma, agora é movimento,
Treme, agita-se, acorda, e se lastima... O vento
Fala: "Tapir! Tapir! É finda a tua raça!"
E em tudo a mesma voz misteriosa passa;

As árvores e o chão despertam, repetindo:
"Tapir! Tapir! Tapir! O teu poder é findo!"

E, a essa hora, ao fulgor do derradeiro raio
Do sol, que o disco de ouro, em lúcido desmaio,
Quase no extremo céu de todo mergulhava,
Aquela estranha voz pela floresta ecoava
Num confuso rumor entrecortado, insano...
Como que em cada tronco havia um peito humano
Que se queixava... E o velho, úmido o olhar, seguia.
E, a cada passo assim dado na mata, via
Surgir de cada canto uma lembrança... Fora
Desta imensa ramada à sombra protetora
Que um dia repousara... Além, a árvore anosa,
Em cujos galhos, no ar erguidos, a formosa,
A doce Juraci a rede suspendera,
– A rede que, com as mãos finíssimas, tecera
Para ele, seu senhor e seu guerreiro amado!
Ali... – contai-o vós, contai-o, embalsamado
Retiro, ninhos no ar suspensos, aves, flores!...
Contai-o, o poema ideal dos primeiros amores,
Os corpos um ao outro estreitamente unidos,
Os abraços sem conta, os beijos, os gemidos,
E o rumor do noivado, estremecendo a mata,
Sob o plácido olhar das estrelas de prata...
....
Juraci! Juraci! virgem morena e pura!
Tu também! tu também desceste à sepultura!...
....

III

E Tapir caminhava... Ante ele agora um rio
Corria; e a água também, ao crebro murmúrio
Da corrente, a rolar, gemia ansiosa e clara:
– "Tapir! Tapir! Tapir! Que é da veloz igara,
Que é dos remos dos teus? Não mais as redes finas
Vêm na pesca sondar-me as águas cristalinas...
Ai! não mais beijarei os corpos luxuriantes,
Os curvos seios nus, as formas palpitantes
Das morenas gentis de tua tribo extinta!
Não mais! Depois dos teus de brônzea pele tinta
Como os sucos do urucu, de pele branca vieram
Outros, que a ti e aos teus nas selvas sucederam...
Ai! Tapir! ai! Tapir! A tua raça é morta! –"
E o índio, trêmulo, ouvindo aquilo tudo, absorta
A alma em cismas, seguiu curvada a fronte ao peito...
Agora da floresta o chão não mais direito
E plano se estendia: era um declive; e quando
Pelo tortuoso anfracto, a custo, caminhando
Ao crepúsculo, pôde o velho, passo a passo,
A montanha alcançar, viu que a noite no espaço
Vinha a negra legião das sombras espargindo...
Crescia a treva. A medo, entre as nuvens luzindo,
No alto, a primeira estrela o cálix de ouro abria...
Outra após cintilou na esfera imensa e fria...
Outras vieram... e, em breve, o céu, de lado a lado,
Foi como um cofre real de pérolas coalhado.

IV

Então, Tapir, de pé, no arco apoiado, a fronte
Ergueu, e o olhar passeou no infinito horizonte:

Acima o abismo, abaixo o abismo, o abismo
[adiante...
E, clara, no negror da noite, viu, distante,
Alvejando no vale, a taba do estrangeiro...
Tudo extinto!... era ele o último guerreiro!
E do vale, do céu, do rio, da montanha,
De tudo que o cercava, ao mesmo tempo, estranha,
Rouca, extrema, rompeu a mesma voz:
— "É finda
Toda a raça dos teus: só tu és vivo ainda!
Tapir! Tapir! Tapir! morre também com ela!
Já não fala Tupã no ulular da procela...
As batalhas de outrora, os arcos e os tacapes,
As florestas sem fim de flechas e acanguapes,
Tudo passou! Não mais a fera inúbia à boca
Dos guerreiros, Tapir, soa medonha e rouca.
É mudo o maracá. A tribo exterminada
Dorme agora feliz na Montanha Sagrada...
Nem uma rede o vento entre os galhos agita!
Não mais o vivo som de alegre dança, e a grita
Dos Pajés, ao luar, por baixo das folhagens,
Rompe os ares... Não mais! As poracés selvagens,
As guerras e os festins, tudo passou! É finda
Toda a raça dos teus... Só tu és vivo ainda!"

V

E num longo soluço a voz misteriosa
Expirou... Caminhava a noite silenciosa.
E era tranqüilo o céu; era tranqüila em roda,
Imersa em plúmbeo sono, a natureza toda.

E, no tope do monte, era de ver erguido
O vulto de Tapir... Inesperado, um ruído
Seco, surdo soou, e o corpo do guerreiro
De súbito rolou pelo despenhadeiro...
E o silêncio outra vez caiu.
                        Nesse momento,
Apontava o luar no curvo firmamento.

A GONÇALVES DIAS

Celebraste o domínio soberano
Das grandes tribos, o tropel fremente
Da guerra bruta, o entrechocar insano
Dos tacapes vibrados rijamente,

O maracá e as flechas, o estridente
Troar da inúbia, e o canitar indiano...
E, eternizando o povo americano,
Vives eterno em teu poema ingente.

Estes revoltos, largos rios, estas
Zonas fecundas, estas seculares
Verdejantes e amplíssimas florestas

Guardam teu nome: e a lira que pulsaste
Inda se escuta, a derramar nos ares
O estridor das batalhas que contaste.

GUERREIRA

É a encarnação do mal. Pulsa-lhe o peito
Ermo de amor, deserto de piedade...
Tem o olhar de uma deusa e o altivo aspeito
Das cruentas guerreiras de outra idade.

O lábio ao ríctus do sarcasmo afeito
Crispa-se-lhe num riso de maldade,
Quando, talvez, as pompas, com despeito,
Recorda da perdida majestade.

E assim, com o seio ansioso, o porte erguido,
Corada a face, a ruiva cabeleira
Sobre as amplas espáduas derramada,

Faltam-lhe apenas a sangrenta espada
Inda rubra da guerra derradeira,
E o capacete de metal polido...

PARA A RAINHA DONA AMÉLIA DE PORTUGAL

Um rude resplendor, de rude brilho, touca
E nimba o teu escudo, em que as quinas e a esfera
Guardam, ó Portugal! a tua glória austera,
Feita de louco heroísmo e de aventura louca.

Ver esse escudo é ver a Terra toda, pouca
Para a tua ambição; é ver Afonso, à espera
Dos Mouros, em Ourique; e, em redor da galera
Do Gama, ouvir do mar a voz bramante e rouca...

Mas no vosso brasão, Borgonha! Avis! Bragança!
De ouro e ferro, encerrando o orgulho da conquista,
Faltava a suavidade e o encanto de uma flor;

E eis sobre ele pairando o alvo lírio de·França,
Que lhe deu, flor humana, alma gentil de artista,
Um sorriso de graça e um perfume de amor...

A UM GRANDE HOMEM

Heureuse au fond du bois
la source pauvre et pure!
Lamartine.

Olha: era um tênue fio
De água escassa. Cresceu. Tornou-se em rio
 Depois. Roucas, as vagas
Engrossa agora, e é túrbido e bravio,
Roendo penedos, alagando plagas.

 Humilde arroio brando!...
Nele, no entanto, as flores, inclinando
 O débil caule, inquietas
Miravam-se. E, em seu claro espelho, o bando
Se revia das leves borboletas.

 Tudo, porém: – cheirosas
Plantas, curvas ramadas rumorosas,
 Úmidas relvas, ninhos

Suspensos no ar entre jasmins e rosas,
Tardes cheias da voz dos passarinhos, –

    Tudo, tudo perdido
Atrás deixou. Cresceu. Desenvolvido,
    Foi alargando o seio,
E do alpestre rochedo, onde nascido
Tinha, crespo, a rolar, descendo veio...

    Cresceu. Atropeladas,
Soltas, grossas as ondas apressadas
    Estendeu largamente,
Tropeçando nas pedras espalhadas,
No galope impetuoso da corrente...

    Cresceu. E é poderoso:
Mas enturba-lhe a face o lodo ascoso...
    É grande, é largo, é forte:
Mas, de parcéis cortado, caudaloso,
Leva nas dobras de seu manto a morte.

    Implacável, violento,
Rijo o vergasta o látego do vento.
    Das estrelas, caindo
Sobre ele em vão do claro firmamento
Batem os raios límpidos, luzindo...

    Nada reflete, nada!
Com o surdo estrondo espanta a ave assustada;
    É turvo, é triste agora...
Onde a vida de outrora sossegada?
Onde a humildade e a limpidez de outrora?
    ....

Homem que o mundo aclama!
Semideus poderoso, cuja fama
    O mundo com vaidade
De eco em eco no século derrama
Aos quatro ventos da celebridade!

    Tu, que humilde nasceste,
Fraco e obscuro mortal, também cresceste
    De vitória em vitória,
E, hoje, inflado de orgulhos, ascendeste
Ao sólio excelso do esplendor da glória!

    Mas, ah! nesses teus dias
De fausto, entre essas pompas luzidias,
    – Rio soberbo e nobre!
Hás de chorar o tempo em que vivias
Como um arroio sossegado e pobre...

A SESTA DE NERO

Fulge de luz banhado, esplêndido e suntuoso,
O palácio imperial de pórfiro luzente
E mármor da Lacônia. O teto caprichoso
Mostra, em prata incrustado, o nácar do Oriente.

Nero no toro ebúrneo estende-se indolente...
Gemas em profusão no estrágulo custoso
De ouro bordado vêem-se. O olhar deslumbra,
                                      [ardente,
Da púrpura da Trácia o brilho esplendoroso.

Formosa ancila canta. A aurilavrada lira
Em suas mãos soluça. Os ares perfumando,
Arde a mirra da Arábia em recendente pira.

Formas quebram, dançando, escravas em coréia...
E Nero dorme e sonha, a fronte reclinando
Nos alvos seios nus da lúbrica Popéia.

O INCÊNDIO DE ROMA

Raiva o incêndio. A ruir, soltas, desconjuntadas,
As muralhas de pedra, o espaço adormecido
De eco em eco acordando ao medonho estampido,
Como a um sopro fatal, rolam esfaceladas.

E os templos, os museus, o Capitólio erguido
Em mármor frígio, o Foro, as eretas arcadas
Dos aquedutos, tudo as garras inflamadas
Do incêndio cingem, tudo esbroa-se partido.

Longe, reverberando o clarão purpurino,
Arde em chamas o Tibre e acende-se o horizonte...
– Impassível, porém, no alto do Palatino,

Nero, com o manto grego ondeando ao ombro,
                                              [assoma
Entre os libertos, e ébrio, engrinaldada a fronte,
Lira em punho, celebra a destruição de Roma.

O SONHO DE MARCO ANTÔNIO

I

Noite. Por todo o largo firmamento
Abrem-se os olhos de ouro das estrelas...
Só perturba a mudez do acampamento
O passo regular das sentinelas.

Brutal, febril, entre canções e brados,
Entrara pela noite adiante a orgia;
Em borbotões, dos cântaros lavrados
Jorrara o vinho. O exército dormia.

Insone, entanto, vela alguém na tenda
Do general. Esse, entre os mais sozinho,
Vence a fadiga da batalha horrenda,
Vence os vapores cálidos do vinho.

Torvo e cerrado o cenho, o largo peito
Da couraça despido e arfando ansioso,
Lívida a face, taciturno o aspeito,
Marco Antônio medita silencioso.

Da lâmpada de prata a luz escassa
Resvala pelo chão. A quando e quando,
Treme, enfunada à viração que passa,
A cortina de púrpura oscilando.

O general medita. Como, soltas
Do álveo de um rio transvazado, as águas
Crescem, cavando o solo, – assim, revoltas,
Fundas a alma lhe vão sulcando as mágoas.

Que vale a Grécia, e a Macedônia, e o enorme
Território do Oriente, e este infinito
E invencível exército que dorme?
Que doces braços que lhe estende o Egito!...

Que vença Otávio! e seu rancor profundo
Leve da Hispânia à Síria a morte e a guerra!
Ela é o céu... Que valor tem todo o mundo,
Se os mundos todos seu olhar encerra?!

Ele é valente e ela o subjuga e o doma...
Só Cleópatra é grande, amada e bela!
Que importa o Império e a salvação de Roma?
Roma não vale um só dos beijos dela!...
....

Assim medita. E alucinado, louco
De pesar, com a fadiga em vão lutando,
Marco Antônio adormece a pouco e pouco,
Nas largas mãos a fronte reclinando.

II

A harpa suspira. O melodioso canto,
De uma volúpia lânguida e secreta,
Ora interpreta o dissabor e o pranto,
Ora as paixões violentas interpreta.

Amplo dossel de seda levantina,
Por colunas de jaspe sustentado,
Cobre os cetins e a caxemira fina
Do régio leito de ébano lavrado.

Move o leque de plumas uma escrava.
Vela a guarda lá fora. Recolhida,
Os pétreos olhos uma esfinge crava
Nas formas da rainha adormecida.

Mas Cleópatra acorda... E tudo, ao vê-la
Acordar, treme em roda, e pasma, e a admira:
Desmaia a luz, no céu descora a estrela,
A própria esfinge move-se e suspira...

Acorda. E o torso arqueando, ostenta o lindo
Colo opulento e sensual que oscila,
Murmura um nome e, as pálpebras abrindo,
Mostra o fulgor radiante da pupila.

III

Ergue-se Marco Antônio de repente...
Ouve-se um grito estrídulo, que soa
O silêncio cortando, e longamente
Pelo deserto acampamento ecoa.

O olhar em fogo, os carregados traços
Do rosto em contração, alto e direito
O vulto enorme, – no ar levanta os braços,
E nos braços aperta o próprio peito.

Olha em torno e desvaira. Ergue a cortina,
A vista alonga pela noite afora...
Nada vê. Longe, à porta purpurina
Do Oriente em chamas, vem raiando a aurora.

E a noite foge. Em todo o firmamento
Vão se fechando os olhos das estrelas:
Só perturba a mudez do acampamento
O passo regular das sentinelas.

LENDO A ILÍADA

Ei-lo, o poema de assombros, céu cortado
De relâmpagos, onde a alma potente
De Homero vive, e vive eternizado
O espantoso poder da argiva gente.

Arde Tróia... De rastos passa atado
O herói ao carro do rival, e, ardente,
Bate o sol sobre um mar ilimitado
De capacetes e de sangue quente.

Mais que as armas, porém, mais que a batalha,
Mais que os incêndios, brilha o amor que ateia
O ódio e entre os povos a discórdia espalha:

– Esse amor que ora ativa, ora asserena
A guerra, e o heróico Páris encadeia
Aos curvos seios da formosa Helena.

MESSALINA

Recordo, ao ver-te, as épocas sombrias
Do passado. Minh'alma se transporta
À Roma antiga, e da cidade morta
Dos Césares reanima as cinzas frias;

Triclínios e vivendas luzidias
Percorre; pára de Suburra à porta,
E o confuso clamor escuta, absorta,
Das desvairadas e febris orgias.

Aí, num trono ereto sobre a ruína
De um povo inteiro, tendo à fronte impura
O diadema imperial de Messalina,

Vejo-te bela, estátua da loucura!
Erguendo no ar a mão nervosa e fina,
Tinta de sangue, que um punhal segura.

A RONDA NOTURNA

Noite cerrada, tormentosa, escura,
Lá fora. Dorme em trevas o convento.
Queda imoto o arvoredo. Não fulgura
Uma estrela no torvo firmamento.

Dentro é tudo mudez. Flébil murmura,
De espaço a espaço, entanto, a voz do vento:
E há um rasgar de sudários pela altura,
Passo de espectros pelo pavimento...

Mas, de súbito, os gonzos das pesadas
Portas rangem... Ecoa surdamente
Leve rumor de vozes abafadas.

E, ao clarão de uma lâmpada tremente,
Do claustro sob as tácitas arcadas
Passa a ronda noturna, lentamente...

DELENDA CARTHAGO!

I

Fulge e dardeja o sol nos amplos horizontes
Do céu da África. Ao largo, em plena luz, dos montes
Destacam-se os perfis. Tremulamente ondeia,
Vasto oceano de prata, a requeimada areia.
O ar, pesado, sufoca. E, desfraldando ovantes
Das bandeiras ao vento as pregas ondulantes,
Desfilam as legiões do exército romano
Diante do general Cipião Emiliano.
Tal soldado sopesa a clava de madeira;
Tal, que a custo sofreia a cólera guerreira,
Maneja a bipenata e rude machadinha.
Este, à ilharga pendente, a rútila bainha
Leva do gládio. Aquele a poderosa maça
Carrega, e às largas mãos a ensaia. A custo passa,
Curvado sob o peso e de fadiga aflando,
De guerreiros um grupo, os aríetes levando.
Brilham em confusão cristados capacetes.

Cavaleiros, contendo os árdidos ginetes,
Solta a clâmide ao ombro, ao braço afivelado
O côncavo broquel de cobre cinzelado,
Brandem o pilum no ar. Ressona, a espaços, rouca,
A bélica bucina. A tuba cava à boca
Dos eneatores troa. Hordas de sagitários
Vêem-se, de arco e carcaz armados. O ouro
               [e os vários
Ornamentos de prata embutem-se, em tauxias
De um correto lavor, nas armas luzidias
Dos generais. E, ao sol, que, entre nuvens, cintila,
Em torno de Cartago o exército desfila.

Mas, passada a surpresa, às pressas, a cidade
Aos escravos cedera armas e liberdade,
E era toda rumor e agitação. Fundindo
Todo o metal que havia, ou, céleres, brunindo
Espadas e punhais, capacetes e lanças,
Viam-se a trabalhar os homens e as crianças.

Heróicas, abafando os soluços e as queixas,
As mulheres, tecendo os fios das madeixas,
Cortavam-nas.
            Cobrindo espáduas deslumbrantes,
Cercando a carnação de seios palpitantes
Como véus de veludo, e provocando beijos,
Excitaram paixões e lúbricos desejos
Essas tranças da cor das noites tormentosas...
Quantos lábios, ardendo em sedes luxuriosas,
As tocaram outrora entre febris abraços!...
Tranças que tanta vez – frágeis e doces laços! –
Foram cadeias de ouro invencíveis, prendendo
Almas e corações, – agora, distendendo

Os arcos, despedindo as setas aguçadas,
Iam levar a morte... – elas, que, perfumadas,
Outrora tanta vez deram a vida e o alento
Aos presos corações!...

                    Triste, entretanto, lento,
Ao pesado labor do dia sucedera
O silêncio noturno. A treva se estendera:
Adormecera tudo. E, no outro dia, quando
Veio de novo o sol, e a aurora, rutilando,
Encheu o firmamento e iluminou a terra,
A luta começou.

II

                    As máquinas de guerra
Movem-se. Treme, estala, e parte-se a muralha,
Racha de lado a lado. Ao clamor da batalha
Estremece o arredor. Brandido o pilum, prontas,
Confundem-se as legiões. Perdido o freio, às tontas,
Desbocam-se os corcéis. Enrijam-se, esticadas
Nos arcos, a ringir, as cordas. Aceradas,
Partem setas, zunindo. Os dardos, sibilando,
Cruzam-se. Éneos broquéis amolgam-se, ressoando,
Aos embates brutais dos piques arrojados.
Loucos, afuzilando os olhos, os soldados,
Presa a respiração, torvo e medonho o aspeito
Pela férrea escamata abroquelado o peito,
Se encruam no furor, sacudindo os macetes.
Não param, entretanto, os golpes dos aríetes,
Não cansam no trabalho os musculosos braços
Dos guerreiros. Oscila o muro. Os estilhaços

Saltam das pedras. Gira, inda uma vez vibrada
No ar, a máquina bruta... E, súbito, quebrada,
Entre o insano clamor do exército e o fremente
Ruído surdo da queda, – estrepitosamente
Rui, desaba a muralha, e a pétrea mole roda,
Rola, remoinha, e tomba, e se esfacela toda...

Rugem aclamações. Como em cachões, furioso,
Parte os diques o mar, roja-se impetuoso,
As vagas encrespando acapeladas, brutas,
E inunda povoações, enche vales e grutas,
E vai semeando o horror e propagando o estrago,
– Tal o exército entrou as portas de Cartago...

O ar os gritos de dor e susto, espaço a espaço,
Cortavam. E, a bramir, atropelado, um passo
O invasor turbilhão não deu vitorioso,
Sem que deixasse atrás um rastro pavoroso
De feridos. No ocaso, o sol morria exangue:
Como que refletia o firmamento o sangue
Que tingia de rubro a lâmina brilhante
Das espadas. Então, houve um supremo instante,
Em que, cravando o olhar no intrépido africano
Asdrúbal, ordenou Cipião Emiliano:
"– Deixa-me executar as ordens do Senado!
Cartago morrerá: perturba o ilimitado
Poder da invicta Roma... Entrega-te! –"
                                        Orgulhoso,
A fronte levantando, ousado e rancoroso,
Disse o Cartaginês:
                    "– Enquanto eu tiver vida,
Juro que não será Cartago demolida!

Quanto o incêndio a envolver, o sangue deste
                               [povo
Há de apagá-lo. Não! Retira-te! —"
                                De novo
Falou Cipião:
       "— Atende, Asdrúbal! Por mais forte
Que seja o teu poder, há de prostrá-lo a morte!
Olha! A postos, sem conta, as legiões de Roma,
Que Júpiter protege e que o pavor não doma,
Vão começar em breve a mortandade infrene!
Entrega-te! —"
               "— Romano, escuta-me! (solene,
O outro volveu, e a raiva em sua voz rugia)
Asdrúbal é o irmão de Aníbal... Houve um dia
Em que, ante Aníbal, Roma estremeceu vencida
E tonta recuou de súbito ferida...
Ficaram no lugar da pugna, ensangüentados,
Mais de setenta mil Romanos, trucidados
Pelo esforço e valor dos púnicos guerreiros;
Seis alqueires de anéis dos mortos cavaleiros
Cartago arrecadou... Verás que, como outrora,
Do eterno Baal-Moloch a proteção agora
Teremos. A vitória há de ser nossa... Escuta:
Manda que recomece a carniceira luta! —"

E horrível, e feroz, durante a noite e o dia,
Recomeçou a luta. Em cada casa havia
Um punhado de heróis. Seis vezes, pela face
Do céu, seguiu seu curso o sol, sem que parasse
O medonho estridor da sanha da batalha...
Quando a noite descia, a treva era a mortalha
Que envolvia, piedosa, os corpos dos feridos.
Rolos de sangue e pó, blasfêmias e gemidos,

Preces e imprecações... As próprias mães, entanto
Heróicas na aflição, enxuto o olhar de pranto,
Viam cair sem vida os filhos. Combatentes
Houve, que, não querendo aos golpes inclementes
Do inimigo entregar os corpos das crianças,
Matavam-nas, erguendo as suas próprias lanças...

Por fim, quando de todo a vida desertando
Foi a extinta cidade, e, lúgubre, espalmando
As asas negras no ar, pairou sinistra e horrenda
A morte, teve um fim a peleja tremenda,
E o incêndio começou.

III

                    Fraco e medroso, o fogo
À branda viração tremeu um pouco, e logo,
Inda pálido e tênue, ergueu-se. Mais violento,
Mais rápido soprou por sobre a chama o vento:
E o que era labareda, agora ígnea serpente
Gigantesca, estirando o corpo, de repente
Desenrosca os anéis flamívomos, abraça
Toda a cidade, estala as pedras, cresce, passa,
Rói os muros, estronda, e, solapando o solo,
Os alicerces broca, e estringe tudo. Um rolo
De plúmbeo e denso fumo enegrecido em torno
Se estende, como um véu, do comburente forno.
Na horrorosa eversão, dos templos arrancado,
Vibra o mármore, salta; abre-se, estilhaçado,
Tudo o que o incêndio aperta... E a fumarada cresce,
Sobe vertiginosa, espalha-se, escurece
O firmamento... E, sobre os restos da batalha,
Arde, voraz e rubra, a colossal fornalha...

Mudo e triste, Cipião, longe dos mais, no entanto
Deixa livre correr pelas faces o pranto...

É que, – vendo rolar, num rápido momento,
Para o abismo do olvido e do aniquilamento
Homens e tradições, reveses e vitórias,
Batalhas e troféus, seis séculos de glórias
Num punhado de cinza –, o general previa
Que Roma, a invicta, a forte, a armipotente, havia
De ter o mesmo fim da orgulhosa Cartago...
E, perto, o crepitar estrepitoso e vago
Do incêndio, que lavrava e inda rugia ativo,
Era como o rumor de um pranto convulsivo...

VIA LÁCTEA

I

Talvez sonhasse, quando a vi. Mas via
Que, aos raios do luar iluminada,
Entre as estrelas trêmulas subia
Uma infinita e cintilante escada.

E eu olhava-a de baixo, olhava-a... Em cada
Degrau, que o ouro mais límpido vestia,
Mudo e sereno, um anjo a harpa doirada,
Ressoante de súplicas, feria...

Tu, mãe sagrada! vós também, formosas
Ilusões! sonhos meus! íeis por ela
Como um bando de sombras vaporosas.

E, ó meu amor! eu te buscava, quando
Vi que no alto surgias, calma e bela,
O olhar celeste para o meu baixando...

II

Tudo ouvirás, pois que, bondosa e pura,
Me ouves agora com melhor ouvido:
Toda a ansiedade, todo o mal sofrido
Em silêncio, na antiga desventura...

Hoje, quero, em teus braços acolhido,
Rever a estrada pavorosa e escura
Onde, ladeando o abismo da loucura,
Andei de pesadelos perseguido.

Olha-a: torce-se toda na infinita
Volta dos sete círculos do inferno...
E nota aquele vulto: as mãos eleva,

Tropeça, cai, soluça, arqueja, grita,
Buscando um coração que foge, e eterno
Ouvindo-o perto palpitar na treva.

III

Tantos esparsos vi profusamente
Pelo caminho que, a chorar, trilhava!
Tantos havia, tantos! E eu passava
Por todos eles frio e indiferente...

Enfim! enfim! pude com a mão tremente
Achar na treva aquele que buscava...
Por que fugias, quando eu te chamava,
Cego e triste, tateando, ansiosamente?

Vim de longe, seguindo de erro em erro,
Teu fugitivo coração buscando
E vendo apenas corações de ferro.

Pude, porém, tocá-lo soluçando...
E hoje, feliz, dentro do meu o encerro,
E ouço-o, feliz, dentro do meu pulsando.

IV

Como a floresta secular, sombria,
Virgem do passo humano e do machado,
Onde apenas, horrendo, ecoa o brado
Do tigre, e cuja agreste ramaria

Não atravessa nunca a luz do dia,
Assim também, da luz do amor privado,
Tinhas o coração ermo e fechado,
Como a floresta secular, sombria...

Hoje, entre os ramos, a canção sonora
Soltam festivamente os passarinhos.
Tinge o cimo das árvores a aurora...

Palpitam flores, estremecem ninhos...
E o sol do amor, que não entrava outrora,
Entra dourando a areia dos caminhos.

V

Dizem todos: "Outrora como as aves
"Inquieta, como as aves tagarela,"E hoje... que tens?
Que sisudez revela
Teu ar! que idéias e que modos graves!

Que tens, para que em pranto os olhos laves?
Sê mais risonha, que serás mais bela!"
Dizem. Mas no silêncio e na cautela
Ficas firme e trancada a sete chaves...

E um diz: "Tolices, nada mais!" Murmura
Outro: "Caprichos de mulher faceira!"
E todos eles afinal: "Loucura!"

Cegos que vos cansais a interrogá-la!
Vê-la bastava; que a paixão primeira
Não pela voz, mas pelos olhos fala.

VI

Em mim também, que descuidado vistes,
Encantado e aumentando o próprio encanto,
Tereis notado que outras cousas canto
Muito diversas das que outrora ouvistes.

Mas amastes, sem dúvida... Portanto,
Meditai nas tristezas que sentistes:
Que eu, por mim, não conheço cousas tristes,
Que mais aflijam, que torturem tanto.

Quem ama inventa as penas em que vive:
E, em lugar de acalmar as penas, antes
Busca novo pesar com que as avive.

Pois sabei que é por isso que assim ando:
Que é dos loucos somente e dos amantes
Na maior alegria andar chorando.

VII

Não têm faltado bocas de serpentes,
(Dessas que amam falar de todo o mundo,
E a todo o mundo ferem, maldizentes)
Que digam: "Mata o teu amor profundo!

Abafa-o, que teus passos imprudentes
Te vão levando a um pélago sem fundo...
Vais te perder!" E, arreganhando os dentes,
Movem para teu lado o olhar imundo:

"Se ela é tão pobre, se não tem beleza,
Irás deixar a glória desprezada
E os prazeres perdidos por tão pouco?

Pensa mais no futuro e na riqueza!"
E eu penso que afinal... Não penso nada:
Penso apenas que te amo como um louco!

VIII

Em que céus mais azuis, mais puros ares,
Voa pomba mais pura? Em que sombria
Moita mais nívea flor acaricia,
À noite, a luz dos límpidos luares?

Vives assim, como a corrente fria,
Que, intemerata, aos trêmulos olhares
Das estrelas e à sombra dos palmares,
Corta o seio das matas, erradia.

E envolvida de tua virgindade,
De teu pudor na cândida armadura,
Foges o amor, guardando a castidade,

– Como as montanhas, nos espaços francos
Erguendo os altos píncaros, a alvura
Guardam da neve que lhes cobre os flancos.

IX

De outras sei que se mostram menos frias,
Amando menos do que amar pareces.
Usam todas de lágrimas e preces:
Tu de acerbas risadas e ironias.

De modo tal minha atenção desvias,
Com tal perícia meu engano teces,
Que, se gelado o coração tivesses,
Certo, querida, mais ardor terias.

Olho-te: cega ao meu olhar te fazes...
Falo-te – e com que fogo a voz levanto! –
Em vão... Finges-te surda às minhas frases...

Surda: e nem ouves meu amargo pranto!
Cega: e nem vês a nova dor que trazes
À dor antiga que doía tanto!

X

Deixa que o olhar do mundo enfim devasse
Teu grande amor que é teu maior segredo!
Que terias perdido, se, mais cedo,
Todo o afeto que sentes se mostrasse?

Basta de enganos! Mostra-me sem medo
Aos homens, afrontando-os face a face:
Quero que os homens todos, quando eu passe,
Invejosos, apontem-me com o dedo.

Olha: não posso mais! Ando tão cheio
Deste amor, que minh'alma se consome
De te exaltar aos olhos do universo...

Ouço em tudo teu nome, em tudo o leio:
E, fatigado de calar teu nome,
Quase o revelo no final de um verso.

XI

Todos esses louvores, bem o viste,
Não conseguiram demudar-me o aspecto:
Só me turbou esse louvor discreto
Que no volver dos olhos traduziste...

Inda bem que entendeste o meu afeto
E, através destas rimas, pressentiste
Meu coração que palpitava, triste,
E o mal que havia dentro em mim secreto.

Ai de mim, se de lágrimas inúteis
Estes versos banhasse, ambicionando
Das néscias turbas os aplausos fúteis!

Dou-me por pago, se um olhar lhes deres:
Fi-los pensando em ti, fi-los pensando
Na mais pura de todas as mulheres.

XII

Sonhei que me esperavas. E, sonhando,
Saí, ansioso por te ver: corria...
E tudo, ao ver-me tão depressa andando,
Soube logo o lugar para onde eu ia.

E tudo me falou, tudo! Escutando
Meus passos, através da ramaria,
Dos despertados pássaros o bando:
"Vai mais depressa! Parabéns!" dizia.

Disse o luar: "Espera! que eu te sigo:
Quero também beijar as faces dela!"
E disse o aroma: "Vai, que eu vou contigo!"

E cheguei. E, ao chegar, disse uma estrela:
"Como és feliz! como és feliz, amigo,
Que de tão perto vais ouvi-la e vê-la!"

XIII

"Ora (direis) ouvir estrelas! Certo
Perdeste o senso!" E eu vos direi, no entanto,
Que, para ouvi-las, muita vez desperto
E abro as janelas, pálido de espanto...

E conversamos toda a noite, enquanto
A via láctea, como um pálio aberto,
Cintila. E, ao vir do sol, saudoso e em pranto,
Inda as procuro pelo céu deserto.

Direis agora: "Tresloucado amigo!
Que conversas com elas? Que sentido
Tem o que dizem, quando estão contigo?"

E eu vos direi: "Amai para entendê-las!
Pois só quem ama pode ter ouvido
Capaz de ouvir e de entender estrelas."

XIV

Viver não pude sem que o fel provasse
Desse outro amor que nos perverte e engana:
Porque homem sou, e homem não há que passe
Virgem de todo pela vida humana.

Por que tanta serpente atra e profana
Dentro d'alma deixei que se aninhasse?
Por que, abrasado de uma sede insana,
A impuros lábios entreguei a face?

Depois dos lábios sôfregos e ardentes,
Senti – duro castigo aos meus desejos –
O gume fino de perversos dentes...

E não posso das faces poluídas
Apagar os vestígios desses beijos
E os sangrentos sinais dessas feridas!

XV

Inda hoje, o livro do passado abrindo,
Lembro-as e punge-me a lembrança delas;
Lembro-as, e vejo-as, como as vi partindo,
Estas cantando, soluçando aquelas.

Umas, de meigo olhar piedoso e lindo,
Sob as rosas de neve das capelas;
Outras, de lábios de coral, sorrindo,
Desnudo o seio, lúbricas e belas...

Todas, formosas como tu, chegaram,
Partiram... e, ao partir, dentro em meu seio
Todo o veneno da paixão deixaram.

Mas, ah! nenhuma teve o teu encanto,
Nem teve olhar como esse olhar, tão cheio
De luz tão viva, que abrasasse tanto!

XVI

Lá fora, a voz do vento ulule rouca!
Tu, a cabeça no meu ombro inclina,
E essa boca vermelha e pequenina
Aproxima, a sorrir, de minha boca!

Que eu a fronte repouse ansiosa e louca
Em teu seio, mais alvo que a neblina
Que, nas manhãs hiemais, úmida e fina,
Da serra as grimpas verdejantes touca!

Solta as tranças agora, como um manto!
Canta! Embala-me o sono com teu canto!
E eu, aos raios tranqüilos desse olhar,

Possa dormir sereno, como o rio
Que, em noites calmas, sossegado e frio,
Dorme aos raios de prata do luar!...

XVII

Por estas noites frias e brumosas
É que melhor se pode amar, querida!
Nem uma estrela pálida, perdida
Entre a névoa, abre as pálpebras medrosas...

Mas um perfume cálido de rosas
Corre a face da terra adormecida...
E a névoa cresce, e, em grupos repartida,
Enche os ares de sombras vaporosas:

Sombras errantes, corpos nus, ardentes
Carnes lascivas... um rumor vibrante
De atritos longos e de beijos quentes...

E os céus se estendem, palpitando, cheios
Da tépida brancura fulgurante
De um turbilhão de braços e de seios.

XVIII

Dormes... Mas que sussurro a umedecida
Terra desperta? Que rumor enleva
As estrelas, que no alto a Noite leva
Presas, luzindo, à túnica estendida?

São meus versos! Palpita a minha vida
Neles, falenas que a saudade eleva
De meu seio, e que vão, rompendo a treva,
Encher teus sonhos, pomba adormecida!

Dormes, com os seios nus, no travesseiro
Solto o cabelo negro... e ei-los, correndo,
Doudejantes, sutis, teu corpo inteiro...

Beijam-te a boca tépida e macia,
Sobem, descem, teu hálito sorvendo...
Por que surge tão cedo a luz do dia?!...

XIX

Sai a passeio, mal o dia nasce,
Bela, nas simples roupas vaporosas;
E mostra às rosas do jardim as rosas
Frescas e puras que possui na face.

Passa. E todo o jardim, por que ela passe,
Atavia-se. Há falas misteriosas
Pelas moitas, saudando-a respeitosas...
É como se uma sílfide passasse!

E a luz cerca-a, beijando-a. O vento é um choro...
Curvam-se as flores trêmulas... O bando
Das aves todas vem saudá-la em coro...

E ela vai, dando ao sol o rosto brando,
Às aves dando o olhar, ao vento o louro
Cabelo, e às flores os sorrisos dando...

XX

Olha-me! O teu olhar sereno e brando
Entra-me o peito, como um largo rio
De ondas de ouro e de luz, límpido, entrando
O ermo de um bosque tenebroso e frio.

Fala-me! Em grupos doudejantes, quando
Falas, por noites cálidas de estio,
As estrelas acendem-se, radiando,
Altas, semeadas pelo céu sombrio.

Olha-me assim! Fala-me assim! De pranto
Agora, agora de ternura cheia,
Abre em chispas de fogo essa pupila...

E enquanto eu ardo em sua luz, enquanto
Em seu fulgor me abraso, uma sereia
Soluce e cante nessa voz tranqüila!

XXI

A minha mãe.

Sei que um dia não há (e isso é bastante
A esta saudade, mãe!) em que a teu lado
Sentir não julgues minha sombra errante,
Passo a passo a seguir teu vulto amado.

– Minha mãe! minha mãe! – a cada instante
Ouves. Volves, em lágrimas banhado,
O rosto, conhecendo soluçante
Minha voz e meu passo costumado.

E sentes alta noite no teu leito
Minh'alma na tua alma repousando,
Repousando meu peito no teu peito...

E encho os teus sonhos, em teus sonhos brilho,
E abres os braços trêmulos, chorando,
Para nos braços apertar teu filho!

XXII

A Goethe.

Quando te leio, as cenas animadas
Por teu gênio, as paisagens que imaginas,
Cheias de vida, avultam repentinas,
Claramente aos meus olhos desdobradas...

Vejo o céu, vejo as serras coroadas
De gelo, e o sol, que o manto das neblinas
Rompe, aquecendo as frígidas campinas
E iluminando os vales e as estradas.

Ouço o rumor soturno da charrua,
E os rouxinóis que, no carvalho erguido,
A voz modulam de ternuras cheia:

E vejo, à luz tristíssima da lua,
Hermann, que cisma, pálido, embebido
No meigo olhar da loura Dorotéia.

XXIII

De Calderón.

Laura! dizes que Fábio anda ofendido
E, apesar de ofendido, namorado,
Buscando a extinta chama do passado
Nas cinzas frias avivar do olvido.

Vá que o faça, e que o faça por perdido
De amor... Creio que o faz por despeitado:
Porque o amor, uma vez abandonado,
Não torna a ser o que já tinha sido.

Não lhe creias nos olhos nem na boca,
Inda mesmo que os vejas, como pensas,
Mentir carícias, desmentir tristezas...

Porque finezas sobre arrufos, louca,
Finezas podem ser; mas, sobre ofensas,
Mais parecem vinganças que finezas.

XXIV

A Luiz Guimarães.

Vejo-a, contemplo-a comovido... Aquela
Que amaste, e, de teus braços arrancada,
Desceu da morte a tenebrosa escada,
Calma e pura aos meus olhos se revela.

Vejo-lhe o riso plácido, a singela
Feição, aquela graça delicada,
Que uma divina mão deixou vazada
No eterno bronze, eternamente bela.

Só lhe não vejo o olhar sereno e triste:
– Céu, poeta, onde as asas, suspirando,
Chorando e rindo loucamente abriste...

– Céu povoado de estrelas, onde as hordas
Dos arcanjos cruzavam-se, pulsando
Das liras de ouro as gemedoras cordas...

XXV

A Bocage.

Tu, que no pego impuro das orgias
Mergulhavas ansioso e descontente,
E, quando à tona vinhas de repente,
Cheias as mãos de pérolas trazias;

Tu, que do amor e pelo amor vivias,
E que, como de límpida nascente,
Dos lábios e dos olhos a torrente
Dos versos e das lágrimas vertias;

Mestre querido! viverás, enquanto
Houver quem pulse o mágico instrumento,
E preze a língua que prezavas tanto:

E enquanto houver num ponto do universo
Quem ame e sofra, e amor e sofrimento
Saiba, chorando, traduzir no verso.

XXVI

Quando cantas, minh'alma, desprezando
O invólucro do corpo, ascende às belas
Altas esferas de ouro, e, acima delas,
Ouve arcanjos as cítaras pulsando.

Corre os países longes, que revelas
Ao som divino do teu canto: e, quando
Baixas a voz, ela também, chorando,
Desce, entre os claros grupos das estrelas.

E expira a tua voz. Do paraíso,
A que subira ouvindo-te, caído,
Fico a fitar-te pálido, indeciso...

E enquanto cismas, sorridente e casta,
A teus pés, como um pássaro ferido,
Toda a minha alma trêmula se arrasta...

XXVII

Ontem – néscio que fui! – maliciosa
Disse uma estrela, a rir, na imensa altura:
"Amigo! uma de nós, a mais formosa
De todas nós, a mais formosa e pura,

Faz anos amanhã... Vamos! procura
A rima de ouro mais brilhante, a rosa
De cor mais viva e de maior frescura!"
E eu murmurei comigo: "Mentirosa!"

E segui. Pois tão cego fui por elas,
Que, enfim, curado pelos seus enganos,
Já não creio em nenhuma das estrelas...

E – mal de mim! – eis-me, a teus pés, em pranto...
Olha: se nada fiz para os teus anos,
Culpa as tuas irmãs que enganam tanto!

XXVIII

Pinta-me a curva destes céus... Agora,
Ereta, ao fundo, a cordilheira apruma:
Pinta as nuvens de fogo de uma em uma,
E alto, entre as nuvens, o raiar da aurora.

Solta, ondulando, os véus de espessa bruma,
E o vale pinta, e, pelo vale em fora,
A correnteza túrbida e sonora
Do Paraíba, em torvelins de espuma.

Pinta; mas vê de que maneira pintas...
Antes busques as cores da tristeza,
Poupando o escrínio das alegres tintas:

– Tristeza singular, estranha mágoa
De que vejo coberta a natureza,
Porque a vejo com os olhos rasos d'água...

XXIX

Por tanto tempo, desvairado e aflito,
Fitei naquela noite o firmamento,
Que inda hoje mesmo, quando acaso o fito,
Tudo aquilo me vem ao pensamento.

Saí, no peito o derradeiro grito
Calcando a custo, sem chorar, violento...
E o céu fulgia plácido e infinito,
E havia um choro no rumor do vento...

Piedoso céu, que a minha dor sentiste!
A áurea esfera da lua o ocaso entrava,
Rompendo as leves nuvens transparentes;

E sobre mim, silenciosa e triste,
A via láctea se desenrolava
Como um jorro de lágrimas ardentes.

XXX

Ao coração que sofre, separado
Do teu, no exílio em que a chorar me vejo,
Não basta o afeto simples e sagrado
Com que das desventuras me protejo.

Não me basta saber que sou amado,
Nem só desejo o teu amor: desejo
Ter nos braços teu corpo delicado,
Ter na boca a doçura de teu beijo.

E as justas ambições que me consomem
Não me envergonham: pois maior baixeza
Não há que a terra pelo céu trocar;

E mais eleva o coração de um homem
Ser de homem sempre e, na maior pureza,
Ficar na terra e humanamente amar.

XXXI

Longe de ti, se escuto, porventura,
Teu nome, que uma boca indiferente
Entre outros nomes de mulher murmura,
Sobe-me o pranto aos olhos, de repente...

Tal aquele, que, mísero, a tortura
Sofre de amargo exílio, e tristemente
A linguagem natal, maviosa e pura,
Ouve falada por estranha gente...

Porque teu nome é para mim o nome
De uma pátria distante e idolatrada,
Cuja saudade ardente me consome:

E ouvi-lo é ver a eterna primavera
E a eterna luz da terra abençoada,
Onde, entre flores, teu amor me espera.

XXXII

A um poeta.

Leio-te: – o pranto dos meus olhos rola: –
– Do seu cabelo o delicado cheiro,
Da sua voz o timbre prazenteiro,
Tudo do livro sinto que se evola...

Todo o nosso romance: – a doce esmola
Do seu primeiro olhar, o seu primeiro
Sorriso, – neste poema verdadeiro,
Tudo ao meu triste olhar se desenrola.

Sinto animar-se todo o meu passado:
E quanto mais as páginas folheio,
Mais vejo em tudo aquele vulto amado.

Ouço junto de mim bater-lhe o seio,
E cuido vê-la, plácida, a meu lado,
Lendo comigo a página que leio.

XXXIII

Como quisesse livre ser, deixando
As paragens natais, espaço em fora,
A ave, ao bafejo tépido da aurora,
Abriu as asas e partiu cantando.

Estranhos climas, longes céus, cortando
Nuvens e nuvens, percorreu: e, agora
Que morre o sol, suspende o vôo, e chora,
E chora, a vida antiga recordando...

E logo, o olhar volvendo compungido
Atrás, volta saudosa do carinho,
Do calor da primeira habitação...

Assim por largo tempo andei perdido:
– Ah! que alegria ver de novo o ninho,
Ver-te, e beijar-te a pequenina mão!

XXXIV

Quando adivinha que vou vê-la, e à escada
Ouve-me a voz e o meu andar conhece,
Fica pálida, assusta-se, estremece,
E não sei por que foge envergonhada.

Volta depois. À porta, alvoroçada,
Sorrindo, em fogo as faces, aparece:
E talvez entendendo a muda prece
De meus olhos, adianta-se apressada.

Corre, delira, multiplica os passos;
E o chão, sob os seus passos murmurando,
Segue-a de um hino, de um rumor de festa...

E ah! que desejo de a tomar nos braços,
O movimento rápido sustando
Das duas asas que a paixão lhe empresta.

XXXV

Pouco me pesa que mofeis sorrindo
Destes versos puríssimos e santos:
Porque, nisto de amor e íntimos prantos,
Dos louvores do público prescindo.

Homens de bronze! um haverá, de tantos,
(Talvez um só) que, esta paixão sentindo,
Aqui demore o olhar, vendo e medindo
O alcance e o sentimento destes cantos.

Será esse o meu público. E, decerto,
Esse dirá: "Pode viver tranqüilo
Quem assim ama, sendo assim amado!"

E, trêmulo, de lágrimas coberto,
Há de estimar quem lhe contou aquilo
Que nunca ouviu com tanto ardor contado.

SARÇAS DE FOGO

O JULGAMENTO DE FRINÉIA

Mnezarete, a divina, a pálida Frinéia,
Comparece ante a austera e rígida assembléia
Do Areópago supremo. A Grécia inteira admira
Aquela formosura original, que inspira
E dá vida ao genial cinzel de Praxiteles,
De Hipérides à voz e à palheta de Apeles.

Quando os vinhos, na orgia, os convivas exaltam
E das roupas, enfim, livres os corpos saltam,
Nenhuma hetera sabe a primorosa taça,
Transbordante de Cós, erguer com maior graça,
Nem mostrar, a sorrir, com mais gentil meneio,
Mais formoso quadril, nem mais nevado seio.

Estremecem no altar, ao contemplá-la, os deuses,
Nua, entre aclamações, nos festivais de Elêusis...
Basta um rápido olhar provocante e lascivo:
Quem na fronte o sentiu curva a fronte, cativo...
Nada iguala o poder de suas mãos pequenas:
Basta um gesto, – e a seus pés roja-se humilde Atenas...

Vai ser julgada. Um véu, tornando inda mais bela
Sua oculta nudez, mal os encantos vela,
Mal a nudez oculta e sensual disfarça.
Cai-lhe, espáduas abaixo, a cabeleira esparsa...
Queda-se a multidão. Ergue-se Eutias. Fala,
E incita o tribunal severo a condená-la:

"Elêusis profanou! É falsa e dissoluta,
Leva ao lar a cizânia e as famílias enluta!
Dos deuses zomba! É ímpia! é má!" (E o
                             [pranto ardente
Corre nas faces dela, em fios, lentamente...)
"Por onde os passos move a corrupção se espraia,
E estende-se a discórdia! Heliostes! condenai-a!"

Vacila o tribunal, ouvindo a voz que o doma...
Mas, de pronto, entre a turba Hipérides assoma,
Defende-lhe a inocência, exclama, exora, pede,
Suplica, ordena, exige... O Areópago não cede.
"Pois condenai-a agora!" E à ré, que treme, a branca
Túnica despedaça, e o véu, que a encobre, arranca...

Pasmam subitamente os juízes deslumbrados,
– Leões pelo calmo olhar de um domador curvados:
Nua e branca, de pé, patente à luz do dia
Todo o corpo ideal, Frinéia aparecia
Diante da multidão atônita e surpresa,
No triunfo imortal da Carne e da Beleza.

MARINHA

Sobre as ondas oscila o batel docemente...
Sopra o vento a gemer. Treme enfunada a vela.
Na água mansa do mar passam tremulamente
Áureos traços de luz, brilhando esparsos nela.

Lá desponta o luar. Tu, palpitante e bela,
Canta! Chega-te a mim! Dá-me essa boca ardente!
Sobre as ondas oscila o batel docemente...
Sopra o vento a gemer. Treme enfunada a vela.

Vagas azuis, parai! Curvo céu transparente,
Nuvens de prata, ouvi! – Ouça na altura a estrela,
Ouça de baixo o oceano, ouça o luar albente:
Ela canta! – e, embalado ao som do canto dela,
Sobre as ondas oscila o batel docemente.

SOBRE AS BODAS
DE UM SEXAGENÁRIO

Amas. Um novo sol apontou no horizonte,
E ofuscou-te a pupila e iluminou-te a fronte...

Lívido, o olhar sem luz, roto o manto, caída
Sobre o peito, a tremer, a barba encanecida,
Descias, cambaleando, a encosta pedregosa
Da velhice. Que mão te ofereceu, piedosa,
Um piedoso bordão para amparar teus passos?
Quem te estendeu a vida, estendendo-te os braços?
Ias desamparado, em sangue os pés, sozinho...
E era horrendo o arredor, torvo o espaço, o caminho
Sinistro, acidentado... Uivava perto o vento
E rodavam bulcões no torvo firmamento.
Entrado de terror, a cada passo o rosto
Voltavas, perscrutando o caminho transposto,
E volvias o olhar: e o olhar alucinado
Via de um lado a treva, a treva de outro lado,
E assombrosas visões, vultos extraordinários,

Desdobrando a correr os trêmulos sudários.
E ouvias o rumor de uma enxada, cavando
Longe a terra... E paraste exânime.

                                              Foi quando
Te pareceu ouvir, pelo caminho escuro,
Soar de instante a instante um passo mal seguro
Como o teu. E atentando, entre alegria e espanto,
Viste que vinha alguém compartindo o teu pranto,
Trilhando a mesma estrada horrível que trilhavas,
E ensangüentando os pés onde os ensangüentavas.
E sorriste. No céu fulgurava uma estrela...

E sentiste falar subitamente, ao vê-la,
Teu velho coração dentro do peito, como
Desperto muita vez, no derradeiro assomo
Da bravura, – sem voz, decrépito, impotente,
Trôpego, sem vigor, sem vista, – de repente
Riça a juba, e, abalando a solidão noturna,
Urra um velho leão numa apartada furna.

ABYSSUS

Bela e traidora! Beijas e assassinas...
Quem te vê não tem forças que te oponha
Ama-te, e dorme no teu seio, e sonha,
E, quando acorda, acorda feito em ruínas...

Seduzes, e convidas, e fascinas,
Como o abismo que, pérfido, a medonha
Fauce apresenta flórida e risonha,
Tapetada de rosas e boninas.

O viajor, vendo as flores, fatigado
Foge o sol, e, deixando a estrada poenta,
Avança incauto... Súbito, esbroado,

Falta-lhe o solo aos pés: recua e corre,
Vacila e grita, luta e se ensangüenta,
E rola, e tomba, e se espedaça, e morre...

PANTUM

Quando passaste, ao declinar do dia,
Soava na altura indefinido arpejo:
Pálido, o sol do céu se despedia,
Enviando à terra o derradeiro beijo.

Soava na altura indefinido arpejo...
Cantava perto um pássaro, em segredo;
E, enviando à terra o derradeiro beijo,
Esbatia-se a luz pelo arvoredo.

Cantava perto um pássaro em segredo;
Cortavam fitas de ouro o firmamento...
Esbatia-se a luz pelo arvoredo:
Caíra a tarde; sossegara o vento.

Cortavam fitas de ouro o firmamento...
Quedava imoto o coqueiral tranqüilo...
Caíra a tarde. Sossegara o vento.
Que mágoa derramada em tudo aquilo!

Quedava imoto o coqueiral tranqüilo...
Pisando a areia, que a teus pés falava,
(Que mágoa derramada em tudo aquilo!)
Vi lá embaixo o teu vulto que passava.

Pisando a areia, que a teus pés falava,
Entre as ramadas flóridas seguiste.
Vi lá embaixo o teu vulto que passava...
Tão distraída! – nem sequer me viste!

Entre as ramadas flóridas seguiste,
E eu tinha a vista de teu vulto cheia.
Tão distraída! – nem sequer me viste!
E eu contava os teus passos sobre a areia.

Eu tinha a vista de teu vulto cheia.
E, quando te sumiste ao fim da estrada,
Eu contava os teus passos sobre a areia:
Vinha a noite a descer, muda e pausada...

E, quando te sumiste ao fim da estrada,
Olhou-me do alto uma pequena estrela.
Vinha a noite, a descer, muda e pausada,
E outras estrelas se acendiam nela.

Olhou-me do alto uma pequena estrela,
Abrindo as áureas pálpebras luzentes:
E outras estrelas se acendiam nela,
Como pequenas lâmpadas trementes.

Abrindo as áureas pálpebras luzentes,
Clarearam a extensão dos largos campos;

Como pequenas lâmpadas trementes
Fosforeavam na relva os pirilampos.

Clarearam a extensão dos largos campos...
Vinha, entre nuvens, o luar nascendo...
Fosforeavam na relva os pirilampos...
E eu inda estava a tua imagem vendo.

Vinha, entre nuvens, o luar nascendo:
A terra toda em derredor dormia...
E eu inda estava a tua imagem vendo,
Quando passaste ao declinar do dia!

NA TEBAIDA

Chegas, com os olhos úmidos, tremente
A voz, os seios nus, – como a rainha
Que ao ermo frio da Tebaida vinha
Trazer a tentação do amor ardente.

Luto: porém teu corpo se avizinha
Do meu, e o enlaça como uma serpente...
Fujo: porém a boca prendes, quente,
Cheia de beijos, palpitante, à minha...

Beija mais, que o teu beijo me incendeia!
Aperta os braços mais! que eu tenha a morte,
Preso nos laços de prisão tão doce!

Aperta os braços mais, – frágil cadeia
Que tanta força tem não sendo forte,
E prende mais que se de ferro fosse!

MILAGRE

É nestas noites sossegadas,
Em que o luar aponta, e a fina
Móbil e trêmula cortina
Rompe das nuvens espalhadas;

Em que no azul espaço, vago,
Cindindo o céu, o alado bando,
Vai das estrelas caminhando
Aves de prata à flor de um lago;

É nestas noites – que, perdida,
Louca de amor, minh'alma voa
Para teu lado, e te abençoa,
Ó minha aurora! ó minha vida!

No horrendo pântano profundo
Em que vivemos, és o cisne
Que o cruza, sem que a alvura tisne
Da asa no limo infecto e imundo.

Anjo exilado das risonhas
Regiões sagradas das alturas,
Que passas puro, entre as impuras
Humanas cóleras medonhas!

Estrela de ouro calma e bela,
Que, abrindo a lúcida pupila,
Brilhas assim clara e tranqüila
Nas torvas nuvens da procela!

Raio de sol dourando a esfera
Entre as neblinas deste inverno,
E nas regiões do gelo eterno
Fazendo rir a primavera!

Lírio de pétalas formosas,
Erguendo à luz o níveo seio,
Entre estes cardos, e no meio
Destas euforbias venenosas!

Oásis verde no deserto!
Pássaro voando descuidado
Por sobre um solo ensangüentado
E de cadáveres coberto!

Eu que homem sou, eu que a miséria
Dos homens tenho, – eu, verme obscuro,
Amei-te, flor! e, lodo impuro,
Tentei roubar-te a luz sidérea...

Vaidade insana! Amar ao dia
A treva horrenda que negreja!
Pedir a serpe, que rasteja,
Amor à nuvem fugidia!

Insano amor! vaidade insana!
Unir num beijo o aroma à peste!
Vazar, num jorro, a luz celeste
Na escuridão da noite humana!

Mas, ah! quiseste a ponta da asa,
Da pluma trêmula de neve
Descer a mim, roçar de leve
A superfície desta vasa...

E tanto pôde essa piedade,
E tanto pôde o amor, que o lodo
Agora é céu, é flores todo,
E a noite escura é claridade!

NUMA CONCHA

Pudesse eu ser a concha nacarada,
Que, entre os corais e as algas, a infinita
    Mansão do oceano habita,
    E dorme reclinada
No fofo leito das areias de ouro...
Fosse eu a concha e, ó pérola marinha!
Tu fosses o meu único tesouro,
    Minha, somente minha!

    Ah! com que amor, no ondeante
Regaço da água transparente e clara,
Com que volúpia, filha, com que anseio
Eu as valvas de nácar apertara,
Para guardar-te toda palpitante
    No fundo de meu seio!

SÚPLICA

Falava o sol. Dizia:
"Acorda! Que alegria
Pelos ridentes céus se espalha agora!
Foge a neblina fria...
Pede-te a luz do dia,
Pedem-te as chamas e o sorrir da aurora!"

Dizia o rio, cheio
De amor, abrindo o seio:
"Quero abraçar-te as formas primorosas!
Vem tu, que embalde veio
O sol: somente anseio
Por teu corpo, formosa entre as formosas!

Quero-te inteiramente
Nua! quero, tremente,
Cingir de beijos tuas róseas pomas,
Cobrir teu corpo ardente,
E na água transparente
Guardar teus vivos, sensuais aromas!"

E prosseguia o vento:
"Escuta o meu lamento!
Vem! não quero a folhagem perfumada:
Com a flor não me contento!
Mais alto é o meu intento:
Quero embalar-te a coma desnastrada! –"
....

Tudo a exigia... Entanto,
Alguém, oculto a um canto
Do jardim, a chorar, dizia: "Ó bela!
Já te não peço tanto:
Secara-se o meu pranto
Se visse a tua sombra na janela!"

CANÇÃO

Dá-me as pétalas de rosa
Dessa boca pequenina:
Vem com teu riso, formosa!
Vem com teu beijo, divina!

Transforma num paraíso
O inferno do meu desejo...
Formosa, vem com teu riso!
Divina, vem com teu beijo!

Oh! tu, que tornas radiosa
Minh'alma, que a dor domina,
Só com teu riso, formosa,
Só com teu beijo, divina!

Tenho frio, e não diviso
Luz na treva em que me vejo:
Dá-me o clarão do teu riso!
Dá-me o fogo do teu beijo!

RIO ABAIXO

Treme o rio, a rolar, de vaga em vaga...
Quase noite. Ao sabor do curso lento
Da água, que as margens em redor alaga,
Seguimos. Curva os bambuais o vento.

Vivo há pouco, de púrpura, sangrento,
Desmaia agora o ocaso. A noite apaga
A derradeira luz do firmamento...
Rola o rio, a tremer, de vaga em vaga.

Um silêncio tristíssimo por tudo
Se espalha. Mas a lua lentamente
Surge na fímbria do horizonte mudo:

E o seu reflexo pálido, embebido
Como um gládio de prata na corrente,
Rasga o seio do rio adormecido.

SATÂNIA

....

Nua, de pé, solto o cabelo às costas,
Sorri. Na alcova perfumada e quente,
Pela janela, como um rio enorme
De áureas ondas tranqüilas e impalpáveis
Profusamente a luz do meio-dia
Entra e se espalha palpitante e viva.
Entra, parte-se em feixes rutilantes,
Aviva as cores das tapeçarias,
Doura os espelhos e os cristais inflama.
Depois, tremendo, como a arfar, desliza
Pelo chão, desenrola-se, e, mais leve,
Como uma vaga preguiçosa e lenta,
Vem lhe beijar a pequenina ponta
Do pequenino pé macio e branco.
Sobe... cinge-lhe a perna longamente;
Sobe... – e que volta sensual descrevo
Para abranger todo o quadril! – prossegue,
Lambe-lhe o ventre, abraça-lhe a cintura,

Morde-lhe os bicos túmidos dos seios,
Corre-lhe a espádua, espia-lhe o recôncavo
Da axila, acende-lhe o coral da boca,
E antes de se ir perder na escura noite,
Na densa noite dos cabelos negros,
Pára confusa, a palpitar, diante
Da luz mais bela dos seus grandes olhos.

E aos mornos beijos, às carícias ternas
Da luz, cerrando levemente os cílios,
Satânia os lábios úmidos encurva,
E da boca na púrpura sangrenta
Abre um curto sorriso de volúpia...
Corre-lhe à flor da pele um calefrio;
Todo o seu sangue, alvoroçado, o curso
Apressa; e os olhos, pela fenda estreita
Das abaixadas pálpebras radiando,
Turvos, quebrados, lânguidos, contemplam,
Fitos no vácuo, uma visão querida...

Talvez ante eles, cintilando ao vivo
Fogo do ocaso, o mar se desenrole:
Tingem-se as águas de um rubor de sangue,
Uma canoa passa... Ao largo oscilam
Mastros enormes, sacudindo as flâmulas...
E, alva e sonora, a murmurar, a espuma
Pelas areias se insinua, o limo
Dos grosseiros cascalhos prateando...

Talvez ante eles, rígidas e imóveis,
Vicem, abrindo os leques, as palmeiras:
Calma em tudo. Nem serpe sorrateira
Silva, nem ave inquieta agita as asas.

E a terra dorme num torpor, debaixo
De um céu de bronze que a comprime e estreita...

Talvez as noites tropicais se estendam
Ante eles: infinito firmamento,
Milhões de estrelas sobre as crespas águas
De torrentes caudais, que, esbravejando,
Entre altas serras surdamente rolam...
Ou talvez, em países apartados,
Fitem seus olhos uma cena antiga:
Tarde de outono. Uma tristeza imensa
Por tudo. A um lado, à sombra deleitosa
Das tamareiras, meio adormecido,
Fuma um árabe. A fonte rumoreja
Perto. À cabeça o cântaro repleto,
Com as mãos morenas suspendendo a saia,
Uma mulher afasta-se, cantando...
E o árabe dorme numa densa nuvem
De fumo... E o canto perde-se à distância...
E a noite chega, tépida e estrelada...

Certo, bem doce deve ser a cena
Que os seus olhos extáticos ao longe,
Turvos, quebrados, lânguidos, contemplam.
Há pela alcova, entanto, um murmúrio
De vozes. A princípio é um sopro escasso,
Um sussurrar baixinho... Aumenta logo:
É uma prece, um clamor, um coro imenso
De ardentes vozes, de convulsos gritos.
É a voz da Carne, é a voz da Mocidade,
– Canto vivo de força e de beleza,
Que sobe desse corpo iluminado...

Dizem os braços: "– Quando o instante doce
Há de chegar, em que, à pressão ansiosa
Destes laços de músculos sadios,
Um corpo amado vibrará de gozo? –"

E os seios dizem: "– Que sedentos lábios,
Que ávidos lábios sorverão o vinho
Rubro, que temos nestas cheias taças?
Para essa boca que esperamos, pulsa
Nestas carnes o sangue, enche estas veias,
E entesa e apruma estes rosados bicos... –"

E a boca: "– Eu tenho nesta fina concha
Pérolas níveas do mais alto preço,
E corais mais brilhantes e mais puros
Que a rubra selva que de um tírio manto
Cobre o fundo dos mares da Abissínia...
Ardo e suspiro! Como o dia tarda
Em que meus lábios possam ser beijados,
Mais que beijados: possam ser mordidos! –"

....
....

Mas, quando, enfim, das regiões descendo
Que, errante, em sonhos percorreu, Satânia
Olha-se, e vê-se nua, e, estremecendo,
Veste-se, e aos olhos ávidos do dia
Vela os encantos, – essa voz declina
Lenta, abafada, trêmula...

                                 Um barulho
De linhos frescos, de brilhantes sedas
Amarrotadas pelas mãos nervosas,

Enche a alcova, derrama-se nos ares...
E, sob as roupas que a sufocam, inda
Por largo tempo, a soluçar, se escuta
Num longo choro a entrecortada queixa
Das deslumbrantes carnes escondidas...

QUARENTA ANOS

Sim! Como um dia de verão, de acesa
Luz, de acesos e cálidos fulgores,
Como os sorrisos da estação das flores,
Foi passando também tua beleza.

Hoje, das garras da descrença presa,
Perdes as ilusões. Vão-se-te as cores
Da face. E entram-te n'alma os dissabores,
Nublam-te o olhar as sombras da tristeza.

Expira a primavera. O sol fulgura
Com o brilho extremo... E aí vêm as noites frias
Aí vem o inverno da velhice escura...

Ah! pudesse eu fazer, novo Ezequias,
Que o sol poente dessa formosura
Volvesse à aurora dos primeiros dias!

VESTÍGIOS

Foram-te os anos consumindo aquela
Beleza outrora viva e hoje perdida...
Porém teu rosto da passada vida
Inda uns vestígios trêmulos revela.

Assim, dos rudes furacões batida,
Velha, exposta aos furores da procela,
Uma árvore de pé, serena e bela,
Inda se ostenta, na floresta erguida.

Raivoso o raio a lasca, e a estala, e a fende...
Racha-lhe o tronco anoso... Mas, em cima,
Verde folhagem triunfal se estende.

Mal segura no chão, vacila... Embora!
Inda os ninhos conserva, e se reanima
Ao chilrear dos pássaros de outrora...

UM TRECHO DE T. GAUTIER

Mlle de Maupin.

É porque eu sou assim que o mundo me repele,
E é por isso também que eu nada quero dele:
Minh'alma é uma região ridente e esplendorosa,
Na aparência; porém pútrida e pantanosa,
Cheia de emanações mefíticas, repleta
De imundos vibriões, como a região infecta
Da Batávia, de um ar pestífero e nocivo.
Olha a vegetação: tulipas de ouro vivo,
Fulvos nagassaris de ampla coroa, flores
De angsoka, pompeando a opulência das cores,
Viçam; viçam rosais de púrpura, sorrindo
Sob o límpido azul de um céu sereno e infindo...
Mas a flórea cortina entreabre, e vê: – no fundo
Sobre os trôpegos pés movendo o corpo imundo,
Vai de rastos um sapo hidrópico e nojento...
Olha esta fonte agora: o claro firmamento
Traz no puro cristal, puro como um diamante.
Viajor! de longe vens, ardendo em sede? Adiante!

Segue! Fora melhor, ao cabo da jornada,
De um pântano beber a água que, estagnada
Entre os podres juncais, em meio da floresta
Dorme... Fora melhor beber dessa água! Nesta
Se acaso a incauta mão mergulha um dia a gente,
Ao sentir-lhe a frescura, ao mesmo tempo sente
As picadas mortais das peçonhentas cobras,
Que coleiam, torcendo e destorcendo as dobras
Da escama, e da atra boca expelindo o veneno...

Segue! porque é maldito e ingrato este terreno:
Quando, cheio de fé na colheita futura,
Antegozando o bem da próxima fartura,
Na terra, que fecunda e boa te parece,
Semeares trigo, – em vez da ambicionada messe,
Em vez da espiga de ouro a cintilar, – apenas
Colherás o meimendro, e as cabeludas penas
Que, como serpes, brande a mandrágora bruta,
Entre vegetações de asfodelo e cicuta...

Ninguém logrou jamais atravessar em vida
A floresta sem fim, negra e desconhecida,
Que eu tenho dentro d'alma. É uma floresta enorme,
Onde, virgem intacta, a natureza dorme,
Como nos matagais da América e de Java:
Cresce, crespa e cerrada, a laçaria brava
Dos fléxiles cipós, curvos e resistentes,
As árvores atando em voltas de serpentes;
Lá dentro, na espessura, entre o esplendor selvagem
Da flora tropical, nos arcos de folhagem
Balançam-se animais fantásticos, suspensos:
Morcegos de uma forma extraordinária, e imensos
Escaravelhos que o ar pesado e morno agitam.

Monstros de horrendo aspecto estas furnas habitam:
– Elefantes brutais, brutais rinocerontes,
Esfregando ao passar contra os rugosos montes
A rugosa couraça, e espedaçando os troncos
Das árvores, lá vão; e hipopótamos broncos
De túmido focinho e orelhas eriçadas,
Batem pausadamente as patas compassadas.
Na clareira, onde o sol penetra ao meio-dia
O auriverde dossel das ramagens, e enfia
Como uma cunha de ouro um raio luminoso,
E onde um calmo retiro achar contaste ansioso,
– Transido de pavor encontrarás, piscando
Os olhos verdes, e o ar, sôfrego, respirando,
Um tigre a dormitar, com a língua rubra o pêlo
De veludo lustrando, ou, em calma, um novelo
De boas, digerindo o touro devorado...

Tem receio de tudo! O céu puro e azulado,
A erva, o fruto maduro, o sol, o ambiente mudo,
Tudo aqui é mortal... Tem receio de tudo!
....
....
E é porque eu sou assim que o mundo me repele,
E é por isso também que eu nada quero dele!

NO LIMINAR DA MORTE

> *Grande lascivo! espera-te a voluptuosidade do nada.*
> Machado de Assis, *Brás Cubas.*

Engelhadas as faces, os cabelos
Brancos, ferido, chegas da jornada;
Revês da infância os dias; e, ao revê-los,
Que fundas mágoas na alma lacerada!

Páras. Palpas a treva em torno. Os gelos
Da velhice te cercam. Vês a estrada
Negra, cheia de sombras, povoada
De atros espectros e de pesadelos...

Tu, que amaste e sofreste, agora os passos
Para meu lado moves. Alma em prantos,
Deixas os ódios do mundano inferno...

Vem! que enfim gozarás entre meus braços
Toda a volúpia, todos os encantos,
Toda a delícia do repouso eterno!

PARÁFRASE DE BAUDELAIRE

Assim! Quero sentir sobre a minha cabeça
O peso dessa noite embalsamada e espessa.
Que suave calor, que volúpia divina
As carnes me penetra e os nervos me domina!
Ah! deixa-me aspirar indefinidamente
Este aroma sutil, este perfume ardente!
Deixa-me adormecer envolto em teus cabelos!...
Quero senti-los, quero aspirá-los, sorvê-los,
E neles mergulhar loucamente o meu rosto,
Como quem vem de longe, e, às horas do sol posto
Acha a um canto da estrada uma nascente pura,
Onde mitiga ansioso a sede que o tortura...
Quero tê-los nas mãos, e agitá-los, cantando,
Como a um lenço, pelo ar saudades espalhando.
Ah! se pudesses ver tudo o que neles vejo!
– Meu desvairado amor! meu insano desejo!...
Teus cabelos contêm uma visão completa:
– Largas águas, movendo a superfície inquieta,
Cheia de um turbilhão de velas e de mastros,

Sob o claro dossel palpitante dos astros;
Cava-se o mar, rugindo, ao peso dos navios
De todas as nações e todos os feitios,
Desenrolando no alto as flâmulas ao vento,
E recortando o azul do limpo firmamento,
Sob o qual há uma eterna, uma infinita calma.

E prevê meu olhar e pressente minh'alma
Longe, – onde, mais profundo e mais azul, se arqueia
O céu, onde há mais luz, e onde a atmosfera, cheia
De aromas, ao repouso e ao divagar convida, –
Um país encantado, uma região querida,
Fresca, sorrindo ao sol, entre frutos e flores:
– Terra santa da luz, do sonho e dos amores...
Terra que nunca vi, terra que não existe,
Mas da qual, entretanto, eu, desterrado e triste,
Sinto no coração, ralado de ansiedade,
Uma saudade eterna, uma fatal saudade!
Minha pátria ideal! Em vão estendo os braços
Para teu lado! Em vão para teu lado os passos
Movo! Em vão! Nunca mais em teu seio adorado
Poderei repousar meu corpo fatigado...
Nunca mais! nunca mais!

                          Sobre a minha cabeça,
Querida! abre essa noite embalsamada e espessa!
Desdobra sobre mim os teus negros cabelos!
Quero, sôfrego e louco, aspirá-los, mordê-los,
E, bêbedo de amor, o seu peso sentindo,
Neles dormir envolto e ser feliz dormindo...
Ah! se pudesses ver tudo o que neles vejo!

Meu desvairado amor! Meu insano desejo!

RIOS E PÂNTANOS

Muita vez houve céu dentro de um peito:
Céu coberto de estrelas resplendentes,
Sobre rios alvíssimos, de leito
De fina prata e margens florescentes...

Um dia veio, em que a descrença o aspeito
Mudou de tudo: em túrbidas enchentes,
A água um manto de lodo e trevas feito
Estendeu pelas veigas recendentes.

E a alma que os anjos de asa solta, os sonhos
E as ilusões cruzaram revoando,
– Depois, na superfície horrenda e fria,

Só apresenta pântanos medonhos,
Onde, os longos sudários arrastando,
Passa da peste a legião sombria...

DE VOLTA DO BAILE

Chega do baile. Descansa.
Move a ebúrnea ventarola.
Que aroma de sua trança
Voluptuoso se evola!

Ao vê-la, a alcova deserta
E muda até então, em roda
Sentindo-a, treme, desperta,
E é festa e delírio toda.

Despe-se. O manto primeiro
Retira, as luvas agora,
Agora as jóias, chuveiro
De pedras da cor da aurora.

E pelas pérolas, pelos
Rubins de fogo e diamantes,
Faiscando nos seus cabelos
Como estrelas coruscantes,

Pelos colares em dobras
Enrolados, pelos finos
Braceletes, como cobras
Mordendo os braços divinos,

Pela grinalda de flores,
Pelas sedas que se agitam
Murmurando e as várias cores
Vivas do arco-íris imitam,

– Por tudo, as mãos inquietas
Se movem rapidamente,
Como um par de borboletas
Sobre um jardim florescente.

Voando em torno, infinitas,
Precipitadas, vão, soltas,
Revoltas nuvens de fitas,
Nuvens de rendas revoltas.

E, de entre as rendas e o arminho,
Saltam seus seios rosados,
Como de dentro de um ninho
Dois pássaros assustados.

E da lâmpada suspensa
Treme o clarão; e há por tudo
Uma agitação imensa,
Um êxtase imenso e mudo.

E, como que por encanto,
Num longo rumor de beijos,

Há vozes em cada canto
E em cada canto desejos...

Mais um gesto... E, vagarosa,
Dos ombros solta, a camisa
Pelo seu corpo, amorosa
E sensualmente, desliza.

E o tronco altivo e direito,
O braço, a curva macia
Da espádua, o talhe do peito
Que de tão branco irradia;

O ventre que, como a neve,
Firme e alvíssimo se arqueia
E apenas embaixo um leve
Buço dourado sombreia;

A coxa firme, que desce
Curvamente, a perna, o artelho:
Todo o seu corpo aparece
Subitamente no espelho...

Mas logo um deslumbramento
Se espalha na alcova inteira:
Com um rápido movimento
Destouca-se a cabeleira.

Que riquíssimo tesouro
Naqueles fios dardeja!
É como uma nuvem de ouro
Que a envolve, e, em zelos, a beija.

Toda, contorno a contorno,
Da fronte aos pés, cerca-a; e em ondas
Fulvas derrama-se em torno
De suas formas redondas:

E, depois de apaixonada
Beijá-la linha por linha,
Cai-lhe às costas, desdobrada
Como um manto de rainha...

SAHARA VITÆ

Lá vão eles, lá vão! O céu se arqueia
Como um teto de bronze infindo e quente,
E o sol fuzila e, fuzilando, ardente
Criva de flechas de aço o mar de areia...

Lá vão, com os olhos onde a sede ateia
Um fogo estranho, procurando em frente
Esse oásis do amor que, claramente,
Além, belo e falaz, se delineia.

Mas o simum da morte sopra: a tromba
Convulsa envolve-os, prostra-os; e aplacada
Sobre si mesma roda e exausta tomba...

E o sol de novo no ígneo céu fuzila...
E sobre a geração exterminada
A areia dorme plácida e tranqüila.

BEIJO ETERNO

Quero um beijo sem fim,
Que dure a vida inteira e aplaque o meu desejo!
Ferve-me o sangue. Acalma-o com teu beijo,
Beija-me assim!
O ouvido fecha ao rumor
Do mundo, e beija-me, querida!
Vive só para mim, só para a minha vida,
Só para o meu amor!

Fora, repouse em paz
Dormida em calmo sono a calma natureza,
Ou se debata, das tormentas presa, –
Beija inda mais!
E, enquanto o brando calor
Sinto em meu peito de teu seio,
Nossas bocas febris se unam com o mesmo
[anseio,
Com o mesmo ardente amor!

De arrebol a arrebol,
Vão-se os dias sem conto! e as noites, como os dias,
Sem conto vão-se, cálidas ou frias!
Rutile o sol
Esplêndido e abrasador!
No alto as estrelas coruscantes,
Tauxiando os largos céus, brilhem como diamantes!
Brilhe aqui dentro o amor!

Suceda a treva à luz!
Vele a noite de crepe a curva do horizonte;
Em véus de opala a madrugada aponte
Nos céus azuis,
E Vênus, como uma flor,
Brilhe, a sorrir, do ocaso à porta,
Brilhe à porta do oriente! A treva e a luz – que
[importa?
Só nos importa o amor!

Raive o sol no Verão!
Venha o Outono! do Inverno os frígidos vapores
Toldem o céu! das aves e das flores
Venha a estação!
Que nos importa o esplendor
Da primavera, e o firmamento
Limpo, e o sol cintilante, e a neve, e a chuva,
[e o vento?
– Beijemo-nos, amor!

Beijemo-nos! que o mar
Nossos beijos ouvindo, em pasmo a voz levante!
E cante o sol! a ave desperte e cante!
Cante o luar,

Cheio de um novo fulgor!
Cante a amplidão! cante a floresta!
E a natureza toda, em delirante festa,
Cante, cante este amor!

Rasgue-se, à noite, o véu
Das neblinas, e o vento inquira o monte e o vale:
"Quem canta assim?" E uma áurea estrela fale
Do alto do céu
Ao mar, presa de pavor:
"Que agitação estranha é aquela?"
E o mar adoce a voz, e à curiosa estrela
Responda que é o amor!

E a ave, ao sol da manhã,
Também, a asa vibrando, à estrela que palpita
Responda, ao vê-la desmaiada e aflita:
"Que beijo, irmã!
Pudesses ver com que ardor
Eles se beijam loucamente!"
E inveje-nos a estrela... e apague o olhar dormente,
Morta, morta de amor!...

Diz tua boca: "Vem!"
"Inda mais!" diz a minha, a soluçar... Exclama
Todo o meu corpo que o teu corpo chama:
"Morde também!"
Ai! morde! que doce é a dor
Que me entra as carnes, e as tortura!
Beija mais! morde mais! que eu morra de ventura,
Morto por teu amor!

Quero um beijo sem fim,
Que dure a vida inteira e aplaque o meu desejo!

Ferve-me o sangue: acalma-o com teu beijo!
Beija-me assim!
O ouvido fecha ao rumor
Do mundo, e beija-me, querida!
Vive só para mim, só para a minha vida,
Só para o meu amor!

POMBA E CHACAL

Ó natureza! ó mãe piedosa e pura!
Ó cruel, implacável assassina!
– Mão, que o veneno e o bálsamo propina
E aos sorrisos as lágrimas mistura!

Pois o berço, onde a boca pequenina
Abre o infante a sorrir, é a miniatura
A vaga imagem de uma sepultura,
O gérmen vivo de uma atroz ruína?!

Sempre o contraste! Pássaros cantando
Sobre túmulos... flores sobre a face
De ascosas águas pútridas boiando...

Anda a tristeza ao lado da alegria...
E esse teu seio, de onde a noite nasce,
É o mesmo seio de onde nasce o dia...

MEDALHA ANTIGA

Leconte de Lisle.

Este, sim! viverá por séculos e séculos,
Vencendo o olvido. Soube a sua mão deixar,
Ondeando no negror do ônix polido e rútilo,
    A alva espuma do mar.

Ao sol, bela e radiosa, o olhar surpreso e extático,
Vê-se Kypre, à feição de uma jovem princesa,
Molemente emergir à flor da face trêmula
    Da líquida turquesa.

Nua a deusa, nadando, a onda dos seios túmidos
Leva diante de si, amorosa e sensual:
E a onda mansa do mar borda de argênteos flóculos
    Seu pescoço imortal.

Livre das fitas, solto em quedas de ouro, espalha-se
Gotejante o cabelo: e seu corpo encantado
Brilha nas águas, como, entre violetas úmidas,
    Um lírio imaculado.

E nada, e folga, enquanto as barbatanas ásperas
E as fulvas caudas no ar batendo, e em derredor
Turvando o Oceano, em grupo os delfins
                    [atropelam-se,
    Para a fitar melhor.

NO CÁRCERE

Por que hei de, em tudo quanto vejo, vê-la?
Por que hei de eterna assim reproduzida
Vê-la na água do mar, na luz da estrela,
Na nuvem de ouro e na palmeira erguida?

Fosse possível ser a imagem dela
Depois de tantas mágoas esquecida!...
Pois acaso será, para esquecê-la,
Mister e força que me deixe a vida?

Negra lembrança do passado! lento
Martírio, lento e atroz! Por que não há de
Ser dado a toda a mágoa o esquecimento?

Por quê? Quem me encadeia sem piedade
No cárcere sem luz deste tormento,
Com os pesados grilhões desta saudade?

OLHANDO A CORRENTE

Põe-te à margem! Contempla-a, lentamente,
Crespa, turva, a rolar. Em vão indagas
A que paragens, a que longes plagas
Desce, ululando, a lúgubre torrente...

Vem de longe, de longe... Ouve-lhe as pragas!
Que infrene grita, que bramir freqüente,
Que coro de blasfêmias surdamente
Rolam na queda dessas negras vagas!

Choras? Tremes? É tarde... Esses violentos
Gritos escuta! Em lágrimas, tristonhos,
Fechas os olhos?... Olha ainda o horror

Daquelas águas! Vê! Teus juramentos
Lá vão! lá vão levados os meus sonhos,
Lá vai levado todo o nosso amor!

•••

> *E tremo à mezza state, ardendo inverno.*
> Petrarca.

Tenho frio e ardo em febre!
O amor me acalma e endouda! o amor me eleva e
[abate!
Quem há que os laços, que me prendem, quebre?
Que singular, que desigual combate!

Não sei que ervada flecha
Mão certeira e falaz me cravou com tal jeito,
Que, sem que eu a sentisse, a estreita brecha
Abriu, por onde o amor entrou meu peito.

O amor me entrou tão cauto
O incauto coração, que eu nem cuidei que estava,
Ao recebê-lo, recebendo o arauto
Desta loucura desvairada e brava.

Entrou. E, apenas dentro,
Deu-me a calma do céu e a agitação do inferno...
E hoje... ai! de mim, que dentro em mim concentro
Dores e gostos num lutar eterno!

O amor, Senhora, vede:
Prendeu-me. Em vão me estorço, e me debato,
[e grito;
Em vão me agito na apertada rede...
Mais me embaraço quanto mais me agito!

Falta-me o senso: a esmo,
Como um cego, a tatear, busco nem sei que porto:
E ando tão diferente de mim mesmo,
Que nem sei se estou vivo ou se estou morto.

Sei que entre as nuvens paira
Minha fronte, e meus pés andam pisando a terra;
Sei que tudo me alegra e me desvaira,
E a paz desfruto, suportando a guerra.

E assim peno e assim vivo:
Que diverso querer! que diversa vontade!
Se estou livre, desejo estar cativo;
Se cativo, desejo a liberdade!

E assim vivo, e assim peno;
Tenho a boca a sorrir e os olhos cheios de água:
E acho o néctar num cálix de veneno,
A chorar de prazer e a rir de mágoa.

Infinda mágoa! infindo
Prazer! pranto gostoso e sorrisos convulsos!
Ah! como dói assim viver, sentindo
Asas nos ombros e grilhões nos pulsos!

NEL MEZZO DEL CAMIN...

Cheguei. Chegaste. Vinhas fatigada
E triste, e triste e fatigado eu vinha.
Tinhas a alma de sonhos povoada,
E a alma de sonhos povoada eu tinha...

E paramos de súbito na estrada
Da vida: longos anos, presa à minha
A tua mão, a vista deslumbrada
Tive da luz que teu olhar continha.

Hoje, segues de novo... Na partida
Nem o pranto os teus olhos umedece,
Nem te comove a dor da despedida.

E eu, solitário, volto a face, e tremo,
Vendo o teu vulto que desaparece
Na extrema curva do caminho extremo.

SOLITUDO

Já que te é grato o sofrimento alheio,
Vai! Não fique em minh'alma nem um traço,
Nem um vestígio teu! Por todo o espaço
Se estenda o luto carregado e feio.

Turvem-se os largos céus... No leito escasso
Dos rios a água seque... E eu tenha o seio
Como um deserto pavoroso, cheio
De horrores, sem sinal de humano passo...

Vão-se as aves e as flores juntamente
Contigo... Torre o sol a verde alfombra,
A areia envolva a solidão inteira...

E só fique em meu peito o Saara ardente
Sem um oásis, sem a esquiva sombra
De uma isolada e trêmula palmeira!

A CANÇÃO DE ROMEU

Abre a janela... acorda!
Que eu, só por te acordar,
Vou pulsando a guitarra, corda a corda,
Ao luar!

As estrelas surgiram
Todas: e o limpo véu,
Como lírios alvíssimos, cobriram
Do céu.

De todas a mais bela
Não veio inda, porém:
Falta uma estrela... És tu! Abre a janela,
E vem!

A alva cortina ansiosa
Do leito entreabre; e, ao chão
Saltando, o ouvido presta à harmoniosa
Canção.

Solta os cabelos cheios
De aroma: e seminus,
Surjam formosos, trêmulos, teus seios
    À luz.

Repousa o espaço mudo;
Nem uma aragem, vês?
Tudo é silêncio, tudo calma, tudo
    Mudez.

Abre a janela, acorda!
Que eu, só por te acordar,
Vou pulsando a guitarra corda a corda,
    Ao luar!

Que puro céu! que pura
Noite! nem um rumor...
Só a guitarra em minhas mãos murmura:
    Amor!...

Não foi o vento brando
Que ouviste soar aqui:
É o choro da guitarra, perguntando
    Por ti.

Não foi a ave que ouviste,
Chilrando no jardim:
É a guitarra que geme e trila triste
    Assim.

Vem, que esta voz secreta
É o canto de Romeu!

Acorda! quem te chama, Julieta,
     Sou eu!

    Porém... Ó cotovia,
   Silêncio! a aurora, em véus
De névoa e rosas, não desdobre o dia
     Nos céus...

   Silêncio! que ela acorda...
   Já fulge o seu olhar...
Adormeça a guitarra, corda a corda,
     Ao luar!

A TENTAÇÃO DE XENÓCRATES

I

Nada turbava aquela vida austera:
Calmo, traçada a túnica severa,
Impassível, cruzando a passos lentos
As aléias de plátanos, – dizia
Das faculdades da alma e da teoria
De Platão aos discípulos atentos.

Ora o viam perder-se, concentrado,
No labirinto escuso de intricado
Controverso e sofístico problema,
Ora os pontos obscuros explicando
Do Timeu, e seguro manejando
A lâmina bigúmea do dilema.

Muitas vezes, nas mãos pousando a fronte,
Com o vago olhar perdido no horizonte,
Em pertinaz meditação ficava...

Assim, junto às sagradas oliveiras,
Era imoto seu corpo horas inteiras,
Mas longe dele o espírito pairava.

Longe, acima do humano fervedouro,
    Sobre as nuvens radiantes,
Sobre a planície das estrelas de ouro;
Na alta esfera, no páramo profundo
    Onde não vão, errantes,
Bramir as vozes das paixões do mundo:

    Aí, na eterna calma,
Na eterna luz dos céus silenciosos,
    Voa, abrindo, sua alma
    As asas invisíveis,
E interrogando os vultos majestosos
    Dos deuses impassíveis...

E a noite desce, afuma o firmamento...
    Soa somente, a espaços,
O prolongado sussurrar do vento...
E expira, às luzes últimas do dia,
    Todo o rumor de passos
Pelos ermos jardins da Academia.

    E, longe, luz mais pura
Que a extinta luz daquele dia morto
    Xenócrates procura:
    – Imortal claridade,
Que é proteção e amor, vida e conforto,
    Porque é a luz da verdade.

II

Ora Laís, a siciliana escrava
Que Apeles seduzira, amada e bela
Por esse tempo Atenas dominava...

Nem o frio Demóstenes altivo
Lhe foge o império: dos encantos dela
Curva-se o próprio Diógenes cativo.

Não é maior que a sua a encantadora
Graça das formas nítidas e puras
Da irresistível Diana caçadora;

Há nos seus olhos um poder divino;
Há venenos e pérfidas doçuras
Na fita de seu lábio purpurino;

Tem nos seios – dois pássaros que pulam
Ao contato de um beijo, – nos pequenos
Pés, que as sandálias sôfregas osculam,

Na coxa, no quadril, no torso airoso,
Todo o primor da calipígia Vênus
– Estátua viva e esplêndida do Gozo.

Caem-lhe aos pés as pérolas e as flores,
As dracmas de ouro, as almas e os presentes,
Por uma noite de febris ardores.

Heliostes e Eupátridas sagrados,
Artistas e Oradores eloqüentes
Leva ao carro de glória acorrentados...

E os generais indômitos, vencidos
Vendo-a, sentem por baixo das couraças
Os corações de súbito feridos.

III

Certa noite, ao clamor da festa, em gala,
Ao som contínuo das lavradas taças
Tinindo cheias na espaçosa sala,

Vozeava o Cerâmico, repleto
De cortesãs e flores. As mais belas
Das heteras de Samos e Mileto

Eram todas na orgia. Estas bebiam,
Nuas, à deusa Ceres. Longe, aquelas
Em animados grupos discutiam.

Pendentes no ar, em nuvens densas, vários
Quentes incensos índicos queimando,
Oscilavam de leve os incensários.

Tíbios flautins finíssimos gritavam;
E, as curvas harpas de ouro acompanhando,
Crótalos claros de metal cantavam...

O espúmeo Chipre as faces dos convivas
Acendia. Soavam desvairados
Febris acentos de canções lascivas.

Via-se a um lado a pálida Frinéia,
Provocando os olhares deslumbrados
E os sensuais desejos da assembléia.

Laís além falava: e, de seus lábios
Suspensos, a beber-lhe a voz maviosa,
Cercavam-na Filósofos e Sábios.

Nisto, entre a turba, ouviu-se a zombeteira
Voz de Aristipo: "És bela e poderosa,
Laís! mas, por que sejas a primeira,

A mais irresistível das mulheres,
Cumpre domar Xenócrates! És bela...
Poderás fasciná-lo, se o quiseres!

Doma-o, e serás rainha!" Ela sorria...
E apostou que, submisso e vil, naquela
Mesma noite a seus pés o prostraria.
Apostou e partiu...

IV

Na alcova muda e quieta,
    Apenas se escutava
Leve, a areia, a cair no vidro da ampulheta...
    Xenócrates velava.

Mas que harmonia estranha,
Que sussurro lá fora! Agita-se o arvoredo
Que o límpido luar serenamente banha:
    Treme, fala em segredo...

As estrelas, que o céu cobrem de lado a lado,
    A água ondeante dos lagos

Fitam, nela espalhando o seu clarão dourado,
    Em tímidos afagos.

    Solta um pássaro o canto.
Há um cheiro de carne à beira dos caminhos...
E acordam ao luar, como que por encanto,
    Estremecendo, os ninhos...

Que indistinto rumor! Vibram na voz do vento
    Crebros, vivos arpejos.
E vai da terra e vem do curvo firmamento
    Um murmurar de beijos.

    Com as asas de ouro, em roda
Do céu, naquela noite úmida e clara, voa
Alguém que a tudo acorda e a natureza toda
    De desejos povoa:

É a Volúpia que passa e no ar desliza; passa,
    E os corações inflama...
Lá vai! E, sobre a terra, o amor, da curva taça
    Que traz às mãos, derrama.

    E entretanto, deixando
A alva barba espalhar-se em rolos sobre o leito,
Xenócrates medita, as magras mãos cruzando
    Sobre o escarnado peito.

Cisma. E tão aturada é a cisma em que flutua
Sua alma, e que a regiões ignotas o transporta,
– Que não sente Laís, que surge seminua
    Da muda alcova à porta.

V

É bela assim! Desprende a clâmide. Revolta,
Ondeante, a cabeleira, aos níveos ombros solta,
Cobre-lhe os seios nus e a curva dos quadris,
Num louco turbilhão de áureos fios sutis.
Que fogo em seu olhar! Vê-lo é a seus pés prostrada
A alma ter suplicante, em lágrimas banhada,
Em desejos acesa! Olhar divino! Olhar
Que encadeia, e domina, e arrasta ao seu altar
Os que morrem por ela, e ao céu pedem mais vida,
Para tê-la por ela inda uma vez perdida!
Mas Xenócrates cisma...

        É em vão que, a prumo, o sol
Desse olhar abre a luz num radiante arrebol...
Em vão! Vem tarde o sol! Jaz extinta a cratera,
Não há vida, nem ar, nem luz, nem primavera:
Gelo apenas! E, em gelo envolto, ergue o vulcão
Os flancos, entre a névoa e a opaca cerração...

Cisma o sábio. Que importa aquele corpo ardente
Que o envolve, e enlaça, e prende, e aperta
                            [loucamente?
Fosse cadáver frio o mudo ancião! talvez
Mais sentisse o calor daquela ebúrnea tez!...

Em vão Laís o abraça, e o nacarado lábio
Chega-lhe ao lábio frio... Em vão! Medita o sábio,
E nem sente o calor desse corpo que o atrai,
Nem o aroma febril que dessa boca sai.

E ela: "Vivo não és! Jurei domar um homem,
Mas de beijos não sei que a pedra fria domem!"

Xenócrates, então, do leito levantou
O corpo, e o olhar no olhar da cortesã cravou:

"Pode rugir a carne... Embora! Dela acima
Paira o espírito ideal que a purifica e anima:
Cobrem nuvens o espaço, e, acima do atro véu
Das nuvens, brilha a estrela iluminando o céu!"

    Disse. E outra vez, deixando
A alva barba espalhar-se em rolos sobre o leito,
Quedou-se a meditar, as magras mãos cruzando
    Sobre o escarnado peito.

ALMA INQUIETA

A AVENIDA DAS LÁGRIMAS

A um Poeta morto.

Quando a primeira vez a harmonia secreta
De uma lira acordou, gemendo, a terra inteira,
– Dentro do coração do primeiro poeta
Desabrochou a flor da lágrima primeira.

E o poeta sentiu os olhos rasos de água;
Subiu-lhe à boca, ansioso, o primeiro queixume:
Tinha nascido a flor da Paixão e da Mágoa,
Que possui, como a rosa, espinhos e perfume.

E na terra, por onde o sonhador passava,
Ia a roxa corola espalhando as sementes:
De modo que, a brilhar, pelo solo ficava
Uma vegetação de lágrimas ardentes.

Foi assim que se fez a Via Dolorosa,
A avenida ensombrada e triste da Saudade,

Onde se arrasta, à noite, a procissão chorosa
Dos órfãos do carinho e da felicidade.

Recalcando no peito os gritos e os soluços,
Tu conheceste bem essa longa avenida,
– Tu que, chorando em vão, te esfalfaste, de bruços,
Para, infeliz, galgar o Calvário da Vida.

Teu pé deixou também um sinal neste solo;
Também por este solo arrastaste o teu manto...
E, ó Musa, a harpa infeliz que sustinhas ao colo,
Passou para outras mãos, molhou-se de outro
[pranto.

Mas tua alma ficou, livre da desventura,
Docemente sonhando, às carícias da lua:
Entre as flores, agora, uma outra flor fulgura,
Guardando na corola uma lembrança tua...

O aroma dessa flor, que o teu martírio encerra,
Se imortalizará, pelas almas disperso:
– Porque purificou a torpeza da terra
Quem deixou sobre a terra uma lágrima e
[um verso.

INANIA VERBA

Ah! quem há de exprimir, alma impotente e escrava,
O que a boca não diz, o que a mão não escreve?
– Ardes, sangras, pregada à tua cruz, e, em breve,
Olhas, desfeito em lodo, o que te deslumbrava...

O Pensamento ferve, e é um turbilhão de lava:
A Forma, fria e espessa, é um sepulcro de neve...
E a Palavra pesada abafa a Idéia leve,
Que, perfume e clarão, refulgia e voava.

Quem o molde achará para a expressão de tudo?
Ai! quem há de dizer as ânsias infinitas
Do sonho? e o céu que foge à mão que se levanta?

E a ira muda? e o asco mudo? e o desespero mudo?
E as palavras de fé que nunca foram ditas?
E as confissões de amor que morrem na garganta?!

MIDSUMMER'S NIGHT'S DREAM

Quem o encanto dirá destas noites de estio?
Corre de estrela a estrela um leve calefrio,
Há queixas doces no ar... Eu, recolhido e só,
Ergo o sonho da terra, ergo a fronte do pó,
Para purificar o coração manchado,
Cheio de ódio, de fel, de angústia e de pecado...

Que esquisita saudade! – Uma lembrança estranha
De ter vivido já no alto de uma montanha,
Tão alta, que tocava o céu... Belo país,
Onde, em perpétuo sonho, eu vivia feliz,
Livre da ingratidão, livre da indiferença,
No seio maternal da Ilusão e da Crença!

Que inexorável mão, sem piedade, cativo,
Estrelas, me encerrou no cárcere em que vivo?
Louco, em vão, do profundo horror deste atascal,
Bracejo, e peno em vão, para fugir do mal!
Por que, para uma ignota e longínqua paragem,
Astros, não me levais nessa eterna viagem?

Ah! quem pode saber de que outras vidas veio?...
Quantas vezes, fitando a Via Láctea, creio
Todo o mistério ver aberto ao meu olhar!
Tremo... e cuido sentir dentro de mim pesar
Uma alma alheia, uma alma em minha alma
[escondida,
– O Cadáver de alguém de quem carrego a vida...

MATER

Tu, grande Mãe!... do amor de teus filhos escrava,
Para teus filhos és, no caminho da vida,
Como a faixa de luz que o povo hebreu guiava
      À longe Terra Prometida.

Jorra de teu olhar um rio luminoso.
Pois, para batizar essas almas em flor,
Deixas cascatear desse olhar carinhoso
      Todo o Jordão do teu amor.

E espalham tanto brilho as asas infinitas
Que expandes sobre os teus, carinhosas e belas,
Que o seu grande clarão sobe, quando as agitas,
      E vai perder-se entre as estrelas.

E eles, pelos degraus da luz ampla e sagrada,
Fogem da humana dor, fogem do humano pó,
E, à procura de Deus, vão subindo essa escada,
      Que é como a escada de Jacó.

INCONTENTADO

Paixão sem grita, amor sem agonia,
Que não oprime nem magoa o peito,
Que nada mais do que possui queria,
E com tão pouco vive satisfeito...

Amor, que os exageros repudia,
Misturado de estima e de respeito,
E, tirando das mágoas alegria,
Fica farto, ficando sem proveito...

Viva sempre a paixão que me consome,
Sem uma queixa, sem um só lamento!
Arda sempre este amor que desanimas!

E eu tenha sempre, ao murmurar teu nome,
O coração, malgrado o sofrimento,
Como um rosal desabrochado em rimas.

SONHO

Quantas vezes, em sonho, as asas da saudade
Solto para onde estás, e fico de ti perto!
Como, depois do sonho, é triste a realidade!
Como tudo, sem ti, fica depois deserto!

Sonho... Minha alma voa. O ar gorjeia e soluça.
Noite... A amplidão se estende, iluminada e calma:
De cada estrela de ouro um anjo se debruça,
E abre o olhar espantado, ao ver passar minha alma.

Há por tudo a alegria e o rumor de um noivado.
Em torno a cada ninho anda bailando uma asa.
E, como sobre um leito um alvo cortinado,
Alva, a luz do luar cai sobre a tua casa.

Porém, subitamente, um relâmpago corta
Todo o espaço... O rumor de um salmo se levanta
E, sorrindo, serena, apareces à porta,
Como numa moldura a imagem de uma Santa...

PRIMAVERA

Ah! quem nos dera que isto, como outrora,
Inda nos comovesse! Ah! quem nos dera
Que inda juntos pudéssemos agora
Ver o desabrochar da primavera!

Saíamos com os pássaros e a aurora.
E, no chão, sobre os troncos cheios de hera,
Sentavas-te sorrindo, de hora em hora:
"Beijemo-nos! amemo-nos! espera!"

E esse corpo de rosa recendia,
E aos meus beijos de fogo palpitava,
Alquebrado de amor e de cansaço...

A alma da terra gorjeava e ria...
Nascia a primavera... E eu te levava,
Primavera de carne, pelo braço!

DORMINDO

De qual de vós desceu para o exílio do mundo
A alma desta mulher, astros do céu profundo?
Dorme talvez agora... Alvíssimas, serenas,
Cruzam-se numa prece as suas mãos pequenas.
Para a respiração suavíssima lhe ouvir,
A noite se desbruça... E, a oscilar e a fulgir,
Brande o gládio de luz, que a escuridão recorta,
Um arcanjo, de pé, guardando a sua porta.
Versos! podeis voar em torno desse leito,
E pairar sobre o alvor virginal de seu peito,
Aves, tontas de luz, sobre um fresco pomar...
Dorme... Rimas febris, podeis febris voar...
Como ela, num livor de névoas misteriosas,
Dorme o céu, campo azul semeado de rosas;
E dois anjos do céu, alvos e pequeninos,
Vêm dormir nos dois céus dos seus olhos divinos...
Dorme... Estrelas, velai, inundando-a de luz!
Caravana, que Deus pelo espaço conduz!
Todo o vosso clarão nesta pequena alcova

Sobre ela, como um nimbo esplêndido, se mova:
E, a sorrir e a sonhar, sua leve cabeça
Como a da Virgem-Mãe repouse e resplandeça!

NOTURNO

Já toda a terra adormece.
Sai um soluço da flor.
Rompe de tudo um rumor,
Leve como o de uma prece.

A tarde cai. Misterioso,
Geme entre os ramos o vento.
E há por todo o firmamento
Um anseio doloroso.

Áureo turíbulo imenso,
O ocaso em púrpuras arde,
E para a oração da tarde
Desfaz-se em rolos de incenso.

Moribundos e suaves,
O vento na asa conduz
O último raio da luz
E o último canto das aves.

E Deus, na altura infinita,
Abre a mão profunda e calma,
Em cuja profunda palma
Todo o Universo palpita.

Mas um barulho se eleva...
E, no páramo celeste,
A horda dos astros investe
Contra a muralha da treva.

As estrelas, salmodiando
O Peã sacro, a voar,
Enchem de cânticos o ar...
E vão passando... passando...

Agora, maior tristeza,
Silêncio agora mais fundo;
Dorme, num sono profundo,
Sem sonhos, a natureza.

A flor-da-noite abre o cálix...
E, soltos, os pirilampos
Cobrem a face dos campos,
Enchem o seio dos vales:

Trêfegos e alvoroçados,
Saltam, fantásticos Djins,
De entre as moitas de jasmins,
De entre os rosais perfumados.

Um deles pela janela
Entra do teu aposento,

E pára, plácido e atento,
Vendo-te, pálida e bela.

Chega ao teu cabelo fino,
Mete-se nele: e fulgura,
E arde nessa noite escura,
Como um astro pequenino.

E fica. Os outros lá fora
Deliram. Dormes... Feliz,
Não ouves o que ele diz,
Não ouves como ele chora...

Diz ele: "O poeta encerra
Uma noite, em si, mais triste
Que essa que, quando dormiste,
Velava a face da terra...

Os outros saem do meio
Das moitas cheias de flores:
Mas eu saí de entre as dores
Que ele tem dentro do seio.

Os outros a toda parte
Levam o vivo clarão,
E eu vim do seu coração
Só para ver-te e beijar-te.

Mandou-me sua alma louca,
Que a dor da ausência consome,
Saber se em sonho o seu nome
Brilha agora em tua boca!

Mandou-me ficar suspenso
Sobre o teu peito deserto,
Por contemplar de mais perto
Todo esse deserto imenso!"

Isso diz o pirilampo...
Anda lá fora um rumor
De asas rufladas... A flor
Desperta, desperta o campo...

Todos os outros, prevendo
Que vinha o dia, partiram,
Todos os outros fugiram...
Só ele fica gemendo.

Fica, ansioso e sozinho,
Sobre o teu sono pairando...
E apenas, a luz fechando,
Volve de novo ao seu ninho,

Quando vê, inda não farto
De te ver e de te amar,
Que o sol descerras do olhar,
E o dia nasce em teu quarto...

VIRGENS MORTAS

Quando uma virgem morre, uma estrela aparece,
Nova, no velho engaste azul do firmamento:
E a alma da que morreu, de momento em momento,
Na luz da que nasceu palpita e resplandece.

Ó vós, que, no silêncio e no recolhimento
Do campo, conversais a sós, quando anoitece,
Cuidado! – o que dizeis, como um rumor de prece,
Vai sussurrar no céu, levado pelo vento...

Namorados, que andais, com a boca transbordando
De beijos, perturbando o campo sossegado
E o casto coração das flores inflamando,

– Piedade! elas vêem tudo entre as moitas escuras...
Piedade! esse impudor ofende o olhar gelado
Das que viveram sós, das que morreram puras!

O CAVALEIRO POBRE

Pouchkine.

Ninguém soube quem era o Cavaleiro Pobre,
Que viveu solitário, e morreu sem falar:
Era simples e sóbrio, era valente e nobre,
      E pálido como o luar.

Antes de se entregar às fadigas da guerra,
Dizem que um dia viu qualquer cousa do céu:
E achou tudo vazio... e pareceu-lhe a terra
      Um vasto e inútil mausoléu.

Desde então, uma atroz devoradora chama
Calcinou-lhe o desejo, e o reduziu a pó.
E nunca mais o Pobre olhou uma só dama,
      – Nem uma só! nem uma só!

Conservou, desde então, a viseira abaixada:
E, fiel à Visão, e ao seu amor fiel,

Trazia uma inscrição de três letras, gravada
    A fogo e sangue no broquel.

Foi aos prélios da Fé. Na Palestina, quando,
No ardor do seu guerreiro e piedoso mister,
Cada filho da Cruz se batia, invocando
    Um nome caro de mulher,

Ele rouco, brandindo o pique no ar, clamava:
"*Lumen cæli Regina!*" e, ao clamor dessa voz,
Nas hostes dos incréus como uma tromba entrava,
    Irresistível e feroz.

Mil vezes sem morrer viu a morte de perto,
E negou-lhe o destino outra vida melhor:
Foi viver no deserto... E era imenso o deserto!
    Mas o seu Sonho era maior!

E um dia, a se estorcer, aos saltos, desgrenhado,
Louco, velho, feroz, – naquela solidão
Morreu: – mudo, rilhando os dentes, devorado
    Pelo seu próprio coração.

IDA

Para a porta do céu, pálida e bela,
Ida as asas levanta e as nuvens corta.
Correm os anjos: e a criança morta
Foge dos anjos namorados dela.

Longe do amor materno o céu que importa?
O pranto os olhos límpidos lhe estrela...
Sob as rosas de neve da capela,
Ida soluça, vendo abrir-se a porta.

Quem lhe dera outra vez o escuro canto
Da escura terra, onde, a sangrar, sozinho,
Um coração de mãe desfaz-se em pranto!

Cerra-se a porta: os anjos todos voam...
Como fica distante aquele ninho,
Que as mães adoram... mas amaldiçoam!

NOITE DE INVERNO

Sonho que estás à porta...
Estás – abro-te os braços! – quase morta,
Quase morta de amor e de ansiedade...
De onde ouviste o meu grito, que voava,
E sobre as asas trêmulas levava
     As preces da saudade?

Corro à porta... ninguém! Silêncio e treva.
Hirta, na sombra, a Solidão eleva
Os longos braços rígidos, de gelo...
E há pelo corredor ermo e comprido
O suave rumor de teu vestido,
E o perfume sutil de teu cabelo.

     Ah! se agora chegasses!
Se eu sentisse bater em minhas faces
A luz celeste que teus olhos banha;
Se este quarto se enchesse de repente
Da melodia, e do clarão ardente
     Que os passos te acompanha:

Beijos, presos no cárcere da boca,
Sofreando a custo toda a sede louca,
Toda a sede infinita que os devora,
– Beijos de fogo, palpitando, cheios
De gritos, de gemidos e de anseios,
Transbordariam por teu corpo afora!...

    Rio aceso, banhando
Teu corpo, cada beijo, rutilando,
Se apressaria, acachoado e grosso:
E, cascateando, em pérolas desfeito,
Subiria a colina de teu peito,
        Lambendo-te o pescoço...

Estrela humana que do céu desceste!
Desterrada do céu, a luz perdeste
Dos fulvos raios, amplos e serenos;
E na pele morena e perfumada
Guardaste apenas essa cor dourada
Que é a mesma cor de Sírius e de Vênus.

    Sob a chuva de fogo
De meus beijos, amor! terias logo
Todo o esplendor do brilho primitivo;
E, eternamente presa entre meus braços,
Bela, protegerias os meus passos,
    – Astro formoso e vivo!

Mas... talvez te ofendesse o meu desejo...
E, ao teu contato gélido, meu beijo
Fosse cair por terra, desprezado...
Embora! que eu ao menos te olharia,
E, presa do respeito, ficaria
Silencioso e imóvel a teu lado.

Fitando o olhar ansioso
No teu, lendo esse livro misterioso,
Eu descortinaria a minha sorte...
Até que ouvisse, desse olhar ao fundo,
Soar, num dobre lúgubre e profundo,
    A hora da minha morte!

Longe embora de mim teu pensamento,
Ouvirias aqui, louco e violento,
Bater meu coração em cada canto;
E ouvirias, como uma melopéia,
Longe embora de mim a tua idéia,
A música abafada de meu pranto.

    Dormirias, querida...
E eu, guardando-te, bela e adormecida,
Orgulhoso e feliz com o meu tesouro,
Tiraria os meus versos do abandono,
E eles embalariam o teu sono,
    Como uma rede de ouro.

Mas não vens! não virás! Silêncio e treva...
Hirta, na sombra, a Solidão eleva
Os longos braços rígidos de gelo;
E há, pelo corredor ermo e comprido,
O suave rumor de teu vestido
E o perfume sutil de teu cabelo...

VANITAS

Cego, em febre a cabeça, a mão nervosa e fria,
Trabalha. A alma lhe sai da pena, alucinada,
E enche-lhe, a palpitar, a estrofe iluminada
De gritos de triunfo e gritos de agonia.

Prende a idéia fugaz; doma a rima bravia;
Trabalha... E a obra, por fim, resplandece acabada:
"Mundo, que as minhas mãos arrancaram do nada!
Filha do meu trabalho! ergue-te à luz do dia!

Cheia da minha febre e da minha alma cheia,
Arranquei-te da vida ao ádito profundo,
Arranquei-te do amor à mina ampla e secreta!

Posso agora morrer, porque vives!" E o Poeta
Pensa que vai cair, exausto, ao pé de um mundo,
E cai – vaidade humana! – ao pé de um grão
                            [de areia...

TERCETOS

I

Noite ainda, quando ela me pedia
Entre dois beijos que me fosse embora,
Eu, com os olhos em lágrimas, dizia:

"Espera ao menos que desponte a aurora
Tua alcova é cheirosa como um ninho...
E olha que escuridão há lá por fora!

Como queres que eu vá, triste e sozinho,
Casando a treva e o frio de meu peito
Ao frio e à treva que há pelo caminho?!

Ouves? é o vento! é um temporal desfeito!
Não me arrojes à chuva e à tempestade!
Não me exiles do vale do teu leito!

Morrerei de aflição e de saudade...
Espera! até que o dia resplandeça,
Aquece-me com a tua mocidade!

Sobre o teu colo deixa-me a cabeça
Repousar, como há pouco repousava...
Espera um pouco! deixa que amanheça!"

– E ela abria-me os braços. E eu ficava.

II

E, já manhã, quando ela me pedia
Que de seu claro corpo me afastasse,
Eu, com os olhos em lágrimas, dizia:

"Não pode ser! não vês que o dia nasce?
A aurora, em fogo e sangue, as nuvens corta...
Que diria de ti quem me encontrasse?

Ah! nem me digas que isso pouco importa!...
Que pensariam, vendo-me, apressado,
Tão cedo assim, saindo a tua porta,

Vendo-me exausto, pálido, cansado,
E todo pelo aroma de teu beijo
Escandalosamente perfumado?

O amor, querida, não exclui o pejo...
Espera! até que o sol desapareça,
Beija-me a boca! mata-me o desejo!

Sobre o teu colo deixa-me a cabeça
Repousar, como há pouco repousava!
Espera um pouco! deixa que anoiteça!"

– E ela abria-me os braços. E eu ficava.

IN EXTREMIS

Nunca morrer assim! Nunca morrer num dia
Assim! de um sol assim!
                      Tu, desgrenhada e fria,
Fria! postos nos meus os teus olhos molhados,
E apertando nos teus os meus dedos gelados...

E um dia assim! de um sol assim! E assim a esfera
Toda azul, no esplendor do fim da primavera!
Asas, tontas de luz, cortando o firmamento!
Ninhos cantando! Em flor a terra toda! O vento
Despencando os rosais, sacudindo o arvoredo...

E, aqui dentro, o silêncio... E este espanto! e
                                   [este medo!
Nós dois... e, entre nós dois, implacável e forte,
A arredar-me de ti, cada vez mais, a morte...

Eu, com o frio a crescer no coração, – tão cheio
De ti, até no horror do derradeiro anseio!

Tu, vendo retorcer-se amarguradamente,
A boca que beijava a tua boca ardente,
A boca que foi tua!

                      E eu morrendo! e eu morrendo
Vendo-te, e vendo o sol, e vendo o céu, e vendo
Tão bela palpitar nos teus olhos, querida,
A delícia da vida! a delícia da vida!

A ALVORADA DO AMOR

Um horror grande e mudo, um silêncio profundo
No dia do Pecado amortalhava o mundo.
E Adão, vendo fechar-se a porta do Éden, vendo
Que Eva olhava o deserto e hesitava tremendo,
Disse:

     "Chega-te a mim! entra no meu amor,
E à minha carne entrega a tua carne em flor!
Preme contra o meu peito o teu seio agitado,
E aprende a amar o Amor, renovando o pecado!
Abençôo o teu crime, acolho o teu desgosto,
Bebo-te, de uma em uma, as lágrimas do rosto!

Vê! tudo nos repele! a toda a criação
Sacode o mesmo horror e a mesma indignação...
A cólera de Deus torce as árvores, cresta
Como um tufão de fogo o seio da floresta,
Abre a terra em vulcões, encrespa a água dos rios;
As estrelas estão cheias de calefrios;
Ruge soturno o mar; turva-se hediondo o céu...

Vamos! que importa Deus? Desata, como um véu,
Sobre a tua nudez a cabeleira! Vamos!
Arda em chamas o chão; rasguem-te a pele os ramos;
Morda-te o corpo o sol; injuriem-te os ninhos;
Surjam feras a uivar de todos os caminhos;
E, vendo-te a sangrar das urzes através,
Se emaranhem no chão as serpes aos teus pés...
Que importa? o Amor, botão apenas entreaberto,
Ilumina o degredo e perfuma o deserto!
Amo-te! sou feliz! porque, do Éden perdido,
Levo tudo, levando o teu corpo querido!

Pode, em redor de ti, tudo se aniquilar:
— Tudo renascerá cantando ao teu olhar,
Tudo, mares e céus, árvores e montanhas,
Porque a Vida perpétua arde em tuas entranhas!
Rosas te brotarão da boca, se cantares!
Rios te correrão dos olhos, se chorares!
E se, em torno ao teu corpo encantador e nu,
Tudo morrer, que importa? A Natureza és tu,
Agora que és mulher, agora que pecaste!

Ah! bendito o momento em que me revelaste
O amor com o teu pecado, e a vida com o teu
                                    [crime!
Porque, livre de Deus, redimido e sublime,
Homem fico, na terra, à luz dos olhos teus,
— Terra, melhor que o Céu! homem, maior que
                                    [Deus!"

VITA NUOVA

Se ao mesmo gozo antigo me convidas,
Com esses mesmos olhos abrasados,
Mata a recordação das horas idas,
Das horas que vivemos apartados!

Não me fales das lágrimas perdidas,
Não me fales dos beijos dissipados!
Há numa vida humana cem mil vidas,
Cabem num coração cem mil pecados!

Amo-te! A febre, que supunhas morta,
Revive. Esquece o meu passado, louca!
Que importa a vida que passou? que importa,

Se inda te amo, depois de amores tantos,
E inda tenho, nos olhos e na boca,
Novas fontes de beijos e de prantos?!

MANHÃ DE VERÃO

As nuvens, que, em bulcões, sobre o rio rodavam,
Já, com o vir da manhã, do rio se levantam.
Como ontem, sob a chuva, estas águas choravam!
E hoje, saudando o sol, como estas águas cantam!

A estrela, que ficou por último velando,
Noiva que espera o noivo e suspira em segredo,
– Desmaia de pudor, apaga, palpitando,
A pupila amorosa, e estremece de medo.

Há pelo Paraíba um sussurro de vozes,
Tremor de seios nus, corpos brancos luzindo...
E, alvos, a cavalgar broncos monstros ferozes,
Passam, como num sonho, as náiades fugindo.

A rosa, que acordou sob as ramas cheirosas,
Diz-me: "Acorda com um beijo as outras flores
                                          [quietas!
Poeta! Deus criou as mulheres e as rosas
Para os beijos do sol e os beijos dos poetas!"

E a ave diz: "Sabes tu? conheço-a bem... Parece
Que os Gênios de Oberon bailam pelo ar dispersos,
E que o céu se abre todo, e que a terra floresce,
– Quando ela principia a recitar teus versos!"

E diz a luz: "Conheço a cor daquela boca!
Bem conheço a maciez daquelas mãos pequenas!
Não fosse ela aos jardins roubar, trêfega e louca
O rubor da papoula e o alvor das açucenas!"

Diz a palmeira: "Invejo-a! ao vir a luz radiante,
Vem o vento agitar-me e desnastrar-me a coma:
E eu pelo vento envio ao seu cabelo ondeante
Todo o meu esplendor e todo o meu aroma!"

E a floresta, que canta, e o sol, que abre a coroa
De ouro fulvo, espancando a matutina bruma,
E o lírio, que estremece, e o pássaro, que voa,
E a água, cheia de sons e de flocos de espuma,

Tudo, – a cor, o clarão, o perfume e o gorjeio,
Tudo, elevando a voz, nesta manhã de estio,
Diz: "Pudesses dormir, poeta! no seu seio,
Curvo como este céu, manso como este rio!"

DENTRO DA NOITE

Ficas a um canto da sala,
Olhas-me e finges que lês...
Ainda uma vez te ouço a fala,
Olho-te ainda uma vez;
Saio... Silêncio por tudo:
Nem uma folha se agita;
E o firmamento, amplo e mudo,
Cheio de estrelas palpita.
E eu vou sozinho, pensando
Em teu amor, a sonhar,
No ouvido e no olhar levando
Tua voz e teu olhar.

Mas não sei que luz me banha
Todo de um vivo clarão;
Não sei que música estranha
Me sobe do coração.
Como que, em cantos suaves,
Pelo caminho que sigo,

Eu levo todas as aves,
Todos os astros comigo.
E é tanta essa luz, é tanta
Essa música sem par,
Que nem sei se é a luz que canta,
Se é o som que vejo brilhar.

Caminho, em êxtase, cheio
Da luz de todos os sóis,
Levando dentro do seio
Um ninho de rouxinóis.
E tanto brilho derramo,
E tanta música espalho,
Que acordo os ninhos e inflamo
As gotas frias do orvalho.
E vou sozinho, pensando
Em teu amor, a sonhar,
No ouvido e no olhar levando
Tua voz e teu olhar.

Caminho. A terra deserta
Anima-se. Aqui e ali,
Por toda parte desperta
Um coração que sorri.
Em tudo palpita um beijo,
Longo, ansioso, apaixonado,
E um delirante desejo
De amar e de ser amado.
E tudo, – o céu que se arqueia
Cheio de estrelas, o mar,
Os troncos negros, a areia,
– Pergunta, ao ver-me passar:

"O Amor, que a teu lado levas,
A que lugar te conduz,
Que entras coberto de trevas,
E sais coberto de luz?
De onde vens? que firmamento
Correste durante o dia,
Que voltas lançando ao vento
Esta inaudita harmonia?
Que país de maravilhas,
Que Eldorado singular
Tu visitaste, que brilhas
Mais do que a estrela polar?"

E eu continuo a viagem,
Fantasma deslumbrador,
Seguido por tua imagem,
Seguido por teu amor.
Sigo... Dissipo a tristeza
De tudo, por todo o espaço,
E ardo, e canto, e a Natureza
Arde e canta, quando eu passo
– Só porque passo pensando
Em teu amor, a sonhar,
No ouvido e no olhar levando
Tua voz e teu olhar...

CAMPO SANTO

Os anos matam e dizimam tanto
Como as inundações e como as pestes...
A alma de cada velho é um Campo Santo
Que a velhice cobriu de cruzes e ciprestes
    Orvalhados de pranto.

Mas as almas não morrem como as flores,
Como os homens, os pássaros e as feras:
Rotas, despedaçadas pelas dores,
Renascem para o sol de novas primaveras
    E de novos amores.

Assim, às vezes, na amplidão silente,
No sono fundo, na terrível calma
Do Campo Santo, ouve-se um grito ardente:
É a Saudade! é a Saudade!... E o cemitério da alma
    Acorda de repente.

Uivam os ventos funerais medonhos...
Brilha o luar... As lápides se agitam...
E, sob a rama dos chorões tristonhos,
Sonhos mortos de amor despertam e palpitam,
Cadáveres de sonhos...

DESTERRO

Já me não amas? Basta! Irei, triste, e exilado
Do meu primeiro amor para outro amor, sozinho...
Adeus, carne cheirosa! Adeus, primeiro ninho
Do meu delírio! Adeus, belo corpo adorado!

Em ti, como num vale, adormeci deitado,
No meu sonho de amor, em meio do caminho...
Beijo-te inda uma vez, num último carinho,
Como quem vai sair da pátria desterrado...

Adeus, corpo gentil, pátria do meu desejo!
Berço em que se emplumou o meu primeiro idílio,
Terra em que floresceu o meu primeiro beijo!

Adeus! Esse outro amor há de amargar-me tanto
Como o pão que se come entre estranhos, no exílio,
Amassado com fel e embebido de pranto...

ROMEU E JULIETA

Ato III, cena V.

JULIETA:

Por que partir tão cedo? inda vem longe o dia...
Ouves? é o rouxinol. Não é da cotovia
Esta encantada voz. Repara, meu amor:
Quem canta é o rouxinol na romãzeira em flor.
Toda a noite essa voz, que te feriu o ouvido,
Povoa a solidão como um longo gemido.
Abracemo-nos! fica! inda vem longe o sol!
Não canta a cotovia: é a voz do rouxinol!

ROMEU:

É a voz da cotovia anunciando a aurora!
Vês? há um leve tremor pelo horizonte afora...
Das nuvens do levante abre-se o argênteo véu,
E apagam-se de todo as lâmpadas do céu.

Já sobre o cimo azul das serras nebulosas,
Hesitante, a manhã coroada de rosas
Agita os leves pés, e fica a palpitar
Sobre as asas de luz, como quem quer voar.
Olha! mais um momento, um rápido momento,
E o dia sorrirá por todo o firmamento!
Adeus! devo partir! Partir para viver...
Ou ficar a teus pés para a teus pés morrer!

JULIETA:

Não é o dia! O espaço inda se estende, cheio
Da noite caridosa. Exala do ígneo seio
O sol, piedoso e bom, este vivo clarão
Só para te guiar por entre a cerração...
Fica um minuto mais! por que partir tão cedo?

ROMEU:

Mandas? não partirei! esperarei sem medo
Que a morte, com a manhã, venha encontrar-me aqui!
Sucumbirei feliz, sucumbindo por ti!
Mandas? não partirei! queres? direi contigo
Que é mentira o que vejo e mentira o que digo!
Sim! tens razão! não é da cotovia a voz
Este encantado som que erra em torno de nós!
É um reflexo da lua a claridade estranha
Que aponta no horizonte acima da montanha!
Fico para te ver, fico para te ouvir,
Fico para te amar, morro por não partir!
Mandas? não partirei! cumpra-se a minha sorte!
Julieta assim o quis: bem-vinda seja a morte!
Meu amor, meu amor! olha-me assim! assim!

JULIETA:

Não! é o dia! é a manhã! Parte! foge de mim!
Parte! apressa-te! foge! A cotovia canta
E do nascente em fogo o dia se levanta...
Ah! reconheço enfim estas notas fatais!
O dia!... a luz do sol cresce de mais em mais
Sobre a noite nupcial do amor e da loucura!

ROMEU:

Cresce... E cresce com ela a nossa desventura!
....

VINHA DE NABOT

Maldito aquele dia, em que abriste em meu seio,
Cruel, esta paixão, como, ampla e iluminada,
Uma clareira verde, aberta ao sol, no meio
Da espessa escuridão de uma selva cerrada!

Ah! três vezes maldito o amor que me avassala,
E me obriga a viver dentro de um pesadelo,
Louco! por toda a parte ouvindo a tua fala,
Vendo por toda a parte a cor do teu cabelo!

De teu colo no vale embalsamado e puro
Nunca descansarei, como num paraíso,
Sob a tenda aromal desse cabelo escuro,
Olhando o teu olhar, sorrindo ao teu sorriso.

Desvairas-me a razão, tiras-me a calma e o sono!
Nunca te possuirei, bela e invejada vinha,
Ó Vinha de Nabot que tanto ambiciono!
Ó alma que procuro e nunca serás minha!

SACRILÉGIO

Como a alma pura, que teu corpo encerra,
Podes, tão bela e sensual, conter?
Pura demais para viver na terra,
Bela demais para no céu viver...

Amo-te assim! – exulta, meu desejo!
É teu grande ideal que te aparece,
Oferecendo loucamente o beijo,
E castamente murmurando a prece!

Amo-te assim, à fronte conservando
A parra e o acanto, sob o alvor do véu,
E para a terra os olhos abaixando,
E levantando os braços para o céu.

Ainda quando, abraçados, nos enleva
O amor em que me abraso e em que te abrasas,
Vejo o teu resplendor arder na treva
E ouço a palpitação das tuas asas.

Em vão sorrindo, plácidos, brilhantes,
Os céus se estendem pelo teu olhar,
E, dentro dele, os serafins errantes
Passam nos raios claros do luar:

Em vão! – descerras úmidos, e cheios
De promessas, os lábios sensuais,
E, à flor do peito, empinam-se-te os seios,
Ameaçadores como dois punhais.

Como é cheirosa a tua carne ardente!
Toco-a, e sinto-a ofegar, ansiosa e louca...
Beijo-a, aspiro-a... Mas sinto, de repente,
As mãos geladas e gelada a boca:

Parece que uma santa imaculada
Desce do altar pela primeira vez,
E pela vez primeira profanada
Tem por olhos humanos a nudez...

Embora! hei de adorar-te nesta vida,
Já que, fraco demais para perdê-la,
Não posso um dia, deusa foragida,
Ir amar-te no seio de uma estrela.

Beija-me! Ficarei purificado
Com o que de puro no teu beijo houver;
Ficarei anjo, tendo-te ao meu lado:
Tu, ao meu lado, ficarás mulher.

Que me fulmine o horror desta impiedade!
Serás minha! Sacrílego e profano,

Hei de manchar a tua castidade
E dar-te aos lábios um gemido humano!

E à sombria mudez do santuário
Preferirás o cálido fulgor
De um cantinho da terra, solitário,
Iluminado pelo meu amor...

ESTÂNCIAS

I

Ah! finda o inverno! adeus, noites, breve esquecidas,
Junto ao fogo, com as mãos estreitamente unidas!
Abracemo-nos muito! adeus! um beijo ainda!
Prediz-me o coração que é o nosso amor que finda.
Há de em breve sorrir a primavera. Em breve,
Branca, aos beijos do sol, há de fundir-se a neve.
E, na festa nupcial das almas e das flores,
Quando tudo acordar para os novos amores,
Meu amor! haverá dois lugares vazios...
Tu tão longe de mim! e ambos, mudos e frios,
Procurando esquecer os beijos que trocamos,
E maldizendo o tempo em que nos adoramos...

II

Mas, às vezes, sozinha, hás de tremer, o vulto
De um fantasma entrevendo, em tua alcova oculto.

E pelo corpo todo, a ofegar de desejo,
Pálida, sentirás a carícia de um beijo.
Sentirás o calor da minha boca ansiosa,
Na água que te banhar a carne cor-de-rosa,
No linho do lençol que te roçar o peito.
E hás de crer que sou eu que procuro o teu leito,
E hás de crer que sou eu que procuro a tua alma!
E abrirás a janela... E, pela noite calma,
Ouvirás minha voz no barulho dos ramos,
E bendirás o tempo em que nos adoramos...

III

E eu, errante, através das paixões, hei de, um dia,
Volver o olhar atrás, para a estrada sombria.
Talvez uma saudade, um dia, inesperada,
Me punja o coração, como uma punhalada.
E agitarei no vácuo as mãos, e um beijo ardente
Há de subir-me à boca: e o beijo e as mãos somente
Hão de o vácuo encontrar, sem te encontrar,
[querida!
E, como tu, também me acharei só na vida,
Só! sem o teu amor e a tua formosura:
E chorarei então a minha desventura,
Ouvindo a tua voz no barulho dos ramos,
E bendizendo o tempo em que nos adoramos...

IV

Renascei, revivei, árvores sussurrantes!
Todas as asas vão partir, loucas e errantes,

A ruflar, a ruflar... O amor é um passarinho:
Deixemo-lo partir: – desertemos o ninho...
A primavera vem. Vai-se o inverno. Que importa
Que a primavera encontre esta ventura morta?
Que importa que o esplendor do universal noivado
Venha este noivo achar da noiva separado?
Esqueçamos o amor que julgamos eterno...
– Dia que iluminaste os meus dias de inverno!
Esqueçamos o ardor dos beijos que trocamos,
Maldigamos o tempo em que nos adoramos...

PECADOR

Este é o altivo pecador sereno,
Que os soluços afoga na garganta,
E, calmamente, o copo de veneno
Aos lábios frios sem tremer levanta.

Tonto, no escuro pantanal terreno
Rolou. E, ao cabo de torpeza tanta,
Nem assim, miserável e pequeno,
Com tão grandes remorsos se quebranta.

Fecha a vergonha e as lágrimas consigo...
E, o coração mordendo impenitente,
E, o coração rasgando castigado,

Aceita a enormidade do castigo,
Com a mesma face com que antigamente
Aceitava a delícia do pecado.

REI DESTRONADO

O teu lugar vazio!... E esteve cheio,
Cheio de mocidade e de ternura!
Como brilhava a tua formosura!
Que luz divina te doirava o seio!

Quando a camisa tépida despias,
– Sob o reflexo do cabelo louro,
De pé, na alcova, ardias e fulgias
      Como um ídolo de ouro.

Que fundo o fogo do primeiro beijo,
Que eu te arrancava ao lábio recendente!
Morria o meu desejo... outro desejo
      Nascia mais ardente.

Domada a febre, lânguida, em meus braços
Dormias, sobre os linhos revolvidos.
Inda cheios dos últimos gemidos,
Inda quentes dos últimos abraços...

Tudo quanto eu pedira e ambicionara,
Tudo meus dedos e meus olhos calmos
Gozavam satisfeitos nos seis palmos
De tua carne saborosa e clara:

Reino perdido! glória dissipada
Tão loucamente! A alcova está deserta,
Mas inda com o teu cheiro perfumada,
      Do teu fulgor coberta...

SÓ

Este, que um deus cruel arremessou à vida,
Marcando-o com o sinal da sua maldição,
– Este desabrochou como a erva má, nascida
Apenas para aos pés ser calcada no chão.

De motejo em motejo arrasta a alma ferida...
Sem constância no amor, dentro do coração
Sente, crespa, crescer a selva retorcida
Dos pensamentos maus, filhos da solidão.

Longos dias sem sol! noites de eterno luto!
Alma cega, perdida à toa no caminho!
Roto casco de nau, desprezado no mar!

E, árvore, acabará sem nunca dar um fruto;
E, homem, há de morrer como viveu: sozinho!
Sem ar! sem luz! sem Deus! sem fé! sem pão!
                                  [sem lar!

A UM VIOLINISTA

I

Quando do teu violino, as asas entreabrindo
Mansamente no espaço, iam-se as notas quérulas,
Anjos de olhos azuis, às duas mãos partindo
    Os seus cofres de pérolas,

– Minhas crenças de amor, esquecidas em calma
No fundo da memória, ouvindo-as recebiam
Novo alento, e outra vez do oceano de minh'alma,
Arquipélago verde, à tona apareciam.

E eu via rutilar o meu amor perdido,
Belo, de nova luz e novo encanto cheio,
E um corpo, que supunha há muito consumido,
Agitar-se de novo e oferecer-me o seio.

Tudo ressuscitava ao teu influxo, artista!
E minh'alma revia, alucinada e louca,

Olhos, cujo fulgor me entontecia a vista,
Lábios, cujo sabor me entontecia a boca.

Oh milagre! E, feliz, ajoelhava-me, em pranto,
Como quem, por acaso, um dia, entrando as portas
De um cemitério, vai achar vivas a um canto
As suas ilusões que acreditava mortas.

E ficava a pensar... como se não partia
Essa fraca madeira ao teu toque violento,
Quando com tanta febre a paixão se estorcia
Dentro do pequenino e frágil instrumento!

Porque, nesse instrumento, unidos num só peito,
Todos os corações da terra palpitavam;
E havia dentro dele, em lágrimas desfeito,
O amor universal de todos os que amavam.

Rio largo de sons, tapetado de flores,
A harmonia do céu jorrava ampla e sonora;
E, boiando e cantando, alegrias e dores
      Iam corrente em fora...

A Primavera rindo esfolhava as capelas,
E entornava no chão as ânforas cheirosas:
E a canção acordava as rosas e as estrelas,
E enchia de desejo as estrelas e as rosas.

E a água verde do mar, e a água fresca dos rios,
E as ilhas de esmeralda, e o céu resplandecente,
E a cordilheira, e o vale, e os matagais sombrios,
Crespos, e a rocha bruta exposta ao sol ardente:

– Tudo, ouvindo essa voz, tudo cantava e amava!
O amor, caudal de fogo atropelada e acesa,
Entrava pelo sangue e pela seiva entrava,
E ia de corpo em corpo enchendo a Natureza!

E ei-lo triste, no chão, inanimado e frio,
O teu pobre violino, o teu amor primeiro:
E inda nas cordas há, como um leve arrepio,
A última vibração do arpejo derradeiro...

Como, ígneas e imortais, num redemoinho insano,
Longe, a torvelinhar em céus inacessíveis,
Pairam constelações virgens do olhar humano,
Nebulosas sem fim de mundos invisíveis:

– Assim no teu violino, artista! adormecido
À espera do teu arco, em grupos vaporosos,
Dorme, como num céu que não alcança o ouvido,
Um mundo interior de sons misteriosos...

Suspendam-me ao ar livre esse doce instrumento!
Deixem-no ao sol, em glória, em delirante festa!
E ele se embeberá dos perfumes que o vento
Traz dos frescos desvãos do vale e da floresta.

Os pássaros virão tecer nele os seus ninhos!
As rosas se abrirão em suas cordas rotas!
E ele derramará sobre os verdes caminhos
Da antiga melodia as esquecidas notas!

Hão de as aves cantar, hão de cantar as flores...
Os astros sorrirão de amor na imensa esfera...
E a terra acordará para os novos amores
        De nova primavera!

II

Porque, como Terpandro acrescentou à lira,
Para a tornar mais doce, uma corda mais pura,
Que é a corda onde a paixão desprezada suspira,
E, em lágrimas, a arder, suspira a desventura;

Também desse instrumento às quatro cordas de ouro,
O Desespero, o Amor, a Cólera, a Piedade,
– Tu, nobre alma, chorando acrescentaste o choro
Eterno e a eterna dor da corda da Saudade.

É saudade o que sinto, e me enche de ais a boca,
E me arrebata o sonho, e os nervos me fustiga,
Quando te ouço tocar: saudade ansiosa e louca
Do primitivo amor e da beleza antiga...

Para trás! para trás! Basta um simples arpejo,
Basta uma nota só... Todo o espaço estremece:
E, dando aos pés do amado o derradeiro beijo
Quase morta de dor, Madalena aparece...

Ao luar de Verona, a amorosa cabeça
De Julieta desmaia entre os braços do amante:
Não tarda que a alvorada em fogo resplandeça,
E na devesa em flor a cotovia cante...

Viúva triste, que à paz do claustro pede alívio,
Para a sua viuvez, para o seu luto imenso,
Branca, sob o livor do escapulário níveo
Heloísa ergue as mãos, numa nuvem de incenso...

E na suave espiral das melodias puras,
Vão fugindo, fugindo os vultos infelizes,

Mostrando ao meu amor as suas amarguras,
Mostrando ao meu olhar as suas cicatrizes.

Canta! o rio de sons que do seio te brota
E, entre os parcéis da dor corre, cascateando,
E vai, de vaga em vaga, e vai, de nota em nota,
Ao sabor da corrente os sonhos arrastando;

Que pelo vale espalha a cabeleira inquieta
Refrescando os rosais, e, em leve burburinho,
Um gracejo segreda a cada borboleta,
E segreda um queixume a cada passarinho;

Que a todo o desconforto e a todo o sofrimento
Abre maternalmente o regaço das águas,
– É o rio perfumado e azul do Esquecimento,
Onde se vão banhar todas as minhas mágoas...

EM UMA TARDE DE OUTONO

Outono. Em frente ao mar. Escancaro as janelas
Sobre o jardim calado, e as águas miro, absorto.
Outono... Rodopiando, as folhas amarelas
Rolam, caem. Viuvez, velhice, desconforto...

Por que, belo navio, ao clarão das estrelas,
Visitaste este mar inabitado e morto,
Se logo, ao vir do vento, abriste ao vento as velas,
Se logo, ao vir da luz, abandonaste o porto?

A água cantou. Rodeava, aos beijos, os teus flancos
A espuma, desmanchada em riso e flocos brancos...
— Mas chegaste com a noite, e fugiste com o sol!

E eu olho o céu deserto, e vejo o oceano triste,
E contemplo o lugar por onde te sumiste,
Banhado no clarão nascente do arrebol...

BALADAS ROMÂNTICAS

I

Branca...

Vi-te pequena: ias rezando
Para a primeira comunhão:
Toda de branco, murmurando,
Na fronte o véu, rosas na mão.
Não ias só: grande era o bando...
Mas entre todas te escolhi:
Minh'alma foi te acompanhando,
A vez primeira em que te vi.

Tão branca e moça! o olhar tão brando!
Tão inocente o coração!
Toda de branco, fulgurando,
Mulher em flor! flor em botão!
Inda, ao lembrá-lo, a mágoa abrando,
Esqueço o mal que vem de ti,
E, o meu rancor estrangulando,
Bendigo o dia em que te vi!

Rosas na mão, brancas... E, quando
Te vi passar, branca visão,
Vi com espanto, palpitando
Dentro de mim, esta paixão...
O coração pus ao teu mando...
E, porque escravo me rendi,
Ando gemendo, aos gritos ando,
– Porque te amei! porque te vi!

Depois fugiste... E, inda te amando,
Nem te odiei, nem te esqueci:
– Toda de branco... Ias rezando...
Maldito o dia em que te vi!

II

Azul...

Lembra-te bem! Azul-celeste
Era essa alcova em que te amei.
O último beijo que me deste
Foi nessa alcova que o tomei!
É o firmamento que a reveste
Toda de um cálido fulgor:
– Um firmamento, em que puseste
Como uma estrela, o teu amor.

Lembras-te? Um dia me disseste:
"Tudo acabou!" E eu exclamei:
"Se vais partir, por que vieste?"
E às tuas plantas me arrastei...

Beijei a fímbria à tua veste,
Gritei de espanto, uivei de dor:
"Quem há que te ame e te requeste
Com febre igual ao meu amor?"

Por todo o mal que me fizeste,
Por todo o pranto que chorei,
– Como uma casa em que entra a peste,
Fecha essa casa em que fui rei!
Que nada mais perdure e reste
Desse passado embriagador:
E cubra a sombra de um cipreste
A sepultura deste amor!

Desbote-a o inverno! o estio a creste!
Abale-a o vento com fragor!
– Desabe a igreja azul-celeste
Em que oficiava o meu amor!

III

Verde...

Como era verde este caminho!
Que calmo o céu! que verde o mar!
E, entre festões, de ninho em ninho,
A Primavera a gorjear!...
Inda me exalta, como um vinho,
Esta fatal recordação!
Secou a flor, ficou o espinho...
Como me pesa a solidão!

Órfão de amor e de carinho,
Órfão da luz do teu olhar,
– Verde também, verde-marinho,
Que eu nunca mais hei de olvidar!
Sob a camisa, alva de linho,
Te palpitava o coração...
Ai! coração! peno e definho,
Longe de ti, na solidão!

Oh! tu, mais branca do que o arminho,
Mais pálida do que o luar!
– Da sepultura me avizinho,
Sempre que volto a este lugar...
E digo a cada passarinho:
"Não cantes mais! que essa canção
Vem me lembrar que estou sozinho,
No exílio desta solidão!"

No teu jardim, que desalinho!
Que falta faz a tua mão!
Como inda é verde este caminho...
Mas como o afeia a solidão!

IV

Negra...

Possas chorar, arrependida,
Vendo a saudade que aqui vai!
Vê que inda, negro, da ferida
Aos borbotões o sangue cai...

Que a nossa história, assim relida,
O nosso amor, lembrado assim,
Possam fazer-te, comovida,
Inda uma vez pensar em mim!

Minh'alma pobre e desvalida,
Órfã de mãe, órfã de pai,
Na escuridão vaga perdida,
De queda em queda e de ai em ai!
E ando a buscar-te. E a minha lida
Não tem descanso, não tem fim:
Quanto mais longe andas fugida,
Mais te vejo eu perto de mim!

Louco! e que lúgubre a descida
Para a loucura que me atrai!
– Terríveis páginas da vida,
Escuras páginas, – cantai!
Vim, ermitão, da minha ermida,
Morto, do meu sepulcro vim,
Erguer a lápida caída
Sobre a esperança que houve em mim!

Revivo a mágoa já vivida
E as velhas lágrimas... a fim
De que chorando, arrependida,
Possas lembrar-te inda de mim!

VELHA PÁGINA

Chove. Que mágoa lá fora!
Que mágoa! Embruscam-se os ares
Sobre este rio que chora
Velhos e eternos pesares.

E sinto o que a terra sente
E a tristeza que diviso,
Eu, de teus olhos ausente,
Ausente de teu sorriso...

As asas loucas abrindo,
Meus versos, num longo anseio,
Morrerão, sem que, sorrindo,
Possa acolhê-los teu seio!

Ah! quem mandou que fizesses
Minh'alma da tua escrava,
E ouvisses as minhas preces,
Chorando como eu chorava?

Por que é que um dia me ouviste,
Tão pálida e alvoroçada,
E, como quem ama, triste,
Como quem ama, calada?

Tu tens um nome celeste...
Quem é do céu é sensível!
Por que é que me não disseste
Toda a verdade terrível?

Por que, fugindo impiedosa,
Desertas o nosso ninho?
– Era tão bela esta rosa!...
Já me tardava este espinho!

Fora melhor, porventura,
Ficar no antigo degredo
Que conhecer a ventura
Para perdê-la tão cedo!

Por que me ouviste, enxugando
O pranto das minhas faces?
Viste que eu vinha chorando...
Antes assim me deixasses!

Antes! Menor me seria
O sofrimento, querida!
Antes! a mão que alivia
A dor, e cura a ferida,

Não deve depois, tranqüila,
Vendo sufocada a mágoa,
Encher de sangue a pupila
Que já vira cheia de água...

Mas junto a mim que te falta?
Que glória maior te chama?
Não sei de glória mais alta
Do que a glória de quem ama!

Talvez te chame a riqueza...
Despreza-a, beija-me, e fica!
Verás que assim, com certeza,
Não há quem seja mais rica!

Como é que quebras os laços
Com que prendi o universo,
Entre os nossos quatro braços,
Na jaula azul do meu verso?

Como hei de eu, de hoje em diante,
Viver, depois que partires?
Como queres tu que eu cante
No dia em que não me ouvires?

Tem pena de mim! tem pena
De alma tão fraca! Como há de
Minh'alma, que é tão pequena,
Poder com tanta saudade?!

VILFREDO

Lenda do Reno, Grandmougin.

I

O Castelo.

Sobre os rochedos, longe, o castelo aparece,
Dominando a extensão das florestas sombrias.
A tarde cai. O vento abranda. O ar escurece.
E Vilfredo caminha entre as neblinas frias.

Vai vê-la... E estuga o passo. Alto e silencioso,
Abre o castelo, em fogo, os vitrais das janelas.
Nas ameias, manchando o céu caliginoso,
Aprumam-se perfis de imóveis sentinelas.

Vilfredo vai ouvir a voz da sua Dama...
Mas, no seu coração perturbado, parece
Que vive, em vez do amor, essa ligeira chama,
Que arde apenas um dia, arde e desaparece...

E o arruinado solar, refletido no Reno,
Sobre o qual paira e pesa um sonho sobre-humano,
Sobe, entre os astros, só, furando o céu sereno,
Com a calma e o esplendor de um velho soberano.

II

As Fadas da Lagoa.

Vilfredo conheceu o amor nos braços d'Ela...
Teve-a nua, a tremer, nos braços, nua e fria!
Teve-a nos braços, louca, apaixonada e bela!
Mas parte, alucinado, antes que aponte o dia...

É que uma outra paixão o descuidado peito
Lhe entrou. Paixão cruel, loucura que o atordoa,
Desde o momento em que, formosas, sobre o leito
Das águas calmas, viu as fadas da lagoa.

Parte... À margem fatal da lagoa das fadas
Chega, e em êxtase fica, a riba em flor mirando.
Um ligeiro rumor de vozes abafadas
Aumenta... E exsurge da água o apaixonado bando.

Corre Vilfredo, em febre, a apertá-las ao seio,
E despreza o passado e esquece o juramento:
Beijas-as, e, na expansão do carinhoso anseio,
Imola toda a vida aos beijos de um momento.

Para os seus corpos ter, toda a alma lhes entrega:
E, na alucinação do gozo em que se inflama,
Por esse amor, por essa embriaguez renega
O Deus dos seus avós, o amor da sua Dama...

III

O Remorso.

Delira. Mas, depois do delírio sublime,
O remorso, imortal, nasce com o arrebol.
E ele mede a extensão do seu monstruoso crime,
E esconde a face à luz vingadora do sol.

Busca assustado a paz, busca chorando o olvido...
A volúpia infernal o coração vendeu,
E o inferno lhe reclama o coração vendido,
Cobrando em sangue e pranto o gozo que lhe deu.

Quer rezar, quer voltar ao seu fervor primeiro,
Quer nas lajes, de rojo, abominando o mal,
Ser de novo Cristão, Fiel e Cavaleiro:
Mas não encontra paz na paz da catedral.

Pobre! até no palor das faces maceradas
Das monjas, cuida ver as faces que beijou;
Ah! seios de marfim! ah! bocas perfumadas!
Recordação cruel de um Éden que acabou!

Parte só, sem destino, errando, a passo incerto,
Por montes e rechãs, no inverno e no verão,
E por anos sem conta habitando o deserto,
Sem lágrimas no olhar, sem fé no coração.

Das florestas sem fim sob a abóbada escura
Ouve, nos alcantis de em torno, a água rolar;
Sobre ele, a longa voz das árvores murmura,
E o vendaval retorce os ramos negros no ar.

Mas à fera, ao inseto, ao limo verde, ao vento,
Ao sol, ao rio, ao vale, à rocha, à serpe, à flor
É em vão que Vilfredo implora o esquecimento
Do seu amor cruel, do seu horrendo amor...

IV

O Castigo.

Volta... Nem luta já contra o crime que o atrai...
Velho e trôpego vem, mendigo esfarrapado,
E exânime, por fim, num calefrio, cai
Sem consciência, ao pé das águas do Pecado.

Calma. A noite caiu. Nem um pássaro voa.
Não piam no silêncio as aves agoireiras.
Mas palpitam, luzindo, à beira da lagoa,
Fogos-fátuos sutis sobre as ervas rasteiras.

E, então, Vilfredo vê, presa de um medo atroz,
Do denso turbilhão dos fogos repentinos,
Com tentações no olhar e convites na voz
Surgirem turbilhões de corpos femininos.

E o Inferno pela voz dos fogos-fátuos fala!
Vilfredo foge. O horror vai com ele, inclemente!
Foge. E corre, e vacila, e tropeça, e resvala,
E levanta-se, e foge alucinadamente...

Em vão! pesa sobre ele um destino fatal:
E o louco, em todo o horror dos campos tenebrosos,
Vê fechar-se e prendê-lo a cadeia infernal
Da infernal multidão dos Elfos amorosos...

TÉDIO

Sobre minh'alma, como sobre um trono,
Senhor brutal, pesa o aborrecimento.
Como tardas em vir, último outono,
Lançar-me as folhas últimas ao vento!

Oh! dormir, no silêncio e no abandono,
Só, sem um sonho, sem um pensamento,
E, no letargo do aniquilamento,
Ter, ó pedra, a quietude do teu sono!

Oh! deixar de sonhar o que não vejo!
Ter o sangue gelado, e a carne fria!
E, de uma luz crepuscular velada,

Deixar a alma dormir sem um desejo,
Ampla, fúnebre, lúgubre, vazia
Como uma catedral abandonada!...

A VOZ DO AMOR

Nessa pupila rútila e molhada,
Refúgio arcano e sacro da Ternura,
A ampla noite do gozo e da loucura
Se desenrola, quente e embalsamada.

E quando a ansiosa vista desvairada
Embebo às vezes nessa noite escura,
Dela rompe uma voz, que, entrecortada
De soluços e cânticos, murmura...

É a voz do Amor, que, em teu olhar falando,
Num concerto de súplicas e gritos
Conta a história de todos os amores;

E vêem por ela, rindo e blasfemando,
Almas serenas, corações aflitos,
Tempestades de lágrimas e flores...

VELHAS ÁRVORES

Olha estas velhas árvores, mais belas
Do que as árvores novas, mais amigas:
Tanto mais belas quanto mais antigas,
Vencedoras da idade e das procelas...

O homem, a fera, e o inseto, à sombra delas
Vivem, livres de fomes e fadigas;
E em seus galhos abrigam-se as cantigas
E os amores das aves tagarelas.

Não choremos, amigo, a mocidade!
Envelheçamos rindo! envelheçamos
Como as árvores fortes envelhecem:

Na glória da alegria e da bondade,
Agasalhando os pássaros nos ramos,
Dando sombra e consolo aos que padecem.

MALDIÇÃO

Se por vinte anos, nesta furna escura,
Deixei dormir a minha maldição,
– Hoje, velha e cansada da amargura,
Minh'alma se abrirá como um vulcão.

E, em torrentes de cólera e loucura,
Sobre a tua cabeça ferverão
Vinte anos de silêncio e de tortura,
Vinte anos de agonia e solidão...

Maldita sejas pelo Ideal perdido!
Pelo mal que fizeste sem querer!
Pelo amor que morreu sem ter nascido!

Pelas horas vividas sem prazer!
Pela tristeza do que eu tenho sido!
Pelo esplendor do que eu deixei de ser!...

REQUIESCAT

Por que me vens, com o mesmo riso,
Por que me vens, com a mesma voz,
Lembrar aquele Paraíso,
          Extinto para nós?

Por que levantas esta lousa?
Por que, entre as sombras funerais,
Vens acordar o que repousa,
            O que não vive mais?

Ah! esqueçamos, esqueçamos
Que foste minha e que fui teu:
Não lembres mais que nos amamos,
             Que o nosso amor morreu!

O amor é uma árvore ampla, e rica
De frutos de ouro, e de embriaguez:
Infelizmente, frutifica
          Apenas uma vez...

Sob essas ramas perfumadas,
Teus beijos todos eram meus:
E as nossas almas abraçadas
           Fugiam para Deus.

Mas os teus beijos esfriaram...
Lembra-te bem! lembra-te bem!
E as folhas pálidas murcharam,
           E o nosso amor também.

Ah! frutos de ouro, que colhemos,
Frutos da cálida estação,
Com que delícia vos mordemos,
           Com que sofreguidão!

Lembras-te? os frutos eram doces...
Se inda os pudéssemos provar!
Se eu fosse teu... se minha fosses,
           E eu te pudesse amar...

Em vão, porém, me beijas, louca!
Teu beijo, a palpitar e a arder,
Não achará, na minha boca,
           Outro para o acolher.

Não há mais beijos, nem mais pranto!
Lembras-te? quando te perdi
Beijei-te tanto, chorei tanto,
           Com tanto amor por ti,

Que os olhos, vês? já tenho enxutos,
E a minha boca se cansou:

A árvore já não tem mais frutos!
        Adeus! tudo acabou!

Outras paixões, outras idades!
Sejam os nossos corações
Dois relicários de saudades
        E de recordações.

Ah! esqueçamos, esqueçamos!
Durma tranqüilo o nosso amor
Na cova rasa onde o enterramos
        Entre os rosais em flor...

SURDINA

No ar sossegado um sino canta,
Um sino canta no ar sombrio...
Pálida, Vênus se levanta...
      Que frio!

Um sino canta. O campanário
Longe, entre névoas, aparece...
Sino, que cantas solitário,
Que quer dizer a tua prece?

Que frio! embuçam-se as colinas;
Chora, correndo, a água do rio;
E o céu se cobre de neblinas...
      Que frio!

Ninguém... A estrada, ampla e silente,
Sem caminhantes, adormece...
Sino, que cantas docemente,
Que quer dizer a tua prece?

Que medo pânico me aperta
O coração triste e vazio!
Que esperas mais, alma deserta?
        Que frio!

Já tanto amei! já sofri tanto!
Olhos, por que inda estais molhados?
Por que é que choro, a ouvir-te o canto,
Sino que dobras a finados?

Trevas, caí! que o dia é morto!
Morre também, sonho erradio!
– A morte é o último conforto...
        Que frio!

Pobres amores, sem destino,
Soltos ao vento, e dizimados!
Inda vos choro... E, como um sino,
Meu coração dobra a finados.

E com que mágoa o sino canta,
No ar sossegado, no ar sombrio!
– Pálida, Vênus se levanta...
        Que frio!

ÚLTIMA PÁGINA

Primavera. Um sorriso aberto em tudo. Os ramos
Numa palpitação de flores e de ninhos.
Doirava o sol de outubro a areia dos caminhos
(Lembras-te, Rosa?) e ao sol de outubro nos amamos.

Verão. (Lembras-te, Dulce?) À beira-mar, sozinhos,
Tentou-nos o pecado: olhaste-me... e pecamos;
E o outono desfolhava os roseirais vizinhos,
Ó Laura, a vez primeira em que nos abraçamos...

Veio o inverno. Porém, sentada em meus joelhos,
Nua, presos aos meus os teus lábios vermelhos,
(Lembras-te, Branca?) ardia a tua carne em flor...

Carne, que queres mais? Coração, que mais queres?
Passam as estações e passam as mulheres...
E eu tenho amado tanto! e não conheço o Amor!

AS VIAGENS

I

Primeira Migração.

Sinto às vezes ferir-me a retina ofuscada
Um sonho: – A Natureza abre as perpétuas fontes;
E, ao clarão criador que invade os horizontes,
Vejo a Terra sorrir à primeira alvorada.

Nos mares e nos céus, nas rechãs e nos montes,
A Vida canta, chora, arde, delira, brada...
E arfa a Terra, num parto horrendo, carregada
De monstros, de mamutes e de rinocerontes.

Rude, uma geração de gigantes acorda
Para a conquista. A uivar, do refúgio das furnas
A migração primeira, em torvelins, transborda.

E ouço, longe, rodar, nas primitivas eras,
Como uma tempestade entre as sombras noturnas,
O estrupido brutal dessa invasão de feras.

II

Os Fenícios.

Ávida gente, ousada e moça! Ávida gente!
– Desse estéril torrão, desse areal maninho
Entre o Líbano e o mar da Síria, – que caminho
Busca, turvo de febre, o vosso olhar ardente?

Tiro, do vivo azul do pélago marinho,
Branca, nadando em luz, surge resplandecente...
Na água, aberta em clarões, chocam-se de repente
Os remos. Rangem no ar os velames de linho.

Hiram, com o cetro negro em que ardem pedrarias,
Conta as barcas de cedro, atupidas de fardos
De ouro, púrpura, ônix, sedas e especiarias.

Sus! Ao largo! Melkhart abençoe a partida
Dos que vão de Sidon, de Gebel e de Antardus
Dilatar o comércio e propagar a Vida!

III

Israel.

Caminhar! caminhar!... O deserto primeiro,
O mar depois... Areia e fogo... Foragida,
A tua raça corre os desastres da vida,
Insultada na pátria e odiada no estrangeiro!

Onde o leite, onde o mel da Terra Prometida?
— A guerra! a ira de Deus! o êxodo! o cativeiro!
E, molhada de pranto, a oscilar de um salgueiro,
A tua harpa, Israel, a tua harpa esquecida!

Sem templo, sem altar, vagas perpetuamente...
E, em torno de Sião, do Líbano ao Mar Morto,
Fulge, de monte em monte, o escárnio do Crescente:

E, impassível, Jeová te vê, do céu profundo,
Náufrago amaldiçoado a errar de porto em porto,
Entre as imprecações e os ultrajes do mundo!

IV

Alexandre.

Quem te cantara um dia a ambição desmarcada,
Filho da heráclea estirpe! e o clamor infinito
Com que o povo da Emátia acorreu ao teu grito,
Voando, como um tufão, sobre a terra abrasada!

Do Adriático-Mar ao Indo, e do Egito
Ao Cáucaso, o fulgor do aceiro dessa espada
Prosternava, a tremer, sobre a lama da estrada,
Ídolos de ouro e bronze, e esfinges de granito.

Mar que regouga e estronda, espedaçando diques,
– Aos confins da Ásia rica as falanges corriam,
Encrespadas de fúria e erriçadas de piques.

E do sangue, do pó, dos destroços da guerra,
Aos teus pés, palpitando, as cidades nasciam,
E a Alma Grega, contigo, avassalava a Terra!

V

César.

Na ilha de Seine. O mar brame na costa bruta.
Gemem os bardos. Triste, o olhar por céus em fora
Uma druidisa alonga, e os astros mira, e chora
De pé, no liminar da tenebrosa gruta.

Abandonou-te o deus que a tua raça adora,
Pobre filha de Teut! César aí vem! Escuta
O passo das legiões! ouve o fragor da luta
E o alto e crebro clangor da bucina sonora!

Dos Alpes, sacudindo as asas de ouro ao vento,
As grandes águias sobre os domínios gauleses
Descem, escurecendo o azul do firmamento...

E já, do Interno Mar ao Mar Armoricano,
Retumba o entrechocar dos rútilos paveses
Que carregam à glória o Imperador romano.

VI

Os Bárbaros.

Ventre nu, seios nus, toda nua, cantando
Do esmorecer da tarde ao ressurgir do dia,
Roma lasciva e louca, ao rebramar da orgia,
Sonhava, de triclínio em triclínio rolando.

Mas já da longe Cítia e da Germânia fria,
Esfaimado, rangendo os dentes, como um bando
De lobos o sabor da presa antegozando,
O tropel rugidor dos Bárbaros descia.

Ei-los! A erva, aos seus pés, mirra. De sangue cheios
Turvam-se os rios. Louca, a floresta farfalha...
E ei-los – torvos, brutais, cabeludos e feios!

Donar, Pai da Tormenta, à frente deles corre;
E a ígnea barba do deus, que o incêndio ateia e
[espalha,
Ilumina a agonia a esse império que morre...

VII

As Cruzadas.

Diante de um retrato antigo.

Fulge-te o morrião sobre o cabelo louro,
E avultas na moldura, alto, esbelto e membrudo,
Guerreiro que por Deus abandonaste tudo,
Desbaratando o Turco, o Sarraceno e o Mouro!

Brilha-te a lança à mão, presa ao guante de couro.
Nos peitorais de ferro arfa-te o peito ossudo.
E alça-se-te o brasão sobre a chapa do escudo,
Nobre: – em campo de blau sete besantes de ouro.

"Diex le volt!" E, barão entre os barões primeiros
Foste, através da Europa, ao Sepulcro ameaçado,
Dentro de um turbilhão de pajens e escudeiros...

E era-te o gládio ao punho um relâmpago ardente!
E o teu pendão de guerra ondeou, glorioso, ao lado
Do pendão de Balduíno, Imperador do Oriente.

VIII

As Índias.

Se a atração da aventura os sonhos te arrebata,
Conquistador, ao largo! A tua alma sedenta
Quer a glória, a conquista, o perigo, a tormenta?
Ao largo! saciarás a ambição que te mata!

Bela, verás surgir, da água azul que a retrata,
Catai, a cujos pés o mar em flor rebenta;
E Cipango verás, fabulosa e opulenta,
Apunhalando o céu com as torres de ouro e prata.

Pisarás com desprezo as pérolas mais belas!
De mirra, de marfim, de incenso carregadas,
Se arrastarão, arfando, as tuas caravelas.

E, a aclamar-te Senhor das Terras e dos Mares,
Os régulos e os reis das ilhas conquistadas
Se humilharão, beijando o solo que pisares...

IX

O Brasil.

Pára! Uma terra nova ao teu olhar fulgura!
Detém-te! Aqui, de encontro a verdejantes plagas,
Em carícias se muda a inclemência das vagas...
Este é o reino da Luz, do Amor e da Fartura!

Treme-te a voz afeita às blasfêmias e às pragas,
Ó nauta! Olha-a, de pé, virgem morena e pura,
Que aos teus beijos entrega, em plena formosura,
– Os dous seios que, ardendo em desejos, afagas...

Beija-a! O sol tropical deu-lhe à pele doirada
O barulho do ninho, o perfume da rosa,
A frescura do rio, o esplendor da alvorada...

Beija-a! é a mais bela flor da Natureza inteira!
E farta-te de amor nessa carne cheirosa,
Ó desvirginador da Terra Brasileira!

X

O Voador.

> *Padre Bartolomeu Lourenço de Gusmão, inventor do aerostato, morreu miseravelmente num convento, em Toledo, sem ter quem lhe velasse a agonia.*

Em Toledo. Lá fora, a vida tumultua
E canta. A multidão em festa se atropela...
E o pobre, que o suor da agonia enregela,
Cuida o seu nome ouvir na aclamação da rua.

Agoniza o Voador. Piedosamente, a lua
Vem velar-lhe a agonia, através da janela...
A Febre, o Sonho, a Glória enchem a escura cela,
E entre as névoas da morte uma visão flutua:

"Voar! varrer o céu com as asas poderosas,
Sobre as nuvens! correr o mar das nebulosas,
Os continentes de ouro e fogo da amplidão!..."

E o pranto do luar cai sobre o catre imundo...
E em farrapos, sozinho, arqueja moribundo
Padre Bartolomeu Lourenço de Gusmão...

XI

O Pólo.

"Pára, conquistador intimorato e forte!
Pára! que buscas mais que te enobreça e eleve?
É tão alegre o sol! a existência é tão breve!
E é tão fria essa tumba entre os gelos do Norte!

Dorme o céu. Numa ronda esquálida, de leve,
Erram fantasmas. Reina um silêncio de morte.
Focas de vulto informe, ursos de estranho porte
Morosamente vão de rastros sobre a neve..."

Em vão!... E o gelo cresce, e espedaça o navio.
E ele, subjugador do perigo e do medo,
Sem um gemido cai, morto de fome e frio.

E o Mistério se fecha aos seus olhos serenos...
Que importa? Outros virão devassar-lhe o segredo!
Um cadáver de mais... um sonhador de menos...

XII

A Morte.

Oh! a jornada negra! A alma se despedaça...
Tremem as mãos... O olhar, molhado e
[ansioso, espia,
E vê fugir, fugir a ribanceira fria,
Por onde a procissão dos dias mortos passa.

No céu gelado expira o derradeiro dia,
Na última região que o teu olhar devassa!
E só, trevoso e largo, o mar estardalhaça
No indizível horror de uma noite vazia...

Pobre! por que, a sofrer, a Leste e a Oeste, ao Norte
E ao Sul, desperdiçaste a força de tua alma?
Tinhas tão perto o Bem, tendo tão perto a Morte!

Paz à tua ambição! paz à tua loucura!
A conquista melhor é a conquista da Calma:
– Conquistaste o país do Sono e da Ventura!

A MISSÃO DE PURNA

Do Evangelho de Buda.

....

Ora Buda, que, em prol da nova fé, levanta
Na Índia antiga o clamor de uma cruzada santa
Contra a religião dos Brâmanes, – medita.

Imensa, em torno ao sábio, a multidão se agita:
E há nessa multidão, que enche a planície vasta,
Homens de toda a espécie, Árias de toda a casta.

Todos os que (a princípio, enchia Brama o espaço)
Da cabeça, do pé, da coxa ou do antebraço
Do deus vieram à luz para povoar a terra:
– Xátrias, de braço forte armado para a guerra;
Sáquias, filhos de reis; leprosos perseguidos
Como cães, como cães de lar em lar corridos;
Os que vivem no mal e os que amam a virtude;
Os ricos de beleza e os pobres de saúde;

Mulheres fortes, mães ou prostitutas, cheio
De tentações o olhar ou de alvo leite o seio;
Guardadores de bois; robustos lavradores,
A cujo arado a terra abre em frutos e flores;
Crianças; anciãos; sacerdotes de Brama;
Párias, Sudras servis rastejando na lama;
– Todos acham amor dentro da alma de Buda,
E tudo nesse amor se eterniza e transmuda...
Porque o sábio, envolvendo a tudo, em seu caminho
Na mesma caridade e no mesmo carinho,
Sem distinção promete a toda a raça humana
A bem-aventurança eterna do Nirvana.

Ora, Buda medita...
     À maneira do orvalho,
Que, na calma da noite, anda de galho em galho
Dando vida e umidade às árvores crestadas,
– Aos corações sem fé e às almas desgraçadas
Concede o novo credo a esperança do sono:
Mas... as almas que estão, no horrível abandono
Dos desertos, de par com os animais ferozes,
Longe de humano olhar, longe de humanas vozes,
A rolar, a rolar de pecado em pecado?...

Ergue-se Buda:
   "Purna!"
       O discípulo amado
Chega:
   "Purna ! é mister que a palavra divina
Da água do mar de Oman à água do mar da China,
Longe do Indo natal e das margens do Ganges,
Semeies, através de dardos, e de alfanjes,
E de torturas!"

Purna ouve sorrindo, e cala...
No silêncio em que está, um sonho doce o embala.
No profundo clarão do seu olhar profundo
Brilham a ânsia da morte e o desprezo do mundo.
O corpo, que o rigor das privações consome,
Esquelético, nu, comido pela fome,
Treme, quase a cair, como um bambu com o vento;
E erra-lhe à flor da boca a luz do firmamento
Presa a um sorriso de anjo...

                E ajoelha junto ao Santo:
Beija-lhe o pó dos pés, beija-lhe o pó do manto.

"Filho amado! – diz Buda – essas bárbaras gentes
São grosseiras e vis, são rudes e inclementes;
Se os homens (que, em geral, são maus os
                              [homens todos)
Te insultarem a crença, e a cobrirem de apodos,
Que dirás, que farás contra essa gente inculta?"

"Mestre! direi que é boa a gente que me insulta,
Pois, podendo ferir-me, apenas me injuria..."

"Filho amado! e se a injúria abandonando, um dia
Um homem te espancar, vendo-te fraco e inerme,
E sem piedade aos pés te pisar, como a um verme?"

"Mestre! direi que é bom o homem que me magoa,
Pois, podendo ferir-me, apenas me esbordoa..."

"Filho amado! e se alguém, vendo-te agonizante,
Te furar com um punhal a carne palpitante?"

"Mestre! direi que é bom quem minha carne fura,
Pois, podendo matar-me, apenas me tortura..."

"Filho amado! e se, enfim, sedentos de mais sangue,
Te arrancarem ao corpo enfraquecido e exangue
O último alento, o sopro último da existência,
Que dirás, ao morrer, contra tanta inclemência?"

"Mestre! direi que é bom quem me livra da vida...
Mestre! direi que adoro a mão boa e querida,
Que, com tão pouca dor, minha carne cansada
Entrega ao sumo bem e à suma paz do Nada!"

"Filho amado! – diz Buda – a palavra divina,
Da água do mar de Oman à água do mar da China,
Longe do Indo natal e dos vales do Ganges,
Vai levar, através de dardos e de alfanjes!
Purna! ao fim da Renúncia e ao fim da Caridade
Chegaste, estrangulando a tua humanidade!
Tu, sim! podes partir, apóstolo perfeito,
Que o Nirvana já tens dentro do próprio peito,
E és digno de ir pregar a toda a raça humana
A bem-aventurança eterna do Nirvana!"

SAGRES

> *Acreditavam os antigos celtas, do Guadiana espalhados até a costa, que, no templo circular do Promontório Sacro, se reuniam à noite os deuses, em misteriosas conversas com esse mar cheio de enganos e tentações.*
>
> Oliveira Martins, *História de Portugal*.

Em Sagres. Ao tufão, que se desencadeia,
A água negra, em cachões, se precipita, a uivar;
Retorcem-se gemendo os zimbros sobre a areia...
E, impassível, opondo ao mar o vulto enorme,
Sob as trevas do céu, pelas trevas do mar,
Berço de um mundo novo, o promontório dorme.

Só, na trágica noite e no sítio medonho,
Inquieto como o mar sentindo o coração,
Mais largo do que o mar sentindo o próprio sonho,
– Só, aferrando os pés sobre um penhasco a pique,
Sorvendo a ventania e espiando a escuridão,
Queda, como um fantasma, o Infante Dom Henrique...

Casto, fugindo o amor, atravessa a existência
Imune de paixões, sem um grito sequer
Na carne adormecida em plena adolescência;
E nunca aproximou da face envelhecida
O nectário da flor, a boca da mulher,
Nada do que perfuma o deserto da vida.

Forte, em Ceuta, ao clamor dos pífanos de guerra,
Entre as mesnadas (quando a matança sem dó
Dizimava a moirama e estremecia a terra),
Viram-no levantar, imortal e brilhante,
Entre os raios do sol, entre as nuvens do pó,
A alma de Portugal no aceiro do montante.

Em Tânger, na jornada atroz do desbarato,
– Duro, ensopando os pés em sangue português,
Empedrado na teima e no orgulho insensato,
Calmo, na confusão do horrendo desenlace,
– Vira partir o irmão para as prisões de Fez,
Sem um tremor na voz, sem um tremor na face.

É que o Sonho lhe traz dentro de um pensamento
A alma toda cativa. A alma de um sonhador
Guarda em si mesma a terra, o mar, o firmamento,
E, cerrada de todo à inspiração de fora,
Vive como um vulcão, cujo fogo interior
A si mesmo imortal se nutre e se devora.

"Terras da Fantasia! Ilhas Afortunadas,
Virgens, sob a meiguice e a limpidez do céu,
Como ninfas, à flor das águas remansadas!
– Pondo o rumo das naus contra a noite horrorosa,
Quem sondara esse abismo e rompera esse véu,
Ó sonho de Platão, Atlântida formosa!

Mar tenebroso! aqui recebes, porventura,
A síncope da vida, a agonia da luz?...
Começa o Caos aqui, na orla da praia escura?
É a mortalha do mundo a bruma que te veste?
Mas não! por trás da bruma, erguendo ao sol a Cruz,
Vós sorrides ao sol, Terras Cristãs do Preste!

Promontório Sagrado! Aos teus pés, amoroso,
Chora o monstro... Aos teus pés, todo o
                              [grande poder
Toda a força se esvai do Oceano Tenebroso...
Que ansiedade lhe agita os flancos? Que segredo,
Que palavras confia essa boca, a gemer,
Entre beijos de espuma, à algidez do rochedo?

Que montanhas mordeu, no seu furor sagrado?
Que rios, através de selvas e areais,
Vieram nele encontrar um túmulo ignorado?
De onde vem ele? ao sol de que remotas plagas
Borbulhou e dormiu? que cidades reais
Embalou no regaço azul de suas vagas?

Se tudo é morte além, – em que deserto horrendo,
Em que ninho de treva os astros vão dormir?
Em que soidão o sol sepulta-se, morrendo?
Se tudo é morte além, por que, a sofrer, sem calma,
Erguendo os braços no ar, havemos de sentir
Estas aspirações, como asas dentro da alma?"
....

E, torturado e só, sobre o penhasco a pique,
Com os olhos febris furando a escuridão,
Queda como um fantasma o Infante Dom Henrique...

Entre os zimbros e a névoa, entre o vento e a
                              [salsugem,
A voz incompreendida, a voz da Tentação
Canta, ao surdo bater dos macaréus que rugem:

    "Ao largo, Ousado! o segredo
    Espera, com ansiedade,
    Alguém privado de medo
    E provido de vontade...

    Verás destes mares largos
    Dissipar-se a cerração!
    Aguça os teus olhos, Argos:
    Tomará corpo a visão...

    Sonha, afastado da guerra,
    De tudo! – em tua fraqueza,
    Tu, dessa ponta de terra,
    Dominas a natureza!

    Na escuridão que te cinge,
    Édipo! com altivez,
    No olhar da líquida esfinge
    O olhar mergulhas, e lês...

    Tu que, casto, entre os teus sábios,
    Murchando a flor dos teus dias,
    Sobre mapas e astrolábios
    Encaneces e porfias;

    Tu, buscando o oceano infindo,
    Tu, apartado dos teus,
    (Para, dos homens fugindo,
    Ficar mais perto de Deus);

Tu, no agro templo de Sagres,
Ninho das naves esbeltas,
Reproduzes os milagres
Da idade escura dos Celtas:

Vê como a noite está cheia
De vagas sombras... Aqui,
Deuses pisaram a areia,
Hoje pisada por ti.

E, como eles poderoso,
Tu, mortal, tu, pequenino,
Vences o Mar Tenebroso,
Ficas senhor do Destino!

Já, enfunadas as velas,
Como asas a palpitar,
Espalham-se as caravelas
Aves tontas pelo mar...

Nessas tábuas oscilantes,
Sob essas asas abertas,
A alma dos teus navegantes
Povoa as águas desertas.

Já, do fundo do mar vário,
Surgem as ilhas, assim
Como as contas de um rosário
Soltas nas águas sem fim.

Já, como cestas de flores,
Que o mar de leve balança,
Abrem-se ao sol os Açores
Verdes, da cor da esperança.

As viagens

Vencida a ponta encantada
Do Bojador, teus heróis
Pisam a África, abrasada
Pela inclemência dos sóis.

Não basta! Avante!
              Tu, morto
Em breve, tu, recolhido
Em calma, ao último porto,
– Porto da paz e do olvido,

Não verás, com o olhar em chama,
Abrir-se, no oceano azul,
O vôo das naus do Gama,
De rostros feitos ao sul...

Que importa? Vivo e ofegando
No ofego das velas soltas,
Teu sonho estará cantando
À flor das águas revoltas.

Vencido, o peito arquejante,
Levantado em furacões,
Cheia a boca e regougante
De escuma e de imprecações,

Rasgando, em fúria, às unhadas
O peito, e contra os escolhos
Golfando, em flamas iradas,
Os relâmpagos dos olhos,

Louco, ululante, e impotente
Como um verme, – Adamastor

Verá pela tua gente
Galgado o Cabo do Horror!

Como o reflexo de um astro,
Cintila e a frota abençoa
No tope de cada mastro
O Sant'Elmo de Lisboa.

E alta já, de Moçambique
A Calicut, a brilhar,
Olha, Infante Dom Henrique!
– Passou a Esfera Armilar...

Fartar! como um santuário
Zeloso de seu tesouro,
Que, ao toque de um temerário,
Largas abre as portas de ouro,

– Eis as terras feiticeiras
Abertas... Da água através,
Deslizem fustas ligeiras,
Corram ávidas galés!

Aí vão, oprimindo o oceano,
Toda a prata que fascina,
Todo o marfim africano,
Todas as sedas da China...

Fartar!... Do seio fecundo
Do Oriente abrasado em luz,
Derramem-se sobre o mundo
As pedrarias de Ormuz!

> Sonha, – afastado da guerra,
> Infante!... Em tua fraqueza,
> Tu, dessa ponta de terra,
> Dominas a natureza!..."

Longa e cálida, assim, fala a voz da Sereia...
– Longe, um roxo clarão rompe o noturno véu.
Doce agora, ameigando os zimbros sobre a areia,
Passa o vento. Sorri palidamente o dia...
E súbito, como um tabernáculo, o céu
Entre faixas de prata e púrpura irradia...

Tênue, a princípio, sobre as pérolas da espuma,
Dança torvelinhando a chuva de ouro. Além,
Invadida do fogo, arde e palpita a bruma,
Numa cintilação de nácar e ametistas...
E o olhar do Infante vê, na água que vai e vem,
Desenrolar-se vivo o drama das Conquistas.

Todo o oceano referve, incendido em diamantes,
Desmanchado em rubis. Galeões descomunais,
Crespas selvas sem fim de mastros deslumbrantes,
Continentes de fogo, ilhas resplandecendo,
Costas de âmbar, parcéis de aljofres e corais,
– Surgem, redemoinhando e desaparecendo...

É o dia! – A bruma foge. Iluminam-se as grutas.
Dissipam-se as visões... O Infante, a meditar,
Como um fantasma, segue entre as rochas
                              [abruptas...
E impassível, opondo ao mar o vulto enorme,
Fim de um mundo sondando o deserto do mar,
– Berço de um mundo novo – o promontório dorme.

O CAÇADOR
DE ESMERALDAS

EPISÓDIO DA EPOPÉIA SERTANISTA
NO 17º SÉCULO

O CAÇADOR DE ESMERALDAS

I

Foi em março, ao findar das chuvas, quase à entrada
Do outono, quando a terra, em sede requeimada,
Bebera longamente as águas da estação,
– Que, em bandeira, buscando esmeraldas e prata,
À frente dos peões filhos da rude mata,
Fernão Dias Paes Leme entrou pelo sertão.

Ah! quem te vira assim, no alvorecer da vida,
Bruta Pátria, no berço, entre as selvas dormida,
No virginal pudor das primitivas eras,
Quando, aos beijos do sol, mal compreendendo
                                      [o anseio
Do mundo por nascer que trazias no seio,
Reboavas ao tropel dos índios e das feras!

Já lá fora, da ourela azul das enseadas,
Das angras verdes, onde as águas repousadas
Vêm, borbulhando, à flor dos cachopos cantar;

Das abras e da foz dos tumultuosos rios,
– Tomadas de pavor, dando contra os baixios,
As pirogas dos teus fugiam pelo mar...

De longe, ao duro vento opondo as largas velas,
Bailando ao furacão, vinham as caravelas,
Entre os uivos do mar e o silêncio dos astros;
E tu, do litoral, de rojo nas areias,
Vias o oceano arfar, vias as ondas cheias
De uma palpitação de proas e de mastros.

Pelo deserto imenso e líquido, os penhascos
Feriam-nas em vão, roíam-lhes os cascos...
A quantas, quanta vez, rodando aos ventos maus,
O primeiro pegão, como a baixéis, quebrava!
E lá iam, no alvor da espumarada brava,
Despojos da ambição, cadáveres de naus...

Outras vinham, na febre heróica da conquista!
E quando, de entre os véus das neblinas, à vista
Dos nautas fulgurava o teu verde sorriso,
Os seus olhos, ó Pátria, enchiam-se de pranto:
Era como se, erguendo a ponta do teu manto,
Vissem, à beira d'água, abrir-se o Paraíso!

Mais numerosa, mais audaz, de dia em dia,
Engrossava a invasão. Como a enchente bravia,
Que sobre as terras, palmo a palmo, abre o lençol
Da água devastadora, – os brancos avançavam:
E os teus filhos de bronze ante eles recuavam,
Como a sombra recua ante a invasão do sol.

Já nas faldas da serra apinhavam-se aldeias;
Levantava-se a cruz sobre as alvas areias,
Onde, ao brando mover dos leques das juçaras,
Vivera e progredira a tua gente forte...
Soprara a destruição, como um vento de morte,
Desterrando os pajés, abatendo as caiçaras.

Mas além, por detrás das broncas serranias,
Na cerrada região das florestas sombrias,
Cujos troncos, rompendo as lianas e os cipós,
Alastravam no céu léguas de rama escura;
Nos matagais, em cuja horrível espessura
Só corria a anta leve e uivava a onça feroz;

Além da áspera brenha, onde as tribos errantes
À sombra maternal das árvores gigantes
Acampavam; além das sossegadas águas
Das lagoas, dormindo entre aningais floridos;
Dos rios, acachoando em quedas e bramidos,
Mordendo os alcantis, roncando pelas fráguas;

– Aí, não ia ecoar o estrupido da luta...
E, no seio nutriz da natureza bruta,
Resguardava o pudor teu verde coração!
Ah! quem te vira assim, entre as selvas sonhando,
Quando a bandeira entrou pelo teu seio, quando
Fernão Dias Paes Leme invadiu o sertão!

II

Para o norte inclinando a lombada brumosa,
Entre os nateiros jaz a serra misteriosa;
A azul Vupabuçu beija-lhe as verdes faldas,

E águas crespas, galgando abismos e barrancos
Atulhados de prata, umedecem-lhe os flancos
Em cujos socavões dormem as esmeraldas.

Verde sonho!... é a jornada ao país da Loucura!
Quantas bandeiras já, pela mesma aventura
Levadas, em tropel, na ânsia de enriquecer!
Em cada tremedal, em cada escarpa, em cada
Brenha rude, o luar beija à noite uma ossada,
Que vêm, a uivar de fome, as onças remexer...

Que importa o desamparo em meio do deserto,
E essa vida sem lar, e esse vaguear incerto
De terror em terror, lutando braço a braço
Com a inclemência do céu e a dureza da sorte?
Serra bruta! dar-lhe-ás, antes de dar-lhe a morte,
As pedras de Cortez que escondes no regaço!

E sete anos, de fio em fio destramando
O mistério, de passo em passo penetrando
O verde arcano, foi o bandeirante audaz...
– Marcha horrenda! derrota implacável e calma,
Sem uma hora de amor, estrangulando na alma
Toda a recordação do que ficava atrás!

A cada volta, a Morte, afiando o olhar faminto,
Incansável no ardil, rondando o labirinto
Em que às tontas errava a bandeira nas matas,
Cercando-a com o crescer dos rios iracundos,
Espiando-a no pendor dos boqueirões profundos,
Onde vinham ruir com fragor as cascatas.

Aqui, tapando o espaço, entrelaçando as grenhas
Em negros paredões, levantavam-se as brenhas,
Cuja muralha, em vão, sem a poder dobrar,
Vinham acometer os temporais, aos roncos;
E os machados, de sol a sol mordendo os troncos,
Contra esse adarve bruto em vão rodavam no ar.

Dentro, no frio horror das balseiras escuras,
Viscosas e oscilando, úmidas colgaduras
Pendiam de cipós na escuridão noturna;
E um mundo de reptis silvava no negrume;
Cada folha pisada exalava um queixume,
E uma pupila má chispava em cada furna.

Depois, nos chapadões, o rude acampamento:
As barracas, voando em frangalhos ao vento,
Ao granizo, à invernada, à chuva, ao temporal...
E quantos deles, nus, sequiosos, no abandono,
Iam ficando atrás, no derradeiro sono,
Sem chegar ao sopé da colina fatal!

Que importava? Ao clarear da manhã, a companha
Buscava no horizonte o perfil da montanha...
Quando apareceria enfim, vergando a espalda,
Desenhada no céu entre as neblinas claras,
A grande serra, mãe das esmeraldas raras,
Verde e faiscante como uma grande esmeralda?

Avante! e os aguaçais seguiam-se às florestas...
Vinham os lamarões, as leziras funestas,
De água paralisada e decomposta ao sol,
Em cuja face, como um bando de fantasmas,
Erravam dia e noite as febres e os miasmas,
Numa ronda letal sobre o podre lençol.

Agora, o áspero morro, os caminhos fragosos...
Leve, de quando em quando, entre os troncos
                              [nodosos
Passa um plúmeo cocar, como uma ave que voa...
Uma flecha, sutil, silva e zarguncha... É a guerra!
São os índios! Retumba o eco da bruta serra
Ao tropel... E o estridor da batalha reboa.

Depois, os ribeirões, nas levadas, transpondo
As ribas, rebramando, e de estrondo em estrondo
Inchando em macaréus o seio destruidor,
E desenraizando os troncos seculares,
No esto da aluvião estremecendo os ares,
E indo torvos rolar nos vales com fragor...

Sete anos! combatendo índios, febres, paludes,
Feras, reptis, – contendo os sertanejos rudes,
Dominando o furor da amotinada escolta...
Sete anos!... E ei-lo volta, enfim, com o seu tesouro!
Com que amor, contra o peito, a sacola de couro
Aperta, a transbordar de pedras verdes! – volta...

Mas num desvão da mata, uma tarde, ao sol-posto,
Pára. Um frio livor se lhe espalha no rosto...
É a febre! O Vencedor não passará dali!
Na terra que venceu há de cair vencido:
É a febre: é a morte! E o Herói, trôpego
                               [e envelhecido,
Roto, e sem forças, cai junto do Guaicuí...

III

Fernão Dias Paes Leme agoniza. Um lamento
Chora longo, a rolar na longa voz do vento.
Mugem soturnamente as águas. O céu arde.
Trasmonta fulvo o sol. E a natureza assiste,
Na mesma solidão e na mesma hora triste,
À agonia do herói e à agonia da tarde.

Piam perto, na sombra, as aves agoireiras.
Silvam as cobras. Longe, as feras carniceiras
Uivam nas lapas. Desce a noite, como um véu...
Pálido, no palor da luz, o sertanejo
Estorce-se no crebro e derradeiro arquejo.
– Fernão Dias Paes Leme agoniza, e olha o céu.

Oh! esse último olhar ao firmamento! A vida
Em surtos de paixão e febre repartida,
Toda, num só olhar, devorando as estrelas!
Esse olhar, que sai como um beijo da pupila,
– Que as implora, que bebe a sua luz tranqüila,
Que morre... e nunca mais, nunca mais há de vê-las!

Ei-las todas, enchendo o céu, de canto a canto...
Nunca assim se espalhou, resplandecendo tanto,
Tanta constelação pela planície azul!
Nunca Vênus assim fulgiu! Nunca tão perto,
Nunca com tanto amor sobre o sertão deserto
Pairou tremulamente o Cruzeiro do Sul!

Noites de outrora!... Enquanto a bandeira dormia
Exausta, e áspero o vento em derredor zunia,
E a voz do noitibó soava como um agouro,

– Quantas vezes Fernão, do cabeço de um monte,
Via lenta subir do fundo do horizonte
A clara procissão dessas bandeiras de ouro!

Adeus, astros da noite! Adeus, frescas ramagens
Que a aurora desmanchava em perfumes selvagens!
Ninhos cantando no ar! suspensos gineceus
Ressoantes de amor! outonos benfeitores!
Nuvens e aves, adeus! adeus, feras e flores!
Fernão Dias Paes Leme espera a morte... Adeus!

O Sertanista ousado agoniza, sozinho...
Empasta-lhe o suor a barba em desalinho;
E com a roupa de couro em farrapos, deitado,
Com a garganta afogada em uivos, ululante,
Entre os troncos da brenha hirsuta, – o Bandeirante
Jaz por terra, à feição de um tronco derribado...

E o delírio começa. A mão, que a febre agita,
Ergue-se, treme no ar, sobe, descamba aflita,
Crispa os dedos, e sonda a terra, e escarva o chão:
Sangra as unhas, revolve as raízes, acerta,
Agarra o saco, e apalpa-o, e contra o peito o aperta,
Como para o enterrar dentro do coração.

Ah! mísero demente! o teu tesouro é falso!
Tu caminhaste em vão, por sete anos, no encalço
De uma nuvem falaz, de um sonho malfazejo!
Enganou-te a ambição! mais pobre que um mendigo,
Agonizas, sem luz, sem amor, sem amigo,
Sem ter quem te conceda a extrema-unção
                        [de um beijo!

E foi para morrer de cansaço e de fome,
Sem ter quem, murmurando em lágrimas teu nome,
Te dê uma oração e um punhado de cal,
– Que tantos corações calcaste sob os passos,
E na alma da mulher que te estendia os braços
Sem piedade lançaste um veneno mortal!

E ei-la, a morte! e ei-lo, o fim! A palidez aumenta;
Fernão Dias se esvai, numa síncope lenta...
Mas, agora, um clarão ilumina-lhe a face:
E essa face cavada e magra, que a tortura
Da fome e as privações maceraram, – fulgura,
Como se a asa ideal de um arcanjo a roçasse.

IV

Adoça-se-lhe o olhar, num fulgor indeciso;
Leve, na boca aflante, esvoaça-lhe um sorriso...
– E adelgaça-se o véu das sombras. O luar
Abre no horror da noite uma verde clareira.
Como para abraçar a natureza inteira,
Fernão Dias Paes Leme estira os braços no ar...

Verdes, os astros no alto abrem-se em verdes chamas;
Verdes, na verde mata, embalançam-se as ramas;
E flores verdes no ar brandamente se movem;
Chispam verdes fuzis riscando o céu sombrio;
Em esmeraldas flui a água verde do rio,
E do céu, todo verde, as esmeraldas chovem...

E é uma ressurreição! O corpo se levanta:
Nos olhos, já sem luz, a vida exsurge e canta!
E esse destroço humano, esse pouco de pó

Contra a destruição se aferra à vida, e luta,
E treme, e cresce, e brilha, e afia o ouvido, e escuta
A voz, que na solidão só ele escuta, – só:

"Morre! morrem-te às mãos as pedras desejadas,
Desfeitas como um sonho, e em lodo desmanchadas...
Que importa? dorme em paz, que o teu
                          [labor é findo!
Nos campos, no pendor das montanhas fragosas,
Como um grande colar de esmeraldas gloriosas,
As tuas povoações se estenderão fulgindo!

Quando do acampamento o bando peregrino
Saía, antemanhã, ao sabor do destino,
Em busca, ao norte e ao sul, de jazida melhor,
– No cômoro de terra, em que teu pé poisara,
Os colmados de palha aprumavam-se, e clara
A luz de uma lareira espancava o arredor.

Nesse louco vagar, nessa marcha perdida,
Tu foste, como o sol, uma fonte de vida:
Cada passada tua era um caminho aberto!
Cada pouso mudado, uma nova conquista!
E enquanto ias, sonhando o teu sonho egoísta,
Teu pé, como o de um deus, fecundava o deserto!

Morre! tu viverás nas estradas que abriste!
Teu nome rolará no largo choro triste
Da água do Guaicuí... Morre, Conquistador!
Viverás quando, feito em seiva o sangue, aos ares
Subires, e, nutrindo uma árvore, cantares
Numa ramada verde entre um ninho e uma flor!

Morre! germinarão as sagradas sementes
Das gotas de suor, das lágrimas ardentes!
Hão de frutificar as fomes e as vigílias!
E um dia, povoada a terra em que te deitas,
Quando, aos beijos do sol, sobrarem as colheitas,
Quando, aos beijos do amor, crescerem as famílias,

Tu cantarás na voz dos sinos, nas charruas,
No esto da multidão, no tumultuar das ruas,
No clamor do trabalho e nos hinos da paz!
E, subjugando o olvido, através das idades,
Violador de sertões, plantador de cidades,
Dentro do coração da pátria viverás!"
....

Cala-se a estranha voz. Dorme de novo tudo.
Agora, a deslizar pelo arvoredo mudo,
Como um choro de prata algente o luar escorre.
E sereno, feliz, no maternal regaço
Da terra, sob a paz estrelada do espaço,
Fernão Dias Paes Leme os olhos cerra. E morre.

TARDE

À memória

de

José do Patrocínio,

meu amigo,

é dedicado este livro.

8 de outubro de 1918

O. B.

"... La nostra vita è siccome uno arco montando e volgendo... Avemo dunque che la gioventute nel quarantacinquesimo anno se compie: e siccome l'adolescenza è in venticinque anni che procede montando alla gioventute; cosí il discendere, cioè la senettute, è altrettanto tempo che succede alla gioventute; e cosí si termina la senettute nel settantesimo anno... Dov'è da sapere che la nostra buona e diritta natura ragionevolmente procede in noi, siccome vedemo procedere la natura delle piante in quelle; e però altri costumi e altri portamenti sono ragionevoli ad una età piu che ad altre; nelli quali l'anima nobilitata ordinariamente procede per una semplice via, usando li suoi atti nelli loro tempi e etadi siccome all'ultimo suo frutto sono ordinati."

Dante, "Il Convito", tratt. quarto, cap. XXIV.

HINO À TARDE

Glória jovem do sol no berço de ouro e chamas,
Alva! natal da luz, primavera do dia,
Não te amo! nem a ti, canícula bravia,
Que a ti mesma te estruis no fogo que derramas.

Amo-te, hora hesitante em que se preludia
O adágio vesperal, – tumba que te recamas
De luto e de esplendor, de crepes e auriflamas,
Moribunda que ris sobre a própria agonia!

Amo-te, ó tarde triste, ó tarde augusta, que, entre
Os primeiros clarões das estrelas, no ventre,
Sob os véus do mistério e da sombra orvalhada,

Trazes a palpitar, como um fruto do outono,
A noite, alma nutriz da volúpia e do sono,
Perpetuação da vida e iniciação do nada...

CICLO

Manhã. Sangue em delírio, verde gomo,
Promessa ardente, berço e liminar:
A árvore pulsa, no primeiro assomo
Da vida, inchando a seiva ao sol... Sonhar!

Dia. A flor, – o noivado e o beijo, como
Em perfumes um tálamo e um altar:
A árvore abre-se em riso, espera o pomo,
E canta à voz dos pássaros... Amar!

Tarde. Messe e esplendor, glória e tributo;
A árvore maternal levanta o fruto,
A hóstia da idéia em perfeição... Pensar!

Noite. Oh! saudade!... A dolorosa rama
Da árvore aflita pelo chão derrama
As folhas, como lágrimas... Lembrar!

PÁTRIA

Pátria, latejo em ti, no teu lenho, por onde
Circulo! e sou perfume, e sombra, e sol, e orvalho!
E, em seiva, ao teu clamor a minha voz responde,
E subo do teu cerne ao céu de galho em galho!

Dos teus líquens, dos teus cipós, da tua fronde,
Do ninho que gorjeia em teu doce agasalho,
Do fruto a amadurar que em teu seio se esconde,
De ti, – rebento em luz e em cânticos me espalho!

Vivo, choro em teu pranto; e, em teus dias felizes,
No alto, como uma flor, em ti, pompeio e exulto!
E eu, morto, – sendo tu cheia de cicatrizes,

Tu golpeada e insultada, – eu tremerei sepulto:
E os meus ossos no chão, como as tuas raízes,
Se estorcerão de dor, sofrendo o golpe e o insulto!

LÍNGUA PORTUGUESA

Última flor do Lácio, inculta e bela,
És, a um tempo, esplendor e sepultura:
Ouro nativo, que na ganga impura
A bruta mina entre os cascalhos vela...

Amo-te assim, desconhecida e obscura,
Tuba de alto clangor, lira singela,
Que tens o trom e o silvo da procela,
E o arrolo da saudade e da ternura!

Amo o teu viço agreste e o teu aroma
De virgens selvas e de oceano largo!
Amo-te, ó rude e doloroso idioma,

Em que da voz materna ouvi: "meu filho!",
E em que Camões chorou, no exílio amargo,
O gênio sem ventura e o amor sem brilho!

MÚSICA BRASILEIRA

Tens, às vezes, o fogo soberano
Do amor: encerras na cadência, acesa
Em requebros e encantos de impureza,
Todo o feitiço do pecado humano.

Mas, sobre essa volúpia, erra a tristeza
Dos desertos, das matas e do oceano:
Bárbara poracé, banzo africano,
E soluços de trova portuguesa.

És samba e jongo, xiba e fado, cujos
Acordes são desejos e orfandades
De selvagens, cativos e marujos:

E em nostalgias e paixões consistes,
Lasciva dor, beijo de três saudades,
Flor amorosa de três raças tristes.

ANCHIETA

Cavaleiro da mística aventura,
Herói cristão! nas provações atrozes
Sonhas, casando a tua voz às vozes
Dos ventos e dos rios na espessura:

Entrando as brenhas, teu amor procura
Os índios, ora filhos, ora algozes,
Aves pela inocência, e onças ferozes
Pela bruteza, na floresta escura.

Semeador de esperanças e quimeras,
Bandeirante de "entradas" mais suaves,
Nos espinhos a carne dilaceras:

E, por que as almas e os sertões desbraves,
Cantas: Orfeu humanizando as feras,
São Francisco de Assis pregando às aves...

CAOS

No fundo do meu ser, ouço e suspeito
Um pélago em suspiros e rajadas:
Milhões de vivas almas sepultadas,
Cidades submergidas no meu peito.

Às vezes, um torpor de águas paradas...
Mas, de repente, um temporal desfeito:
Festa, agonia, júbilo, despeito,
Clamor de sinos, retintim de espadas,

Procissões e motins, glórias e luto,
Choro e hosana... Ferver de sangue novo,
Fermentação de um mundo agreste e bruto...

E há na esperança, de que me comovo,
E na grita de dúvidas, que escuto,
A incerteza e a alvorada do meu povo!

DIZIAM QUE...

"Diziam que, entre as nações sobreditas, moravam algumas monstruosas.

Uma é de anãos, de estatura tão pequena, que parecem afronta dos homens; chamados Goiasis.

Outra é de casta de gente, que nasce com os pés às avessas de maneira que quem houver de seguir seu caminho há de andar ao revés do que vão mostrando as pisadas; chamam-se Matuiús.

Outra é de homens gigantes, de 16 palmos de alto, adornados de pedaços de ouro por beiços e narizes, e aos quais todos os outros pagam respeito; têm por nome Curinqueãs.

Finalmente que há outra nação de mulheres, também monstruosas no modo do viver (são as que hoje chamamos Amazonas, e de que tomou o nome o rio) porque são guerreiras, que vivem por si só sem comércio de homens; vivem entre grandes montanhas; são mulheres de valor conhecido..."

Padre Simão de Vasconcellos, "Crônica da Companhia de Jesus no Estado do Brasil", *1663, Liv. I, cap. 31.*

I

OS MONSTROS

Não me perdi numa ilusão... Perdi-me
Na existência, entre os homens. E encontrei-os,
Vivos, bem vivos! – estes monstros feios,
Cujo peso afrontoso a terra oprime.

Mas há monstros no bem, como no crime:
Outros houve, que em hinos e gorjeios
Talvez viveram e morreram, cheios
De extrema formosura e ardor sublime.

Ah! no dia da cólera tremenda,
Os monstros bons, agora fugitivos
Desta míngua de fé que nos infama,

Ressurgirão no epílogo da lenda:
Os mortos voltarão varrendo os vivos,
E os maus se afogarão na própria lama!

II

OS GOIASIS

Ainda viveis, espíritos obscenos
Como nos dias do Brasil inculto
Na inteligência anãos, como no vulto
Como no corpo, no moral pequenos

Espremeis a impotência do ódio estulto
Em pérfidos esguichos de venenos...
Tendes baixeza em tudo: nem, ao menos,
Força na inveja e elevação no insulto!

Répteis humanos, no coleio dobre
De rastos babujais templos e lares;
Contra os bons, contra os fortes de alma nobre,

Línguas e dentes dardejais nos ares:
Mas só podeis ferir, na raiva pobre,
Em vez dos corações, os calcanhares.

III

OS MATUIÚS

De pés virados, marcha avessa e rude,
Dedos atrás, calcâneos para a frente,
Ainda viveis, mentores sem virtude,
Que a verdade escondeis à vossa gente!

Sabeis, – e errais propositadamente,
Traidores nas lições e na atitude:
Aos corações o vosso exemplo mente,
Como no solo o vosso rasto ilude.

Pobre quem calca o vosso piso errado:
Em vez da liberdade, encontra um muro;
Pedindo a salvação, cai num pecado;

E acha em lugar da glória o lodo impuro:
Para seguir-vos, vai para o passado;
Por imitar-vos, foge do futuro.

IV

OS CURINQUEÃS

Ainda viveis! Conheço-vos, felizes
Morubixabas de ambições astutas,
Que em desgraçadas e mesquinhas lutas
Desgovernais misérrimos países!

Já tendes paços em lugar de grutas...
Mas, apesar do tempo e dos vernizes,
– Se os não trazeis por beiços e narizes,
Os botoques guardais nas almas brutas.

Pobres de idéias, ávidos de foros,
Rudes pastores de servil rebanho,
Espirrais arrogância pelos poros...

Sois sempre os mesmos Curinqueãs de antanho:
Vastos e estéreis, ocos e sonoros,
Unicamente grandes no tamanho!

V

AS AMAZONAS

Nem sempre durareis, eras sombrias
De miséria moral! A aurora esperas,
Ó Pátria! e ela virá, com outras eras,
Outro sol, outra crença em outros dias!

Davi renascerá contra Golias,
Alcides contra os pântanos e as feras:
Os corações serão como crateras,
E hão de em lavas mudar-se as cinzas frias.

As nobres ambições, força e bondade,
Justiça e paz virão sobre estas zonas,
Da confusa fusão da ardente escória...

E, na sua divina majestade,
Virgens, reviverão as Amazonas
Na cavalgada esplêndida da glória!

O VALE

Sou como um vale, numa tarde fria,
Quando as almas dos sinos, de uma em uma,
No soluçoso adeus da ave-maria
Expiram longamente pela bruma.

É pobre a minha messe. É névoa e espuma
Toda a glória e o trabalho em que eu ardia...
Mas a resignação doura e perfuma
A tristeza do termo do meu dia.

Adormecendo, no meu sonho incerto
Tenho a ilusão do prêmio que ambiciono:
Cai o céu sobre mim em pirilampos...

E num recolhimento a Deus oferto
O cansado labor e o inquieto sono
Das minhas povoações e dos meus campos.

A MONTANHA

Calma, entre os ventos, em lufadas cheias
De um vago sussurrar de ladainha,
Sacerdotisa em prece, o vulto alteias
Do vale, quando a noite se avizinha:

Rezas sobre os desertos e as areias,
Sobre as florestas e a amplidão marinha;
E, ajoelhadas, rodeiam-te as aldeias,
Mudas servas aos pés de uma rainha.

Ardes, num holocausto de ternura...
E abres, piedosa, a solidão bravia
Para as águias e as nuvens, a acolhê-las;

E invades, como um sonho, a imensa altura.
– Última a receber o adeus do dia,
Primeira a ter a bênção das estrelas!

OS RIOS

Magoados, ao crepúsculo dormente,
Ora em rebojos galopantes, ora
Em desmaios de pena e de demora,
Rios, chorais amarguradamente.

Desejais regressar... Mas, leito em fora,
Correis... E misturais pela corrente
Um desejo e uma angústia, entre a nascente
De onde vindes, e a foz que vos devora.

Sofreis da pressa, e, a um tempo, da lembrança...
Pois no vosso clamor, que a sombra invade,
No vosso pranto, que no mar se lança,

Rios tristes! agita-se a ansiedade
De todos os que vivem de esperança,
De todos os que morrem de saudade...

AS ESTRELAS

Desenrola-se a sombra no regaço
Da morna tarde, no esmaiado anil;
Dorme, no ofego do calor febril,
A natureza, mole de cansaço.

Vagarosas estrelas! passo a passo,
O aprisco desertando, às mil e às mil,
Vindes do ignoto seio do redil
Num compacto rebanho, e encheis o espaço...

E, enquanto, lentas, sobre a paz terrena,
Vos tresmalhais tremulamente a flux,
– Uma divina música serena

Desce rolando pela vossa luz:
Cuida-se ouvir, ovelhas de ouro! a avena
Do invisível pastor que vos conduz...

AS NUVENS

Nuvem, que me consolas e contristas,
Tenho o teu gênio e o teu labor ingrato:
Essas arquiteturas imprevistas
São como as construções em que me mato.

Nunca vemos, misérrimos artistas,
A vitória deste ímpeto insensato:
A um sopro benfazejo, que conquistas!
A um hálito cruel, que desbarato!

Nuvens de terra e céu, brincos do vento,
Vai-se-nos breve a essência no ar varrida...
Irmã, que importa? ao menos, num momento,

No fastígio falaz da nossa lida,
Tu, nas miragens, e eu, no pensamento,
Somos a força e a afirmação da Vida!

AS ÁRVORES

Na celagem vermelha, que se banha
Da rutilante imolação do dia,
As árvores, ao longe, na montanha,
Retorcem-se espectrais à ventania.

Árvores negras, que visão estranha
Vos aterra? que horror vos arrepia?
Que pesadelo os troncos vos assanha,
Descabelando a vossa ramaria?

Tendes alma também... Amais o seio
Da terra; mas sonhais, como sonhamos,
Bracejais, como nós, no mesmo anseio...

Infelizes, no píncaro do monte,
(Ah! não ter asas!...) estendeis os ramos
À esperança e ao mistério do horizonte...

AS ONDAS

Entre as trêmulas mornas ardentias,
A noite no alto-mar anima as ondas.
Sobem das fundas úmidas Golcondas,
Pérolas vivas, as nereidas frias:

Entrelaçam-se, correm fugidias,
Voltam, cruzando-se; e, em lascivas rondas,
Vestem as formas alvas e redondas
De algas roxas e glaucas pedrarias.

Coxas de vago ônix, ventres polidos
De alabastro, quadris de argêntea espuma,
Seios de dúbia opala ardem na treva;

E bocas verdes, cheias de gemidos,
Que o fósforo incendeia e o âmbar perfuma,
Soluçam beijos vãos que o vento leva...

CREPÚSCULO NA MATA

Na tarde tropical, arfa e pesa a atmosfera.
A vida, na floresta abafada e sonora,
Úmida exalação de aromas evapora,
E no sangue, na seiva e no húmus acelera.

Tudo, entre sombras, – o ar e o chão, a fauna
                              [e a flora,
A erva e o pássaro, a pedra e o tronco, os
                              [ninhos e a hera,
A água e o reptil, a folha e o inseto, a flor e a fera,
– Tudo vozeia e estala em estos de pletora.

O amor apresta o gozo e o sacrifício na ara:
Guinchos, berros, zenir, silvar, ululos de ira,
Ruflos, chilros, frufrus, balidos de ternura...

Súbito, a excitação declina, a febre pára:
E misteriosamente, em gemido que expira,
Um surdo beijo morno alquebra a mata escura...

SONATA AO CREPÚSCULO

Trompas do sol, borés do mar, tubas da mata,
Esfalfai-vos, rugindo, – e emudecei... Apenas,
Agora, trilem no ar, como em cristal e prata,
Rústicos tamborins e pastoris avenas.

Trescala o campo, e incensa o ocaso, numa oblata.
– Surgem da Idade de Ouro, em paisagens serenas,
Os deuses; Eros sonha; e, acordando à sonata,
Bailam rindo as sutis alípedes Camenas.

Depois, na sombra, à voz das cornamusas graves,
Termina a pastoral num lento epitalâmio...
Cala-se o vento... Expira a surdina das aves...

E a terra, noiva, a ansiar, no desejo que a enleva,
Cora e desmaia, ao seio aconchegando o flâmeo,
Entre o pudor da tarde e a tentação da treva.

O CREPÚSCULO DA BELEZA

Vê-se no espelho; e vê, pela janela,
A dolorosa angústia vespertina:
Pálido, morre o sol... Mas, ai! termina
Outra tarde mais triste, dentro dela;

Outra queda mais funda lhe revela
O aço feroz, e o horror de outra ruína:
Rouba-lhe a idade, pérfida e assassina,
Mais do que a vida, o orgulho de ser bela!

Fios de prata... Rugas... O desgosto
Enche-a de sombras, como a sufocá-la
Numa noite que aí vem... E no seu rosto

Uma lágrima trêmula resvala,
Trêmula, a cintilar, – como, ao sol-posto,
Uma primeira estrela em céu de opala...

O CREPÚSCULO DOS DEUSES

Fulge em nuvens, no poente, o Olimpo. O céu delira.
Os deuses rugem. Entre incêndios de ouro e gemas,
Há torrentes de sangue, hecatombes supremas,
Heróis rojando ao chão, troféus ardendo em pira,

Ilíadas, bulcões de gládios e diademas,
Ossa e Pélion tombando, e Zeus em raios de ira,
E Acrópoles em fogo, e Homero erguendo a lira
Em reverberações de batalhas e poemas...

Mas o vento, embocando as bramidoras trompas,
Clangora. Rolam no ar, de roldão, num tumulto,
Os numes e os titãs, varridos à rajada:

E ódio, furor, tropel, fastígio, glória, pompas,
Chamas, o Olimpo, – tudo esbate-se, sepulto
Em cinza, em crepe, em fumo, em sonho, em
                   [noite, em nada...

MICROCOSMO

Pensando e amando, em turbilhões fecundos
És tudo: oceanos, rios e florestas;
Vidas brotando em solidões funestas;
Primaveras de invernos moribundos;

A Terra; e terras de ouro em céus profundos,
Cheias de raças e cidades, estas
Em luto, aquelas em raiar de festas;
Outras almas vibrando em outros mundos;

E outras formas de línguas e de povos;
E as nebulosas, gêneses imensas,
Fervendo em sementeira de astros novos;

E todo o cosmos em perpétuas flamas...
– Homem! és o universo, porque pensas,
E, pequenino e fraco, és Deus, porque amas!

DUALISMO

Não és bom, nem és mau: és triste e humano...
Vives ansiando, em maldições e preces,
Como se, a arder, no coração tivesses
O tumulto e o clamor de um largo oceano.

Pobre, no bem como no mal, padeces;
E, rolando num vórtice vesano,
Oscilas entre a crença e o desengano,
Entre esperanças e desinteresses.

Capaz de horrores e de ações sublimes,
Não ficas das virtudes satisfeito,
Nem te arrependes, infeliz, dos crimes:

E, no perpétuo ideal que te devora,
Residem juntamente no teu peito
Um demônio que ruge e um deus que chora.

DEFESA

Cada alma é um mundo à parte em cada peito...
Nem se conhecem, no auge do transporte,
Os jungidos do vínculo mais forte,
Almas e corpos num casal perfeito:

Dormindo no calor do mesmo leito,
Votando os corações à mesma sorte,
Consigo levam à velhice e à morte
Um recato de orgulho e de respeito...

Ficam, por toda a vida, as duas vidas
Na mais profunda comunhão estranhas,
No mais completo amor desconhecidas.

E os dois seres, sentindo-se tão perto,
Até num beijo, são duas montanhas
Separadas por léguas de deserto...

A UM TRISTE

Outras almas talvez já foram tuas:
Viveste em outros mundos... De maneira
Que em misteriosas dúvidas flutuas,
Vida de vidas múltiplas herdeira!

Servo da gleba, escravo das charruas
Foste, ou soldado errante na sangueira,
Ou mendigo de rojo pelas ruas,
Ou mártir na tortura e na fogueira...

Por isso, arquejas num pavor sem nome,
Num luto sem razão: velhos gemidos,
Angústias ancestrais de sede e fome,

Dores grandevas, seculares prantos,
Desesperos talvez de heróis vencidos,
Humilhações de vítimas e santos...

PESADELO

Às vezes, uma vida abominanda
Vives no sono, em que a hórrida matula
Dos íncubos e súcubos te manda
O eco do inferno que referve e ulula.

Um mundo torpe nos teus sonhos anda:
O ódio, a perversidade, a inveja, a gula,
Espíritos da terra, sarabanda
Das grosseiras paixões que a treva açula...

Assim, à noite, no ínvio da floresta,
No mistério das sombras, entre os pios
Dos noitibós, o candomblé se apresta:

Batuques de capetas, rodopios
De curupiras e sacis em festa,
Em sinistros risinhos e assobios...

A IARA

Vive dentro de mim, como num rio,
Uma linda mulher, esquiva e rara,
Num borbulhar de argênteos flocos, Iara
De cabeleira de ouro e corpo frio.

Entre as ninféias a namoro e espio:
E ela, do espelho móbil da onda clara,
Com os verdes olhos úmidos me encara,
E oferece-me o seio alvo e macio.

Precipito-me, no ímpeto de esposo,
Na desesperação da glória suma,
Para a estreitar, louco de orgulho e gozo...

Mas nos meus braços a ilusão se esfuma:
E a mãe-da-água, exalando um ai piedoso,
Desfaz-se em mortas pérolas de espuma.

RESSURREIÇÃO

Como às vezes, piedoso, o sol se inclina
Sobre um pântano, e acende-o, e da água ascosa
No atro fundo, ergue Alhambras de ouro e rosa,
Catedrais e Kremlins de prata fina,

– Também, da alta região que nos domina,
Tu pairas sobre mim, sombra piedosa:
Sinto em mim, como numa nebulosa,
Mundos novos, ardendo em luz divina...

São torres vivas, cúpulas fulgentes,
Zimbórios ígneos, toda a arquitetura
Dos sonhos que a ambição do Ideal encerra,

Subindo em largos surtos, em torrentes,
Galgando o céu, para brilhar na altura
E desfazer-se em versos sobre a terra...

BENEDICITE!

Bendito o que, na terra, o fogo fez, e o teto;
E o que uniu a charrua ao boi paciente e amigo;
E o que encontrou a enxada; e o que, do chão abjeto,
Fez, aos beijos do sol, o ouro brotar do trigo;

E o que o ferro forjou; e o piedoso arquiteto
Que ideou, depois do berço e do lar, o jazigo;
E o que os fios urdiu; e o que achou o alfabeto;
E o que deu uma esmola ao primeiro mendigo;

E o que soltou ao mar a quilha, e ao vento o pano;
E o que inventou o canto; e o que criou a lira;
E o que domou o raio; e o que alçou o aeroplano...

Mas bendito, entre os mais, o que, no dó profundo,
Descobriu a Esperança, a divina mentira,
Dando ao homem o dom de suportar o mundo!

SPERATE, CREPERI!

Não sei. Duvido e espero. Na ansiedade,
Vago, entre vagas sombras. Se não rezo,
Sonho; e invejo dos crentes a humildade
E o orgulho dos filósofos desprezo.

Como um Jó miserável da verdade
E de receios farto como um Creso,
Adormeço a tristeza que me invade
E engano o coração cansado e leso...

Talvez haja na morte o eterno olvido,
Talvez seja ilusão na vida tudo...
Ou geme um deus em cada ser ferido...

Não afirmo, não nego. É vão o estudo.
Quero clamar de horror, porque duvido;
Mas, porque espero, – espero, e fico mudo.

RESPOSTAS NA SOMBRA

"Sofro... Vejo envasado em desespero e lama
Todo o antigo fulgor, que tive na alma boa;
Abandona-me a glória; a ambição me atraiçoa;
Que fazer, para ser como os felizes?"
                                         – Ama!

"Amei... Mas tive a cruz, os cravos, a coroa
De espinhos, e o desdém que humilha, e o dó
                            [que infama;
Calcinou-me a irrisão na destruidora chama;
Padeço! Que fazer, para ser bom?"
                                         – Perdoa!

"Perdoei... Mas outra vez, sobre o perdão e a prece,
Tive o opróbrio; e outra vez, sobre a piedade,
                            [a injúria;
Desvairo! Que fazer, para o consolo?"
                                         – Esquece!

"Mas lembro... Em sangue e fel, o coração me
                              [escorre:
Ranjo os dentes, remordo os punhos, rujo em fúria...
Odeio! Que fazer, para a vingança?"

— Morre!

TRILOGIA

I

PROMETEU

Filhas verdes do mar, e ó nuvens, num incenso,
Beijai-me! e bendizei o meu sangue e o meu pranto!
Quando sucumbo e sou vencido, – exulto e venço:
A minha queda é glória e o meu rugido é canto!

Sob os grilhões, espero; escravizado, penso;
E, morto, viverei! Domando a carne e o espanto,
Invadindo de estrela a estrela o Olimpo imenso,
Roubei-lhe na escalada o fogo sacrossanto!

Forjando o ferro, arando o chão, prendendo o raio,
Dei aos homens o ideal que anima, e o pão
                              [que nutre...
Debalde o ódio, e o castigo, e as garras me consomem:

Quando sofro, maior, mais alto, quando caio,
Sou, entre a terra e o céu, entre o Cáucaso e o
[abutre,
– Sobre o martírio, o orgulho, e, sobre os
[deuses, o Homem!

II

HÉRCULES

Que vale o orgulho? A dor é, como a vida, eterna;
Mas a força defende, e a compaixão redime.
Sou, na humana floresta, a planta heróica e terna:
Contra a violência um roble, e para a prece
                                 [um vime.

Por onde reviveu, silvando, a hidra de Lerna,
Fuzilou no meu braço a cólera sublime;
Os monstros persegui de caverna em caverna,
Sufoquei de antro em antro a peste, a infâmia
                                 [e o crime:

E, ó Homem, libertei-te!... E, enfim, depondo
                                 [a clava,
Inerme semideus, sonhei, doce fiandeiro,
De roca e fuso, aos pés de Onfália, num arrulho...

Alma livre no assomo, e na piedade escrava,
Sou raio e beijo, ardor e alívio, águia e cordeiro,
– A força que liberta, e o amor que vence o
[orgulho!

III

JESUS

Mas sempre sofrerás neste vale medonho...
Que importa? Redentor e mártir voluntário,
Para a tua miséria um reino imaginário
Invento, glória e paz num futuro risonho.

Para te consolar, no opróbrio do Calvário,
Hóstia e vítima, a carne, o sangue e a alma deponho:
Nasce da minha morte a vida do teu sonho,
E todo o choro humano embebe o meu sudário.

Só liberta a renúncia. Ó triste! a sombra imensa
Dos braços desta cruz espalha sobre o mundo
A utopia celeste, orvalho ao teu suplício.

Sou a misericórdia ilusória da crença:
Sobre a força, a fraqueza; e, sobre o amor fecundo,
A piedade sem glória e o inútil sacrifício!

DANTE NO PARAÍSO

... Enfim, transpondo o Inferno e o Purgatório, Dante
Chegara à extrema luz, pela mão de Beatriz:
Triste no sumo bem, triste no excelso instante,
O poeta compreendera o mal de ser feliz.

Saudoso, ao ígneo horror do báratro distante,
Ao vórtice tartáreo o olhar volvendo, quis
Regressar à geena, onde a turba ululante
Nos torvelins raivando arde na chama ultriz:

E fatigou-o a paz do esplendor soberano;
Dos réprobos lembrando a irrevogável sorte,
A estância abominou do perpétuo prazer;

Porque no coração, cheio de amor humano,
Sentiu que toda a Vida, até depois da morte,
Só tem uma razão e um gozo só: sofrer!

BEETHOVEN SURDO

Surdo, na universal indiferença, um dia,
Beethoven, levantando um desvairado apelo,
Sentiu a terra e o mar num mudo pesadelo...
E o seu mundo interior cantava e restrugia.

Torvo o gesto, perdido o olhar, hirto o cabelo,
Viu, sobre a orquestração que no seu crânio havia,
Os astros em torpor na imensidade fria,
O ar e os ventos sem voz, a natureza em gelo.

Era o nada, a eversão do caos no cataclismo,
A síncope do som no páramo profundo,
O silêncio, a algidez, o vácuo, o horror no abismo...

E Beethoven, no seu supremo desconforto,
Velho e pobre, caiu, como um deus moribundo,
Lançando a maldição sobre o universo morto!

MILTON CEGO

Desvendava-se ao cego o mistério:
                        (As idades
Sem princípio; de sol a sol, de terra a terra,
A eterna combustão que maravilha e aterra,
Geradora de bens e de ferocidades;

Cordilheiras de espanto e esplendor, serra a serra,
De infinito a infinito; asas em tempestades,
Tronos, Dominações, Virtudes, Potestades,
Luz contra luz, furor de chama e glória em guerra;

E os rebeldes, rodando em rugidoras vagas;
E o Éden, e a tentação, e, entre o opróbrio e a alegria,
O amor florindo ao pé da amaldiçoada porta;

E o Homem em susto, o céu em ira, o inferno
                             [em pragas;
E, imperturbável, Deus, na sua glória!...)
                                     Ardia
O poema universal numa retina morta.

MICHELANGELO VELHO

> *Vieram-lhe o amor e a poesia, no declínio da vida. Na mocidade, foi de costumes austeros. Aos 51 anos, conheceu Vittoria Colonna; escreveu para ela canções, sonetos, madrigais, exaltação do cérebro, temperada de misticismo; ela admirou-o, mas não o amou. Quando Vittoria morreu, Buonarotti beijou a mão do cadáver, não ousando beijar-lhe a fronte.*
>
> M. Monnier, "La Renaissance.

E pensava: – "Perder a chama peregrina,
Que extrai da pedra um Deus, do barro imundo
                             [um Santo;
E este punho, que alçou a cúpula divina
De São Pedro, e amassou 'Moisés' de luz e espanto;

E esta alma, que arquiteta os mundos na oficina:
O 'Dia', força e graça, e a 'Noite', sombra e encanto,
E o 'Juízo Final' da Capela Sistina,
E 'Judith', flor de sangue, e 'Pietà', flor de pranto;

Tudo: tinta, pincel, escopro, camartelo,
Ouro, fama, poder, glória, gênio, virtude,
– Por um milagre só, no amor que me abandona:

Morrer, e renascer ardente, moço, belo,
E, como o meu 'Davi', clarão de juventude,
Aparecer, sorrindo, a Vittoria Colonna!"

NO TRONCO DE GOA

Camões sofre, na infâmia da clausura,
Pária sem honra, náufrago sem nome;
E rala, na saudade que o consome,
O pobre peito contra a pedra dura.

O seu gênio ilumina a abjeta lura...
Mas a vida das carnes se lhe some:
Míngua de pão, e, outra mais negra fome,
Indigência de beijos e ventura.

Do próprio fel, dos íntimos venenos,
Faz a glória da pátria e a luz da raça;
E chora, na ignomínia. Mas, ao menos,

Possui, na mesquinhez da terra crassa
E na vergonha de homens tão pequenos,
O orgulho de ser grande na desgraça.

ÉDIPO

I

A PÍTIA

Repetiu-me Apolo o vaticínio: que eu seria o assassino de meu pai; e rei; e marido de minha mãe, sem a conhecer; e tronco de uma prole infame!...

Sófocles, *Édipo Rei*.

Em Delfos. Com pavor, de pé, no ádito escuro,
Édipo escuta... O deus, rugindo de ira e ameaça,
Pela boca da Pítia em êxtase, devassa
O tempo, e o arcano véu destrama do futuro:

"Rolarás do fastígio à ignomínia e à desgraça!
Rompendo de um mistério o impenetrável muro,
Num sólio ensangüentado e num tálamo impuro
Gerarás, parricida, a mais odiosa raça!"

E a Esfinge, a glória, o reino, o assassino de Laio,
E o amor sinistro... Assim troveja a voz de Apolo
E enche o sacrário... O céu carrega-se de bruma;

Fuzila; estruge o chão; reboa no antro o raio...
E, enquanto Édipo tomba inânime no solo,
Sobre a trípode a Pítia, em baba, ulula e escuma.

II

A ESFINGE

> *Benvindo sejas à cidade de Cadmo, nosso libertador e nosso rei, que, com a tua penetração de espírito e o auxílio divino, levantaste o tributo de sangue que pagávamos à cruel Esfinge!*
>
> Sófocles, *Édipo Rei.*

Perto de Tebas, junto a um monte, sobre o Ismeno,
Águia e mulher, serpente e abutre, deusa e harpia,
Tapando a estrada, à espera, – aterrava e sorria
O monstro sedutor, horrível e sereno:

"Devoro-te, ou decifra!" Era fascínio o aceno;
A voz, morna e sensual, tinha afeto e ironia,
Graça e repulsa; e a luz dos olhos escorria
Fluido filtro, estilando um pérfido veneno.

Mas Édipo desvenda o enigma... Ruge em fúria
O Grifo, e escarva o chão, bate contra o rochedo,
Rola em vascas, em sangue ardente a areia tinge,

E fita o campeador no uivar da extrema injúria...
E o Herói recua, vendo, entre esperança e medo,
Rancor e compaixão no verde olhar da Esfinge.

III

JOCASTA

Trevas espessas! eterna, horrível noite! sou dilacerado pelo espinho da dor e pela memória dos meus crimes!

Sófocles, *Édipo Rei*..

Édipo vê cumprir-se o oráculo funesto:
Tebas entregue, em luto, à peste que a devasta,
E, sobre o trono em sânie e o leito desonesto,
Morta, infâmia da terra e asco do céu, Jocasta.

Louco, vociferando, erguendo a grita e o gesto
Contra os deuses, mordendo a poeira em que
　　　　　　　　　　　　　　　　[se arrasta,
O mísero, medindo o parricídio e o incesto,
Quer da vista apagar a lembrança nefasta:

Os dois olhos, às mãos, das órbitas arranca
Em sangue borbotando, em lágrimas fervendo,

Para o pavor matar na esmagada retina...
Mas, cego embora, – vê Jocasta hedionda, branca,
Enforcada, a oscilar, como um pêndulo horrendo,
Compassando, fatal, a maldição divina.

IV

ANTÍGONA

Disse-me também o oráculo que morrerei aqui, quando tremer a terra, quando o trovão rolar, quando o espaço brilhar...

Sófocles, *Édipo em Colona*.

A terra treme. Rola o trovão. Brilha o espaço.
Chega Édipo a Colona, em andrajos, imundo,
Sombra ansiosa a fugir do próprio horror profundo,
Ruína humana a cair de miséria e cansaço.

Mas, quando o ancião vacila, órfão da luz do mundo,
– Antígona lhe estende o coração e o braço,
E, filha e irmã, recolhe ao maternal regaço
O rei sem trono, o pai sem honra, moribundo.

É o ninho (a terra treme...) amparando o carvalho,
A flor sustendo o tronco! Édipo (o espaço brilha...)
Sorri, como um combusto areal bebendo o orvalho.

É o fim (rola o trovão...) da miseranda sorte:
O cego vê, fitando o céu do olhar da filha,
Na cegueira o esplendor, e a redenção na morte.

MADALENA

Maria Madalena, Maria de Tiago e Salomé comzpraram aromas, para irem embalsamar a Jesus. Mas, olhando, viram revolvida a pedra... E Jesus, tendo ressurgido, apareceu primeiramente a Maria Madalena.

São Marcos, cap. XVI.

Quedaram, frio o sangue, as mulheres chorosas,
Sem cor, sem voz, de espanto e medo. E, de repente,
Caíram-lhes das mãos as ânforas piedosas
De bálsamo odoroso e de óleo recendente.

Enfeitiçou-se o chão de um perfume dormente,
E o arredor trescalou de essências capitosas,
Como se a terra toda abrisse o seio, e o ambiente
Se enchesse de jasmins, de nardos e de rosas.

E Madalena, muda, ao pé da sepultura,
Tonta da exalação dos cheiros, em delírio,
Viu que uma forma, no ar, divinamente bela,

Vivo eflúvio, vapor fragrante, alva figura,
Aroma corporal, pairava...
                          Como um lírio,
Num sorriso, Jesus fulgia diante dela.

CLEÓPATRA

*Cleopatra diffidava... Fu persuasa che il vincitore
la destinava al trionfo... Ottaviano, corse in gran
fretta a salvare la sua preda, la trovó, sul letto,
adorna della sua più bella veste di regina,
addormentata per sempre...*

G. Ferrero, *Grandezza e decadenza di Roma.*

Não! que importava a queda, e o epílogo do drama:
O trono, o cetro, o povo, o exército, o tesouro,
As províncias, a glória, e as naus, no sorvedouro
De Actium, e Alexandria entregue ao saque e
                           [à chama?

Não! que importava o horror da entrada em
                    [Roma: a fama
De Otávio, e o seu triunfo, entre a púrpura e o louro,
E a plebe em grita, e o céu cheio das águias de ouro,
E o Egito, e o seu império, e os seus troféus, na lama?

Não! Que importava o amor perdido? Que importava
O naufrágio do orgulho, a vergonha, a tortura
Do ódio do vencedor ou da piedade alheia?

Mas entrar desgrenhada, envelhecida, escrava,
Rota, sem o arraiar da sua formosura,
Sol sem fulgor...
                    Matou-a o medo de ser feia.

A VELHICE DE ASPÁSIA

Velha, Aspásia, como um clarão, na Academia
E na ágora, surgia e ofuscava as mais belas;
E, sob as cãs, e sob as roupagens singelas,
Aureolada do amor de Péricles, sorria...

Do Helesponto, do Egeu, do Jônio em romaria
Vinham vê-la e admirá-la efebos e donzelas.
E eles: "Que sol nos teus cabelos brancos!" E elas:
"Brilha mais do que a aurora o final do teu dia!"

Ela e a Acrópole, frente a frente, alvas, serenas,
Unidas no esplendor, gêmeas na majestade,
Eram a forma e a idéia, iluminando Atenas.

Aspásia, deusa clara e simples, na moldura
Do céu, nume feliz, perfumava a cidade...
Era uma religião a sua formosura!

A RAINHA DE SABÁ

O rei Salomão deu à rainha de Sabá o que ela lhe desejou, e lhe pediu, afora os presentes que ele mesmo lhe deu com liberalidade real. A rainha voltou, e se foi para o seu reino com os seus servos.

Reis, Liv. III. cap. X, 13.

– "Que mais queres? Sião? e, entre os bosques
 [sombrios,
O meu colar de cem cidades deslumbrantes?
O Líbano, pompeando em paços, em mirantes,
Em cedros, em pavões, em corças, em bugios?

O povo de Israel, em tribos formigantes
Do Eufrates ao Mar Morto e o Egito? Os meus navios,
As esquadras de Hirão, coalhando o oceano e os rios,
Atestadas de prata e dentes de elefantes?

O meu leito, ainda olente e morno do teu sono?
O cetro? O gineceu, e a guarda, e as mil mulheres
Como escravas, rojando aos teus pés? O meu trono?

Os vasos do holocausto? O templo de ouro e jade?
A ara, em sangue e fulgor, ante Jeová?... Que
                                                              [queres?"
....
– "O teu último beijo... o deserto... e a saudade..."

A MORTE DE ORFEU

Em vão as bacantes da Trácia procuraram consolá-lo. Mas Orfeu, fiel ao amor de Eurídice, encarcerada no Averno, repeliu o amor de todas as outras mulheres. E estas, despeitadas, esquartejaram-no.

Houve gemidos no Ebro e no arvoredo,
Horror nas feras, pranto no rochedo;
E fugiram as Mênades, de medo,
Espantadas da própria maldição.

Luz da Grécia, pontífice de Apolo,
Orfeu, despedaçada a lira ao colo,
A carne rota ensangüentando o solo,
Tombou... E abriu-se em músicas o chão...

A boca ansiosa um nome disse, um grito,
Rolando em beijos pelo nome dito:
"Eurídice!", e expirou... Assim Orfeu,

No último canto, no supremo brado,
Pelo ódio das mulheres trucidado,
Chorando o amor de uma mulher, morreu...

GIOCONDA

Deu-te o grande Leonardo ao sorriso a ironia,
Insídia e eterno ardil, na luminosa teia:
Tal, a Belerofonte a Quimera sorria,
E a Esfinge de Gizé sorri na adusta areia...

A cilada do amor, o embuste da utopia,
O desejo, que abrasa, e a esperança, que enleia,
Chispam na tua boca impenetrável, fria...
Seduzes, através dos séculos, sereia!

Esse leve clarão no teu lábio, indeciso,
É a dobrez ancestral, a malícia primeva
Da Ísis, da pecadora altriz do Paraíso:

Porque, para extrair as gerações da treva,
À serpe, e a Adão, e a Deus, com o teu mesmo sorriso,
Sorria, astuta e forte, a mãe das raças, Eva.

NATAL

No ermo agreste, da noite e do presepe, um hino
De esperança pressaga enchia o céu, com o vento...
As árvores: "Serás o sol e o orvalho!" E o armento:
"Terás a glória!" E o luar: "Vencerás o destino!"

E o pão: "Darás o pão da terra e o pão divino!"
E a água: "Trarás alívio ao mártir e ao sedento!"
E a palha: "Dobrarás a cerviz do opulento!"
E o teto: "Elevarás do opróbrio o pequenino!"

E os reis: "Rei, no teu reino, entrarás entre palmas!"
E os pastores: "Pastor, chamarás os eleitos!"
E a estrela: "Brilharás, como Deus, sobre as almas!"

Muda e humilde, porém, Maria, como escrava,
Tinha os olhos na terra em lágrimas desfeitos:
Sendo pobre, temia; e, sendo mãe, chorava.

AOS MEUS AMIGOS DE SÃO PAULO

Se amo, padeço, e sonho, a recompensa
É a melhor que me dais, neste agasalho:
Desta ternura, sobre mim suspensa,
Desce todo o valor do quanto valho.

Não tenho aroma que vos não pertença:
Vêm de vós a doçura e o bem que espalho;
Valemos todos pela nossa crença,
Na comunhão do amor e do trabalho.

Operário modesto, abelha pobre,
De vós e para vós o mel fabrico,
E abençôo a colméia que nos cobre.

Só do labor geral me glorifico:
Por ser da minha terra é que sou nobre,
Por ser da minha gente é que sou rico.

A UM POETA

Longe do estéril turbilhão da rua,
Beneditino, escreve! No aconchego
Do claustro, na paciência e no sossego,
Trabalha, e teima, e lima, e sofre, e sua!

Mas que na forma se disfarce o emprego
Do esforço; e a trama viva se construa
De tal modo, que a imagem fique nua,
Rica mas sóbria, como um templo grego.

Não se mostre na fábrica o suplício
Do mestre. E, natural, o efeito agrade,
Sem lembrar os andaimes do edifício:

Porque a Beleza, gêmea da Verdade,
Arte pura, inimiga do artifício,
É a força e a graça na simplicidade.

VILA RICA

O ouro fulvo do ocaso as velhas casas cobre;
Sangram, em laivos de ouro, as minas, que a ambição
Na torturada entranha abriu da terra nobre:
E cada cicatriz brilha como um brasão.

O ângelus plange ao longe em doloroso dobre.
O último ouro do sol morre na cerração.
E, austero, amortalhando a urbe gloriosa e pobre,
O crepúsculo cai como uma extrema-unção.

Agora, para além do cerro, o céu parece
Feito de um ouro ancião que o tempo enegreceu...
A neblina, roçando o chão, cicia, em prece,

Como uma procissão espectral que se move...
Dobra o sino... Soluça um verso de Dirceu...
Sobre a triste Ouro Preto o ouro dos astros chove.

NEW YORK

Resplandeces e ris, ardes e tumultuas;
Na escalada do céu, galgando em fúria o espaço,
Sobem do teu tear de praças e de ruas
Atlas de ferro, Anteus de pedra e Brontes de aço.

Gloriosa! Prometeu revive em teu regaço,
Delira no teu gênio, enche as artérias tuas,
E combure-te a entranha arfante de cansaço,
Na incessante criação de assombros em que estuas.

Mas, com as tuas Babéis, debalde o céu recortas,
E pesas sobre o mar, quando o teu vulto assoma,
Como a recordação da Tebas de cem portas:

Falta-te o Tempo, – o vago, o religioso aroma
Que se respira no ar de Lutécia e de Roma,
Sempre moço perfume ancião de idades mortas...

ÚLTIMO CARNAVAL

Íncola de Suburra ou de Sibaris,
Nasceste em saturnal; viveste, estulto,
Na folia das feiras, no tumulto
Dos caravançarás e dos bazares;

Morreste, em plena orgia, entre os esgares
Dos arlequins, no delirante culto:
E a saudade terás, depois sepulto,
Herói folião, dos carnavais hilares...

Talvez, quem sabe? a cova, que te esconda,
Uma noite, entre fogos-fátuos, se abra,
Como uma boca escancarada em risos:

E saltarás, pinchando, numa ronda
De espectros aos tantãs, dança macabra
De esqueletos e lêmures aos guizos...

FOGO-FÁTUO

Cabelos brancos! dai-me, enfim, a calma
A esta tortura de homem e de artista:
Desdém pelo que encerra a minha palma,
E ambição pelo mais que não exista;

Esta febre, que o espírito me encalma
E logo me enregela; esta conquista
De idéias, ao nascer, morrendo na alma,
De mundos, ao raiar, murchando à vista:

Esta melancolia sem remédio,
Saudade sem razão, louca esperança
Ardendo em choros e findando em tédio;

Esta ansiedade absurda, esta corrida
Para fugir o que o meu sonho alcança,
Para querer o que não há na vida!

INOCÊNCIA

Como, em vez de uma paz desiludida,
Posso eu ter, nesta idade, esta confiança,
Que me leva a correr a toda brida
Na pista de uma sombra de esperança?

Esta velhice ingênua me intimida:
Tanto ardor, tanta fé, que me não cansa,
E, em mais de meio século de vida,
Tanta credulidade de criança!

Rio, inocente, ao sol, como uma rosa;
Ainda arquiteto mundos sobre a areia;
Anoiteço em miragem luminosa...

E ainda imagino a minha taça cheia,
E emborco-a: "Oh! Vida!..."; e quero-a, e acho-a
                              [formosa,
Como se não soubesse quanto é feia!

REMORSO

Às vezes, uma dor me desespera...
Nestas ânsias e dúvidas em que ando,
Cismo e padeço, neste outono, quando
Calculo o que perdi na primavera.

Versos e amores sufoquei calando,
Sem os gozar numa explosão sincera...
Ah! mais cem vidas! com que ardor quisera
Mais viver, mais penar e amar cantando!

Sinto o que esperdicei na juventude;
Choro, neste começo de velhice,
Mártir da hipocrisia ou da virtude,

Os beijos que não tive por tolice,
Por timidez o que sofrer não pude,
E por pudor os versos que não disse!

MILAGRE

Depois de tantos anos, frente a frente,
Um encontro... O fantasma do meu sonho!
E, de cabelos brancos, mudamente,
Quedamos frios, num olhar tristonho.

Velhos!... Mas, quando, ansioso, de repente,
Nas suas mãos as minhas palmas ponho,
Ressurge a nossa primavera ardente,
Na terra em bênçãos, sob um sol risonho:

Felizes, num prestígio, estremecemos;
Deliramos, na luz que nos invade
Dos redivivos êxtases supremos;

E fulgimos, volvendo à mocidade
Aureolados dos beijos que tivemos,
No divino milagre da saudade.

A CILADA

O perfume, o silêncio, a sombra... Os ninhos
Emudecem... E temos, sonhadores,
A humildade das ervas nos caminhos
E uma inocência de anjos entre as flores.

Mas há na tarde morna ignotos vinhos,
Secretos filtros, pérfidos vapores,
Amavios, feitiços e carinhos
Moles, quebrados e perturbadores...

E, de repente, o incêndio dos sentidos:
As mãos frias tateando na ansiedade,
As bocas que se buscam num queixume,

E o corpo, o sangue, o espírito perdidos,
E a febre, e os beijos... e a cumplicidade
Da sombra, do silêncio, do perfume...

PERFEIÇÃO

Nunca entrarei jamais o teu recinto:
Na sedução e no fulgor que exalas,
Ficas vedada, num radiante cinto
De riquezas, de gozos e de galas.

Amo-te, cobiçando-te... E, faminto,
Adivinho o esplendor das tuas salas,
E todo o aroma dos teus parques sinto,
E ouço a música e o sonho em que te embalas.

Eternamente ao meu olhar pompeias,
E olho-te em vão, maravilhosa e bela,
Adarvada de altíssimas ameias.

E à noite, à luz dos astros, a horas mortas,
Rondo-te, e arquejo, e choro, ó cidadela!
Como um bárbaro uivando às tuas portas!

MESSIDORO

Por que chorar? Exulta, satisfeita!
És, quando a mocidade te abandona,
Mais que bela mulher, mulher perfeita,
Do completo fulgor senhora e dona.

As derradeiras messes aproveita,
E goza! A antevelhice é uma Pomona,
Que, se esmerando na final colheita
Dos frutos áureos, a paixão sazona.

Ama! e frui o delírio, a febre, o ciúme,
E todo o amor! E morre como um dia
Em fogo, como um dia que resume

Toda a vida, em anseios, em poesia,
Em glória, em luz, em música, em perfume,
Em beijos, numa esplêndida agonia!

SAMARITANA

Numa volta de estrada, em sede insana,
Vi-te. Ao lado, a frescura da cisterna.
E tinhas a expressão piedosa e terna,
Como na Bíblia, da Samaritana.

Deste-me de beber. Mas quanto engana,
Às vezes, a piedade, e a esmola inferna!
Deste-me de beber da fonte eterna,
De onde a torrente dos remorsos mana.

Com a água que me deste (que contraste
De ti para a mulher de Samaria!)
A boca e o coração me envenenaste:

Maior do que o da sede, este tormento,
Esta ânsia singular, esta agonia
Que é de saudade e de arrependimento!

UM BEIJO

Foste o beijo melhor da minha vida,
Ou talvez o pior... Glória e tormento,
Contigo à luz subi do firmamento,
Contigo fui pela infernal descida!

Morreste, e o meu desejo não te olvida:
Queimas-me o sangue, enches-me o pensamento,
E do teu gosto amargo me alimento,
E rolo-te na boca malferida.

Beijo extremo, meu prêmio e meu castigo,
Batismo e extrema-unção, naquele instante
Por que, feliz, eu não morri contigo?

Sinto-te o ardor, e o crepitar te escuto,
Beijo divino! e anseio, delirante,
Na perpétua saudade de um minuto...

CRIAÇÃO

Há no amor um momento de grandeza,
Que é de inconsciência e de êxtase bendito:
Os dois corpos são toda a Natureza,
As duas almas são todo o Infinito.

É um mistério de força e de surpresa!
Estala o coração da terra, aflito;
Rasga-se em luz fecunda a esfera acesa,
E de todos os astros rompe um grito.

Deus transmite o seu hálito aos amantes:
Cada beijo é a sanção dos Sete Dias,
E a Gênese fulgura em cada abraço;

Porque, entre as duas bocas soluçantes,
Rola todo o Universo, em harmonias
E em glorificações, enchendo o espaço!

MATERNIDADE

O Senhor disse à mulher: Por que fizeste isto?
Eu multiplicarei os teus trabalhos!

Gênesis, cap. III.

Ventre mártir, a rútila visita
Do amor fecundo te arrancou do sono:
E irradias, lampejas como um trono
De animado marfim que à luz palpita!

Ergues-te, em esto de orgulhoso entono:
Fere-te enfim a maldição bendita!
Tens o viço da Terra, quando a agita,
Rico de orvalhos e de sóis, o outono.

Augusto, em gozo eterno, o teu suplício...
Feliz a tua dor propiciatória...
– Rasga-te, altar do torturante auspício,

E abra-se em flores tua alvura ebórea,
Ensangüentada pelo sacrifício,
Para a maternidade e para a glória!

OS AMORES DA ARANHA

Com o veludo do ventre a palpitar hirsuto
E os oito olhos de brasa ardendo em febre estranha,
Vede-a: chega ao portal do intrincado reduto,
E na glória nupcial do sol se aquece e banha.

Moscas! podeis revoar, sem medo à sua sanha:
Mole e tonta de amor, pendente o palpo astuto,
E recolhido o anzol da mandíbula, a aranha
Ansiosa espera e atrai o amante de um minuto...

E ei-lo corre, ei-lo acode à festa e à morte! Um hino
Curto e louco, um momento, abala e inflama o fausto
Do aranhol de ouro e seda... E o aguilhão assassino

Da esposa satisfeita abate o noivo exausto,
Que cai, sentindo a um tempo, – invejável destino!
A tortura do espasmo e o gozo do holocausto.

OS AMORES DA ABELHA

Quando, em prônubo anseio, a abelha as asas solta
E escala o espaço, – ardendo, êxul do corcho céreo,
Louca, se precipita a sussurrante escolta
Dos noivos zonzos, voando ao nupcial mistério.

Em breve, sucumbindo, o enxame arqueja, e volta...
Mas o mais forte, um só, senhor do excelso império,
Segue a esquiva, e, em zunzum zeloso de revolta,
Entoa o epitalâmio e o cântico funéreo:

Toca-a, fecunda-a, e vence, e morre na vitória...
A esposa, livre, ao sol, no alto do firmamento,
Paira, e, rainha e mãe, zumbe de orgulho e glória;

E, rodopiando, inerte, o suicida sublime,
Entre as bênçãos da luz e os hosanas do vento,
Rola, mártir feliz do delicioso crime.

SEMPER IMPENDET...

Se amas, se da velhice entras a porta escura,
Maldize o teu amor, que é um triste adeus à vida!
Porque no teu amor de velho se mistura
Ao enlevo de um noivo a angústia de um suicida.

Louco! vês entrabrir-se a cova, na doçura
Do aconchego nupcial que ao gozo te convida;
E, na incerteza atroz da carícia futura,
Cada afago te dói como uma despedida.

Sofres um estertor em cada abraço, um grito
Em cada beijo, em cada anseio uma saudade:
É um rolar, um ferver num inferno infinito!

No desesperador prazer do teu transporte,
Sentes a crispação da treva que te invade,
O doloroso amargo ante-sabor da morte...

O OITAVO PECADO

Vivendo para a morte, alegre da tristeza,
Temendo o fogo eterno e a danação sulfúrea,
Gelaste no cilício, em ascética fúria,
A alma ridente, o sangue em esto, a carne acesa.

Foste mártir e herói da própria natureza.
Intacto de ambição, de desejo ou de injúria,
Para ganhar o céu, venceste a ira, a luxúria,
A gula, a inveja, o orgulho, a preguiça e a avareza.

Mas não amaste! E, além do Inferno, um outro existe,
Onde é mais alto o choro e o horror dos renegados:
Ali, penando, tu, que o amor nunca sentiste,

Pagarás sem amor os dias dissipados!
Esqueceste o pecado oitavo: e era o mais triste,
Mortal, entre os mortais, de todos os pecados!

SALUTARIS PORTA

Para conter aquela imensa chama,
Os nossos corações eram pequenos:
Tivemos medo da paixão... E ao menos
Não vimos tanto céu mudado em lama!

O velário correu-se antes do drama...
E não houve perfídias nem venenos
Entre os nossos espíritos serenos,
Que a saudade do prólogo embalsama.

Bendigamos o amor que foi tão curto,
O sonho vago que expirou tão cedo,
Soçobrado no porto antes do surto!

Feliz o idílio que não teve história!
Salvando-nos do tédio, o nosso medo
Foi uma porta de ouro para a glória!

ASSOMBRAÇÃO

Conheço um coração, tapera escura,
Casa assombrada, onde andam penitentes
Sombras e ecos de amor, e em que perdura
A saudade, presença dos ausentes.

Evadidos da paz da sepultura,
Num tatalar de tíbias e de dentes,
Revivem os fantasmas da ternura,
Arrastando sudários e correntes.

Rangem os gonzos no bater das portas,
E os corredores enchem-se de prantos...
Um mundo de avejões do chão se eleva,

Ressuscitado pelas horas mortas:
Frios abraços gemem pelos cantos,
Beijos defuntos fogem pela treva.

PALMEIRA IMPERIAL

Mostras na glória um coração mesquinho...
Numa beleza esplêndida, que aterra,
Passas desencadeando um ar de guerra,
Sem deixar um perfume no caminho.

Como a palmeira, não susténs um ninho!
Não és filha, mas hóspeda da Terra;
Subjugando a planície, na alta serra,
– Cruel às aves, seca de carinho.

Há no deslumbramento do teu porte
Tédio, orgulho, desdém: talvez saudade
De outra vida, ambição talvez da morte...

Como a palmeira, tens a majestade,
E dela tens a desgraçada sorte:
A avareza da sombra e da piedade.

DIAMANTE NEGRO

Vi-te uma vez, e estremeci de medo...
Havia susto no ar, quando passavas:
Vida morta enterrada num segredo,
Letárgico vulcão de ignotas lavas.

Ias como quem vai para um degredo,
De invisíveis grilhões as mãos escravas,
A marcha dúbia, o olhar turvado e quedo
No roxo abismo das olheiras cavas...

Aonde ias? aonde vais? Foge o teu vulto;
Mas fica o assombro do teu passo errante,
E fica o sopro desse inferno oculto,

O horrível fogo que contigo levas,
Incompreendido mal, negro diamante,
Sol sinistro e abafado ardendo em trevas.

PALAVRAS

As palavras do amor expiram como os versos,
Com que adoço a amargura e embalo o pensamento:
Vagos clarões, vapor de perfumes dispersos,
Vidas que não têm vida, existências que invento;

Esplendor cedo morto, ânsia breve, universos
De pó, que um sopro espalha ao torvelim do vento,
Raios de sol, no oceano entre as águas imersos,
– As palavras da fé vivem num só momento...

Mas as palavras más, as do ódio e do despeito,
O "não!" que desengana, o "nunca!" que alucina,
E as do aleive, em baldões, e as da mofa, em risadas,

Abrasam-nos o ouvido e entram-nos pelo peito:
Ficam no coração, numa inércia assassina,
Imóveis e imortais, como pedras geladas.

MARCHA FÚNEBRE

Thamuz, Thamuz, panmegas tethneke!...

Como se ouviu no Epiro, outrora, o extremo grito
"Pã morreu!", – na amplidão reboa o meu lamento:
Torpe a ambição, perdido o amor, inane o alento,
Nestas baixas paixões de um século maldito!

Rolem trenós no oceano e elegias no vento!
Concentrai-vos na dor do funerário rito,
Ó asas e ilusões num miserere aflito,
E, ó flores num responso, e, ó sonhos num memento!

Bocas, bradando ao céu de minuto em minuto,
Olhos, velando a terra em sudários de pranto,
Corações, num rufar de tambores em luto,

Guaiai, carpi, gemei! e ecoai de porto a porto,
De mar a mar, de mundo a mundo, a queixa e
[o espanto:
O grande Pã morreu de novo! O Ideal é morto!

O TEAR

A fieira zumbe, o piso estala, chia
O liço, range o estambre na cadeia;
A máquina dos Tempos, dia a dia,
Na música monótona vozeia.

Sem pressa, sem pesar, sem alegria,
Sem alma, o Tecelão, que cabeceia,
Carda, retorce, estira, asseda, fia,
Doba e entrelaça, na infindável teia.

Treva e luz, ódio e amor, beijo e queixume,
Consolação e raiva, gelo e chama
Combinam-se e consomem-se no urdume.

Sem princípio e sem fim, eternamente
Passa e repassa a aborrecida trama
Nas mãos do Tecelão indiferente...

O COMETA

Um cometa passava... Em luz, na penedia,
Na erva, no inseto, em tudo uma alma rebrilhava;
Entregava-se ao sol a terra, como escrava;
Ferviam sangue e seiva. E o cometa fugia...

Assolavam a terra o terremoto, a lava,
A água, o ciclone, a guerra, a fome, a epidemia;
Mas renascia o amor, o orgulho revivia,
Passavam religiões... E o cometa passava,

E fugia, riçando a ígnea cauda flava...
Fenecia uma raça; a solidão bravia
Povoava-se outra vez. E o cometa voltava...

Escoava-se o tropel das eras, dia a dia:
E tudo, desde a pedra ao homem, proclamava
A sua eternidade! E o cometa sorria...

DIÁLOGO

O mancebo perfeito e o velho humilde e rude
Viram-se. E disse ao velho o mancebo perfeito:
"Glória a mim! sorvo o céu num hausto do meu
[peito!"
E o velho: "Engana o céu... Tudo na terra ilude..."

"Rebentam roseirais do chão em que me deito!"
"A alma da noite embala a minha senectude..."
"Quando acordo, há um clarão de graça e de saúde!"
"Pudesse ser perpétua a calma do meu leito!"

"Quero vibrar, agir, vencer a Natureza,
Viver a Vida." "A Vida é um capricho do vento..."
"Vivo, e posso!" "O poder é uma ilusão da sorte..."

"Herói e deus, serei a beleza!" "A beleza
É a paz!" "Serei a força!" "A força é o esquecimento..."
"Serei a perfeição!" "A perfeição é a morte!"

AVATARA

Numa vida anterior, fui um sheik macilento
E pobre... Eu galopava, o albornoz solto ao vento,
Na soalheira candente; e, herói de vida obscura,
Possuía tudo: o espaço, um cavalo, e a bravura.

Entre o deserto hostil e o ingrato firmamento,
Sem abrigo, sem paz no coração violento,
Eu namorava, em minha altiva desventura,
As areias na terra e as estrelas na altura.

Às vezes, triste e só, cheio do meu desgosto,
Eu castigava a mão contra o meu próprio rosto,
E contra a minha sombra erguia a lança em riste...

Mas o simum do orgulho enfunava o meu peito:
E eu galopava, livre, e voava, satisfeito
Da força de ser só, da glória de ser triste!

ABSTRAÇÃO

Há no espaço milhões de estrelas carinhosas,
Ao alcance do teu olhar... Mas conjecturas
Aquelas que não vês, ígneas e ignotas rosas,
Viçando na mais longe altura das alturas.

Há na terra milhões de mulheres formosas,
Ao alcance do teu desejo... Mas procuras
As que não vivem, sonho e afeto que não gozas
Nem gozarás, visões passadas ou futuras.

Assim, numa abstração de números e imagens,
Vives. Olhas com tédio o planeta ermo e triste,
E achas deserta e escura a abóbada celeste.

E morrerás, sozinho, entre duas miragens:
As estrelas sem nome – a luz que nunca viste,
E as mulheres sem corpo – o amor que não tiveste!

CANTILENA

Quando as estrelas surgem na tarde, surge a
                              [esperança...
Toda alma triste no seu desgosto sonha um Messias:
Quem sabe? o acaso, na sorte esquiva, traz a mudança
E enche de mundos as existências que eram vazias!

Quando as estrelas brilham mais vivas, brilha a
                              [esperança...
Os olhos fulgem; loucas, ensaiam as asas frias:
Tantos amores há pela terra, que a mão alcança!
E há tantos astros, com outras vidas, para outros
                                      [dias!

Mas, de asas fracas, baixando os olhos, o sonho cansa;
No céu e na alma, cerram-se as brumas, gelam
                              [as luzes:
Quando as estrelas tremem de frio, treme a
                              [esperança...

Tempo, o delírio da mocidade não reproduzes!
Dorme o passado: quantas saudades, e quantas
[cruzes!
Quando as estrelas morrem na aurora, morre
[a esperança...

SONHO

Ter nascido homem outro, em outros dias,
– Não hoje, nesta agitação sem glória,
Em traficâncias e mesquinharias,
Numa apagada vida merencória...

Ter nascido numa era de utopias,
Nos áureos ciclos épicos da História,
Ardendo em generosas fantasias,
Em rajadas de amor e de vitória:

Campeão e trovador da Idade Média,
Herói no galanteio e na cruzada,
Viver entre um idílio e uma tragédia;

E morrer em sorrisos e lampejos,
Por um gesto, um olhar, um sonho, um nada,
Traspassado de golpes e de beijos!

RUTH

Pede pouco! Mais tem do que um monarca
O pobre, tendo o pouco que pedia:
E é rico, achando, ao terminar do dia,
Paz no espírito e pão no fundo da arca.

Triste, ó alma, a ambição que o mundo abarca!
Perde tudo quem quer a demasia.
Poupa o riso e o prazer! porque a alegria
Tanto é mais doce quanto mais é parca.

Feliz, modesto coração, te dizes,
Quando vais, como Ruth, em muda prece,
Empós dos segadores mais felizes:

Feliz é o simples, que, feliz, procura
Uma espiga apanhar da alheia messe,
Um resto miserável da ventura.

ABISAG

Cedes a um velho inválido e insensato,
(Mais insensato do que tu!) sorrindo,
A graça e o viço do teu corpo lindo,
A tua formosura e o teu recato...

Em breve, louca! o teu delírio findo,
Compreenderás o horror deste contrato:
Ter dado aroma a quem não tem olfato,
Pedir amparo ao que já está caindo.

Ele, um dia, amargando a sua glória,
Chorando o seu império e o teu degredo,
O teu remorso e o seu pavor covarde,

Morrerá de vergonha na vitória:
Triste ilusão, que te acordou tão cedo!
Fortuna triste, que o escolheu tão tarde!

ESTUÁRIO

Viverei! Nos meus dias descontentes,
Não sofro só por mim... Sofro, a sangrar,
Todo o infinito universal pesar,
A tristeza das cousas e dos entes.

Alheios prantos, em cachões ardentes,
Vêm ao meu coração e ao meu olhar:
– Tal, num estuário imenso, acolhe o mar
Todas as águas vivas das vertentes.

Morre o infeliz, que unicamente encerra
A própria dor, estrangulada em si...
Mas vive a Vida que em meus versos erra;

Vive o consolo que deixei aqui;
Vive a piedade que espalhei na terra...
Assim, não morrerei, porque sofri!

CONSOLAÇÃO

Penso às vezes nos sonhos, nos amores,
Que inflamei à distância pelo espaço;
Penso nas ilusões do meu regaço
Levadas pelo vento a alheias dores...

Penso na multidão dos sofredores,
Que uma bênção tiveram do meu braço:
Talvez algum repouso ao seu cansaço,
Talvez ao seu deserto algumas flores...

Penso nas amizades sem raízes,
Nos afetos anônimos, dispersos,
Que tenho sob os céus de outros países...

Penso neste milagre dos meus versos:
Um pouco de modéstia aos mais felizes,
Um pouco de bondade aos mais perversos...

PENETRALIA

Falei tanto de amor!... de galanteio,
Vaidade e brinco, passatempo e graça,
Ou desejo fugaz, que brilha e passa
No relâmpago breve com que veio...

O verdadeiro amor, honra ou desgraça,
Gozo ou suplício, no íntimo fechei-o:
Nunca o entreguei ao público recreio,
Nunca o expus indiscreto ao sol da praça.

Não proclamei os nomes, que, baixinho,
Rezava... E ainda hoje, tímido, mergulho
Em funda sombra o meu melhor carinho.

Quando amo, amo e deliro sem barulho;
E, quando sofro, calo-me, e definho
Na ventura infeliz do meu orgulho.

PRECE

Durma, de tuas mãos nas palmas sacrossantas,
O meu remorso. Velho e pobre, como Jó,
Perdendo-te, a melhor de tantas posses, tantas,
Malsinado de Deus, perdi... Tu foste a só!

Ao céu, por teu perdão, a minha alma, que encantas,
Suba, como por uma escada de Jacó!
Perdi-te... E eras a graça, alta entre as altas santas,
A sombra, a força, o aroma, a luz... Tu foste a só!

Tu foste a só!... Não valho a poeira que levantas,
Quando passas. Não valho a esmola do teu dó!
– Mas deixa-me chorar, beijando as tuas plantas,

Mas deixa-me clamar, humilhado no pó:
Tu, que em misericórdia as Madonas suplantas,
Acolhe a contrição do mau... Tu foste a só!

ORAÇÃO A CIBELE

Deitado sobre a terra, em cruz, levanto o rosto
Ao céu e às tuas mãos ferozes e esmoleres.
Mata-me! Abençoarei teu coração, composto,
Ó mãe, dos corações de todas as mulheres!

Tu, que me dás amor e dor, gosto e desgosto,
Glória e vergonha, tu, que me afagas e feres,
Aniquila-me! E doura e embala o meu sol-posto,
Fonte! berço! mistério! Ísis! Pandora! Ceres!

Que eu morra assim feliz, tudo de ti querendo:
Mal e bem, desespero e ideal, veneno e pomo,
Pecados e perdões, beijos puros e impuros!

E os astros sobre mim caiam de ti, chovendo,
Como os teus crimes, como as tuas bênçãos, como
A doçura e o travor de teus cachos maduros!

EUTANÁSIA

Antes que o meu espírito no espaço
Fuja em suspiro etéreo e vago fumo,
Em versos e esperanças me consumo,
E espalho sonhos pelo bem que faço.

Até no instante em que seguir o rumo
Para o sono final no teu regaço,
Ó terra, sorverei, no extremo passo,
Da vida em febre o capitoso sumo.

Seja a minha agonia uma centelha
De glória! E a morte, no meu grande dia,
Pairando sobre mim, como uma abelha,

Sugue o meu grito de última alegria,
O meu beijo supremo, – flor vermelha
Embalsamando a minha boca fria!

INTROIBO!

Sinto às vezes, à noite, o invisível cortejo
De outras vidas, num caos de clarões e gemidos:
Vago tropel, voejar confuso, hálito e beijo
De cousas sem figura e seres escondidos...

Miserável, percebo, em tortura e desejo,
Um perfume, um sabor, um tato incompreendidos,
E vozes que não ouço, e cores que não vejo,
Um mundo superior aos meus cinco sentidos.

Ardo, aspiro, por ver, por saber, longe, acima,
Fora de mim, além da dúvida e do espanto!
E na sideração, que, um dia, me redima,

Liberto flutuarei, feliz, no seio etéreo,
E, ó Morte, rolarei no teu piedoso manto,
Para o deslumbramento augusto do mistério!

VULNERANT OMNES, ULTIMA NECAT

Rio perpétuo e surdo, as serras esboroas,
Serras e almas, ó Tempo! e, em mudas cataratas,
As tuas horas vão mordendo, aluindo, à toa...
Todas ferem, passando: e a derradeira mata.

Mas a vida é um favor! De crepe, ou de ouro e prata,
Da injúria ou do perdão, do opróbrio ou da coroa,
Todas as horas, para o martírio, são gratas!
Todas, para a esperança e para a fé, são boas!

Primeira, que, em meu ninho, os primeiros arrulhos
Me deste, e a minha Mãe deste um grito e um orgulho,
Bendita! E todas vós, benditas, na ânsia triste

Ou no clamor triunfal, que todas me feristes!
E bendita, que sobre a minha cova aberta
Pairas, última, ó tu que matas e libertas!

FRUCTIDORO

Fruto, depois de ser semente humilde e flor,
Na alta árvore nutriz da Vida amadureço.
Gozei, sofri, – vivi! Tenho no mesmo apreço
O que o gozo me deu e o que me deu a dor.

Venha o inverno, depois do outono benfeitor!
Feliz porque nasci, feliz porque envelheço,
Hei de ter no meu fim a glória do começo:
Não me verão chorar no dia em que me for.

Não me amedrontas, Morte! o teu apelo escuto,
Conto sem mágoa os sóis que me acercam de ti,
E sem tremer à porta ouço o teu passo astuto.

Leva-me! Após a luta, o sono me sorri:
Cairei, beijando o galho em que fui flor e fruto,
Bendizendo a sazão em que amadureci!

AOS SINOS

Plangei, sinos! A terra ao nosso amor não basta...
Cansados de ânsias vis e de ambições ferozes,
Ardemos numa louca aspiração mais vasta,
Para trasmigrações, para metempsicoses!

Cantai, sinos! Daqui, por onde o horror se arrasta,
Campas de rebeliões, bronzes de apoteoses,
Badalai, bimbalhai, tocai à esfera vasta!
Levai os nossos ais rolando em vossas vozes!

Em repiques de febre, em dobres a finados,
Em rebates de angústia, ó carrilhões, dos cimos
Tangei! Torres da fé, vibrai os nossos brados!

Dizei, sinos da terra, em clamores supremos,
Toda a nossa tortura aos astros de onde vimos,
Toda a nossa esperança aos astros aonde iremos!

SINFONIA

Meu coração, na incerta adolescência, outrora,
Delirava e sorria aos raios matutinos,
Num prelúdio incolor, como o allegro da aurora,
Em sistros e clarins, em pífanos e sinos.

Meu coração, depois, pela estrada sonora
Colhia a cada passo os amores e os hinos,
E ia de beijo a beijo, em lasciva demora,
Num voluptuoso adágio em harpas e violinos.

Hoje, meu coração, num scherzo de ânsias, arde
Em flautas e oboés, na inquietação da tarde,
E entre esperanças foge e entre saudades erra...

E, heróico, estalará num final, nos clamores
Dos arcos, dos metais, das cordas, dos tambores,
Para glorificar tudo que amou na terra!

DOCUMENTAÇÃO E ICONOGRAFIA

Foto publicada na segunda edição de *Poesias*, 1902.

KÓSMOS
CHRONICA
JANEIRO 1904 — ANNO I N. 1

MAIS de quatro seculos nos separam do tempo em que os impressores de Moguncia e Strasburgo,— espalhando pela Europa algumas folhas volantes, com as noticias da guerra entre gregos e turcos e das victorias do Sultão Mahomet II,— crearam o vehiculo rapido do pensamento humano, a que se deu depois este curto, magico, prestigioso e expressivo nome: "jornal." Aquelles boletins dos discipulos e continuadores de Guttemberg foram, de facto, o nucleo gerador d'esta immensa e dilatada imprensa de informação, que avassalla a terra, dirigindo todo o movimento commercial, politico e artistico da humanidade, pondo ao seu proprio serviço, á medida que apparecem, todas as conquistas da civilisação, augmentando e firmando de anno em anno o seu dominio,— e chegando a ameaçar de morte a industria do livro, como acabam de confessar a um redactor de "La Révue" todos os grandes editores da capital franceza.

Quem está matando o livro, não é propriamente o jornal: é, sim, a revista, sua irmã mais moça, cujos progressos, no seculo passado e neste começo de seculo, são de uma evidencia maravilhosa. Mas "jornal" e "revista" confundem-se, formando juntos a provincia maior da imprensa, e aperfeiçoando-se juntos, numa evolução continua, que ninguem pode prever quando nem como alcançará o seu ultimo e summo estadio.

Justamente, agora, nos ultimos dias de 1903, dois physicos francezes, Gaumont e Decaux, acabam de achar uma engenhosa combinação do phonographo e do cinematographo,— o chronophono,— que talvez ainda venha a revolucionar a industria da imprensa diaria e periodica. Diante do apparelho, uma pessoa pronuncia um discurso: o chronophono recebe e guarda esse discurso, e, d'ahi a pouco, não somente repete todas as suas phrases, como reproduz, sobre uma téla branca, a figura do orador, a sua physionomia, os seus gestos, a expressão da sua face, a mobilidade dos seus olhos e dos seus labios.

Talvez o jornal futuro seja uma applicação dessa descoberta... A actividade humana augmenta, n'uma progressão pasmosa. Já os homens de hoje são forçados a pensar e a executar, em um minuto, o que os seus avós pensavam e executavam em uma hora. A vida moderna é feita de relampagos no cerebro, e de rufos de febre no sangue. O livro está morrendo, justamente porque já pouca gente pode consagrar um dia todo, ou ainda uma hora toda, á leitura de cem paginas impressas sobre o mesmo assumpto. Talvez o jornal futuro,— para attender á pressa, á anciedade, á exigencia furiosa de informações completas, instantaneas e multiplicadas,— seja um jornal fallado, e illustrado com projecções animatographicas, dando, a um só tempo, a impressão auditiva e visual dos acontecimentos, dos desastres, das catastrophes, das festas, de todas as scenas alegres ou tristes, serias ou futeis, d'esta interminavel e complicada comedia, que vivemos a representar no immenso tablado do planeta...

Por agora,— emquanto não chega essa era de supremo progresso, contentemo-nos com o que temos, que já não é pouco...

Crônica de inauguração da revista *Kosmos* (janeiro de 1904). Ao falar dos avanços da imprensa, Bilac prevê, com nitidez, o telejornalismo atual (coluna da direita).

Foto que ilustra a décima terceira edição de *Poesias*, 1928.

Foto da edição italiana de *O Caçador de Esmeraldas* (1908).

Foto da primeira edição de *Tarde*, 1919.

Instantâneo de rua, no Rio.

Bilac em São Paulo.

OLAVO BILAC
Photographia do sr. A. Bobone

Esteve ha pouco entre nós este grande poeta brazileiro, um dos mais notaveis dos tempos modernos, um dos que melhor teem sabido vibrar, artista inspiradissimo, metrificador como raros, as cordas da lyra portugueza.

N'este jornal o saudámos quando da sua rapida visita a Lisboa. Gloria do Brazil, gloria das letras portuguezas, é Olavo Bilac uma gloria nossa. Renovamos-lhe aqui o applauso, e do seu livro de poesias, do capital o que se não encontrará facilmente rival e que tem o luminoso titulo de *Via-Lactea*, todo elle formado de esplendidos sonetos, um arrancamos, joia preciosissima, merecedora de andar na memoria de quantos prezam a alta poesia. Não tem titulo no livro este soneto; poderiamos aqui chamar-lhe *O dedo do gigante*.

SONETO

— Ora (direis) ouvir estrellas! Certo
Perdeste o senso! — E eu vos direi, no emtanto,
Que, para ouvil-as, muita vêz desperto
E abro as janellas, pallido de espanto...

Foto da primeira página da revista *Ocidente*, de Lisboa, em 20/06/1904. Como se sabe, Bilac evitava ser fotografado de frente, para ocultar o estrabismo. Na capa de um jornal, não conseguiu posar como de costume. Inédita em livro. (Gentileza de Celso Benachio, da Livraria Treze Listras.)

Embarque de Olavo Bilac

Embarque de Bilac para a Europa, em novembro de 1913, registrado pela revista *Careta*.

Caricatura de J. Carlos.

Bilac assistindo a uma conferência em 1914, no salão nobre do *Jornal do Comércio*. Segundo à esquerda, Coelho Neto. Inédita em livro.

Foto editada em *Conferência Literárias*, 1906.

As relações de Olavo Bilac e Raimundo Correia tinham sofrido uma desagradável interrupção. Alberto de Oliveira, com a sua amável habilidade, abordando-os separadamente, sondou em cada um as suas disposições para com o outro e, à vista delas, achou acertado reconciliá-los.

No dia em que se realizou essa feliz reconciliação, os três grandes poetas, para consagrá-la com solenidade, tiraram a fotografia que, com o consentimento de Coelho Netto, a cuja coleção pertence, reproduzimos hoje. (Legenda de *Careta*, 1914.)

Caricatura de Loredano, especial para artigo de Ivan Teixeira, em *O Estado de S. Paulo*, 1996.

João de Barros, Guerra Junqueiro, Pedro Bordalho Pinheiro e Olavo Bilac, em Lisboa. João de Barros e Pedro Bordalho eram diretores da revista *Atlântida*, responsável pela acolhida do poeta brasileiro em Lisboa, em 1916.

Bilac discursando no Clube Militar, em 1915. Inédita em livro.

Alberto de Oliveira, amigo de Bilac desde os tempos da Faculdade de Medicina.

Festa de homenagem da revista *Careta*. Inédita em livro.

O Príncipe dos Poetas Brazileiros
GRANDE CONCURSO DE "FON-FON!"

Damos hoje o resultado final da eleição do Príncipe dos Poetas.

Tendo distribuido cerca de 180 cedulas, sentimo-nos desvanecidos com a porcentagem de votos que recebemos — porcentagem de pasmar n'um paiz como o Brazil em que o suffragio politico das urnas é quasi irrisorio — não querendo os cidadãos desmentir a classica sentença de «paiz essencialmente agricola» que somos...

Olavo Bilac, o poeta das *Panoplias, Via Lactea, Sarças de Fogo, Caçador de Esmeraldas, Alma Inquieta, As viagens...* está eleito.

No proximo numero *Fon-Fon* prestará a sua homenagem ao Príncipe eleito, proclamando-o como tal em nome da maioria dos nossos poetas e escriptores.

O resultado final é este:

Olavo Bilac — 39 votos — Votantes: Benevenuto Pereira, Marcello Gama, Lindolpho Xavier, Lucidio Freitas, Leopoldo Teixeira Leite Filho, Lima Barreto, M. Bastos Tigre, Mario Bhering, Nogueira da Silva, Pausilippo da Fonseca, Raul Pedernéiras, Sylvino do Amaral, Solfieri de Albuquerque, Tapajós Gomes, Thomé Reis, Victorino d'Oliveira, Theophilo de Albuquerque, Laura da Fonseca e Silva, José Oiticica, Jonathas Serrano, João Luso, João do Rio, Isaias de Oliveira, Hermes Fontes, Homéro Prates, Heitor Lima, Gilberto Amado, Fabio Luz, Ernesto Senna, Eloy Pontes, Carvalho Guimarães, Antonio Figueira, A. Gasparoni, Alberto de Oliveira, Abadie Faria Rosa, Manoel Bandeira, Luiz Franco, Baptista Junior e Moreira de Vasconcellos.

Alberto de Oliveira — 34 votos — Votantes: Amelia de Freitas Bevilaqua, Xavier Pinheiro, Sebastião Sampaio, Rocha Pombo, Rodolpho Machado, Raphaelina de Barros, Pinheiro Stackmann, Noronha Santos, Maximino Maciel, Mello Moraes Filho, Albérico Lobo, Laudelino Freire, Lindolpho Collor, José Verissimo, João do Norte, Escragnolle Doria, Elysio de Carvalho, Arnaldo Damasceno Vieira, Eugenio Bithencourt da Silva, Daltro Santos, Carlos Porto Carrero, Collatino Barrozo, Carlos de Vasconcellos, Costa Macedo, Carlindo Lellis, Alexandre Dias, A. Pinto da Rocha, Annibal Theophilo, Alfredo Caldas, Sabino Magalhães, Silva Ramos, Pedro do Couto, Adelmar Tavares e Souza Bandeira.

Mario Pedernéiras — 13 votos — Votantes: Olegario Mariano, Figueiredo Pimentel, J. Barreiros, Eduardo Guimaraens, Domingos Ribeiro Filho, Lima Campos, Victorio de Castro, Bueno Monteiro, Antonius, Luiz de Montalvôr, Durval de Moraes, Agrippino Grieco e Dr. Antonio Austregesilo.

Emilio de Menezes — 5 votos — Votantes: Julio Carmo, Carlos Magalhães, Mario Pedernéiras, Perez Junior e Nazareth de Menezes.

Vicente de Carvalho — 3 votos — Votantes: Diniz Junior, Costa Rego e Miguel Mello.

Hermes Fontes — 2 votos — Votantes: Mello Barreto Filho e A. L. Silveira da Motta.

João Ribeiro — 1 voto — Votante: Dr. Gama Rosa.

Alphonsus de Guimaraens — 1 voto — Votante: Eurycles de Mattos.

Agrippino Grieco — 1 voto — Votante: Carlos Maúl.

Luiz Murat — 1 voto — Votante: A. J. Pereira da Silva.

Augusto dos Anjos — 1 voto — Votante: Cezar de Castro.

Carlos Maúl — 1 voto — Votante: Ernani Rosas.

Alberto Ramos — 1 voto — Votante: Felix Bocayuva.

Carlos D. Fernandes — 1 voto — Votante: Gonçalo Jácome.

Votos em separado: Clovis Bevilaqua, Emilio de Menezes, Roberto Gomes, M. de Oliveira Lima, Mucio Teixeira, Reis Carvalho (cujos votos publicamos no numero passado):

«Emilio de Menezes ou Mario Pedernéiras?»
Renato de Castro.

O Vicente de Carvalho e o Augusto de Lima
O Bilac, o Murat, o Alberto de Oliveira,
Hermes Fontes, o Emilio e o Mucio Teixeira,
São todos, para mim, os principes da rima.
Adherbal de Carvalho.

«Olavo Bilac, Alberto de Oliveira, Vicente de Carvalho, Augusto de Lima, Emilio de Menezes, Pethion de Villar... *Entre les six mon vote balance.* E Victor Hugo estatuiu: «A Arte é a região dos iguaes.»

Affonso Celso.

«Na opinião da minha humildade, o principe dos poetas brazileiros, que ainda ha de ser Imperador, quando menos joven e mais expungido de demasias tem o nome solemnissimo de Augusto dos Anjos, mas um augusto na linhagem dos anjos-máos, a que se prendem um tal de Baudelaire e um tal de Dante Gabriel Rossetti.»

Cezar de Castro.

«Mario Pedernéiras, por ser o unico poeta que comprehendeu o verso livre no Brazil.»

Durval de Moraes.

«Voto em Mario Pedernéiras, por vêr nelle um admiravel manejador do verso livre, fórma poetica que eu reputo a mais bella e expressiva de todas.»

Agrippino Grieco.

Encerrando este concurso, *Fon-Fon* agradece a gentileza com que a maioria dos nossos escriptores o distinguiu, respondendo á sua *enquête*.

Resultado da eleição do Príncipe dos Poetas Brasileiros: *Fon-Fon*, número 16, ano VII, 19 de abril de 1913. À direita, o nome de Augusto dos Anjos, com um único voto. Mais abaixo, bilhete de Cezar de Castro, seu eleitor, que o proclama o futuro "imperador" da poesia brasileira.

OLAVO BILAC

POESIAS

1884 — 1887

(Panoplias — Via-lactea — Sarças de fogo)

S. PAULO
TEIXEIRA & IRMÃO — EDITORES.
RUA DE S. BENTO, 26-A
1888

Primeira edição de *Poesias*. (Gentileza de Flávio de Almeida Andrade.)

Cartão de Bilac a Alfredo Pujol, publicado aqui pela primeira vez. (Gentileza de Ruy Souza e Silva.)

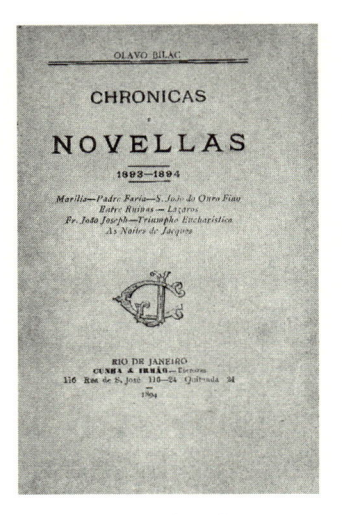

Primeira edição de *Crônicas e Novelas*, 1894. (Gentileza de Waldemar Torres.)

Primeira edição de *Crítica e Fantasia* (1904), que incorpora parte de *Crônicas e Novelas*, editado em 1894.

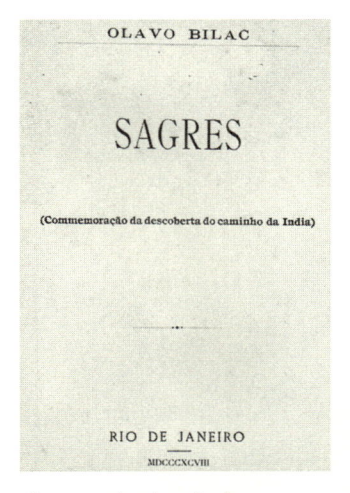

Sagres, opúsculo editado pela Tipografia do *Jornal do Comércio*, 1898. (Gentileza de Camilo Guimarães.)

Poesias Infantis, livro amplamente adotado nas escolas brasileiras. A primeira edição é de 1904.

Primeira edição de
Conferências Literárias, 1906.

Primeira edição de *Tarde*, 1919,
incorporado ao volume *Poesias*
em 1921, na sétima edição.

Bilac retornando de Paris.

Careta

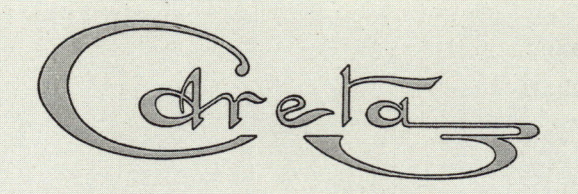

REDACÇÃO E OFFICINAS: RUA DA ASSEMBLÉA, 70 — RIO DE JANEIRO

ASSIGNATURAS
ANNO ...... 15$000 | SEMESTRE ..... 8$000 ‖ CAPITAL..... 3oo Rs. | ESTADOS..... 400 Rs.
NUMERO AVULSO

End. Teleg. Kósmos   Telephone N. 5341

| N. 221 | RIO DE JANEIRO — SABBADO — 24 — AGOSTO — 1912 | ANNO V |

ALMANAK das GLORIAS

Olavo Bilac

Olavo Bilac é o grande poeta nacional.

Larga, palpitante, emotiva, a sua divina poesia, traduzida em puros versos acabados sem um defeito, é a propria voz da nossa augusta natureza magnifica e sombria, cheia de intrepidos furores e languidas meiguices. As suas vibrantes estrophes, que tem a clara polidez dos marmores e os vivos rebrilhos dos oiros refulgindo ao sol, deslumbram o espirito fazendo pulsar o coração.

A sobriedade, o brilho, a clareza, são as qualidades primordiaes da sua artistica prosa. Durante annos, escrevendo todos os dias, o poeta sem emulos em quem as mais fortes intelligencias das gerações novas reconhecem o mestre proclamado com ufania, nunca desceu ás dolorosas transigencias que levam os talentos ou os genios a quebrar as exigentes regras da sua arte, e fazendo trabalho apressado de jornalista, fez obra duradoura de artista.

Servio, na imprensa, com enthusiasmo maravilhado, todas as causas justas e procurou difundir o gosto pelas cousas bellas, affrontando a desconfiança hostil da nossa gente.

Quando ninguem ousava sonhar com a remodelação saneadora do Rio de Janeiro, o grande poeta, solitario na sua columna de jornal, mostrava a conveniencia, assignalava a possibilidade, reclamava a urgente construcção destas amplas avenidas, destes amaveis jardins, destes solidos cáes, destas lindas ruas de palacios que hoje attestam a gloria do nosso esforço. Foi o audaz precursor e o brilhante advogado, no jornalismo, dos habeis reformadores da velha Sebastianopolis, porém tendo compartido das amarguras e asperezas da lucta não foi lembrado no momento alegre da distribuição das palmas devidas aos triumphadores.

Pela sua superioridade na vida, pela nobreza e proficuidade da sua conducta como homem de imprensa, pela intangivel pureza da sua arte — Olavo Bilac é, nestes nossos ingloriosos tempos de rebenque e sabre, a mais pura gloria do Brasil.

VOL-TAIRE

Olavo Bilac

Abertura da revista *Careta*, com caricatura de J. Carlos, que, usualmente, ilustrava os sonetos de *Tarde*, publicados nessa revista a partir de 1912.

35, R. BARÃO DE ITAMBY
TELEPHONE - 1330 - SUL

Rio. 18.XII.1916.

Meu caro Alfredo Pujol.

Acabo de ler a sexta conferencia do curso "Machado". Que saudade! saudade do Machado, do Eça, das chronicas da Gazeta (da antiga e unica!), de ti, de São Paulo, e d'aquella tarde de outubro do anno passado, em tua linda bibliotheca, quando relemos as duas chronicas do "irmão das almas" e do dialogo dos burros

Carta de Bilac a Alfredo Pujol, publicada aqui pela primeira vez. Nela, o poeta lamenta a ausência de Machado de Assis e de Eça de Queirós. Demonstra, ainda, que, no fim da vida, empenhava-se em obter uma foto do autor de *Dom Casmurro*. (Gentileza de Ruy Souza e Silva.)

do bonde!...

Esta sexta conferencia é digna das cinco anteriores; espero com anciedade a ultima, que, se me não engano, será o fecho. Terminado o curso, hei-de escrever algumas linhas...

Um favor. Terás ainda alguma prova da photographia do Machado (do quadro da Academia), que ainda hoje encontrei no "Estado"? Manda-me essa prova, que muito te agradecerei. E, se não a tens, — qual é a photographia do Pio, que conservou a chapa?

Irei a São Paulo, no correr de Janeiro.

Abraça-te fraternalmente o velho

Bilac

(Continuação)

Avenida Central em construção, na gestão do prefeito Pereira Passos. Bilac exalta a remodelação do Rio em suas crônicas.

Largo de São Francisco, Rio, na juventude de Bilac.

A CASA DE BILAC

Casa em que morreu Bilac: Rua Itambi, 35.

Ambiente de trabalho do poeta.

José do Patrocínio, fundador do jornal *Cidade do Rio*, em que Bilac lutou pela Abolição. Patrocínio foi o proprietário do primeiro automóvel do Rio, no qual Bilac participou do primeiro acidente (contra uma árvore).

Propaganda da revista *Careta*, em que se vislumbra a coexistência do velho e do novo no Brasil de 1912.

Escola de Belas-Artes, no Rio, cujo academismo Bilac respirou na juventude.

Quadro de Antônio Parreiras, pintor que inspirou o soneto XXVIII de *Via-Láctea*.

Instantâneo do Rio, no começo do século.

> Schmidt
> Parto hoje. Continuarei a mandar-te
> da Europa a minha collaboração
> Um grande abraço do teu
>
> 10. abril. 1904
> Olavo Bilac

Manuscrito de Bilac (revista *Kosmos*, abril de 1904).

ÍNDICE

Introdução VII
Bibliografia de poesias LXI
Cronologia LXIII
Nota sobre o texto da presente edição LXXXI

PROFISSÃO DE FÉ

Profissão de fé 3

PANÓPLIAS

A morte de Tapir 11
A Gonçalves Dias 17
Guerreira 18
Para a Rainha Dona Amélia de Portugal 19
A um grande homem 20
A sesta de Nero 23
O incêndio de Roma 24

O sonho de Marco Antônio................................ 25
Lendo a Ilíada.. 29
Messalina... 30
A ronda noturna.. 31
Delenda Carthago!.. 32

VIA LÁCTEA

Talvez sonhasse, quando a vi. Mas via 41
Tudo ouvirás, pois que, bondosa e pura 42
Tantos esparsos vi profusamente 43
Como a floresta secular, sombria 44
Dizem todos: "Outrora como as aves 45
Em mim também, que descuidado vistes.......... 46
Não têm faltado bocas de serpentes 47
Em que céus mais azuis, mais puros ares 48
De outras sei que se mostram menos frias 49
Deixa que o olhar do mundo enfim devasse ... 50
Todos esses louvores, bem o viste 51
Sonhei que me esperavas. E, sonhando............ 52
"Ora (direis) ouvir estrelas! Certo 53
Viver não pude sem que o fel provasse 54
Inda hoje, o livro do passado abrindo.............. 55
Lá fora, a voz do vento ulule rouca! 56
Por estas noites frias e brumosas....................... 57
Dormes... Mas que sussurro a umedecida........ 58
Sai a passeio, mal o dia nasce 59
Olha-me! O teu olhar sereno e brando............. 60
Sei que um dia não há (e isso é bastante......... 61
Quando te leio, as cenas animadas 62
Laura! dizes que Fábio anda ofendido 63
Vejo-a, contemplo-a comovido... Aquela........... 64
Tu, que no pego impuro das orgias.................. 65

Quando cantas, minh'alma, desprezando 66
Ontem – néscio que fui! – maliciosa 67
Pinta-me a curva destes céus... Agora 68
Por tanto tempo, desvairado e aflito 69
Ao coração que sofre, separado 70
Longe de ti, se escuto, porventura 71
Leio-te: – o pranto dos meus olhos rola: –....... 72
Como quisesse livre ser, deixando 73
Quando adivinha que vou vê-la, e à escada 74
Pouco me pesa que mofeis sorrindo................ 75

SARÇAS DE FOGO

O julgamento de Frinéia..................................... 79
Marinha 81
Sobre as bodas de um sexagenário 82
Abyssus 84
Pantum 85
Na Tebaida.. 88
Milagre 89
Numa concha 92
Súplica... 93
Canção 95
Rio abaixo... 96
Satânia 97
Quarenta anos 102
Vestígios.. 103
Um trecho de T. Gautier.................................... 104
No liminar da morte.. 107
Paráfrase de Baudelaire 108
Rios e pântanos.. 110
De volta do baile 111
Sahara vitæ 115

Beijo eterno 116
Pomba e chacal 120
Medalha antiga 121
No cárcere 123
Olhando a corrente 124
Tenho frio e ardo em febre! 125
Nel mezzo del camin... 127
Solitudo 128
A canção de Romeu 129
A tentação de Xenócrates 132

ALMA INQUIETA

A avenida das lágrimas 143
Inania verba 145
Midsummer's night's dream 146
Mater 148
Incontentado 149
Sonho 150
Primavera 151
Dormindo 152
Noturno 154
Virgens mortas 158
O Cavaleiro Pobre 159
Ida 161
Noite de inverno 162
Vanitas 165
Tercetos 166
In extremis 168
A alvorada do Amor 170
Vita nuova 172
Manhã de verão 173
Dentro da noite 175

Campo Santo 178
Desterro 180
Romeu e Julieta 181
Vinha de Nabot 184
Sacrilégio 185
Estâncias 188
Pecador 191
Rei destronado 192
Só 194
A um violinista 195
Em uma tarde de outono ... 200
Baladas românticas 201
Velha página 206
Vilfredo 209
Tédio 213
A voz do Amor 214
Velhas árvores 215
Maldição 216
Requiescat 217
Surdina 220
Última página 222

AS VIAGENS

Primeira Migração 225
Os Fenícios 226
Israel 227
Alexandre 228
César 229
Os Bárbaros 230
As Cruzadas 231
As Índias 232

O Brasil 233
O Voador 234
O Pólo 236
A Morte 237
A missão de Purna 238
Sagres 242

O CAÇADOR DE ESMERALDAS

O Caçador de Esmeraldas 253

TARDE

Hino à tarde 269
Ciclo 270
Pátria 271
Língua portuguesa 272
Música brasileira 273
Anchieta 274
Caos 275
Diziam que... 276
    Os monstros 278
    Os Goiasis 279
    Os Matuiús 280
    Os Curinqueãs 281
    As Amazonas 282
O vale 283
A montanha 284
Os rios 285
As estrelas 286
As nuvens 287
As árvores 288
As ondas 289

Índice

Crepúsculo na mata	290
Sonata ao crepúsculo	291
O crepúsculo da beleza	292
O crepúsculo dos deuses	293
Microcosmo	294
Dualismo	295
Defesa	296
A um triste	297
Pesadelo	298
A Iara	299
Ressurreição	300
Benedicite!	301
Sperate, creperi!	302
Respostas na sombra	303
Trilogia	305
Prometeu	305
Hércules	307
Jesus	309
Dante no Paraíso	310
Beethoven surdo	311
Milton cego	312
Michelangelo velho	313
No tronco de Goa	315
Édipo	316
A Pítia	316
A Esfinge	318
Jocasta	320
Antígona	322
Madalena	324
Cleópatra	326
A velhice de Aspásia	328
A rainha de Sabá	329
A morte de Orfeu	331

Gioconda 333
Natal 334
Aos meus amigos de São Paulo 335
A um poeta 336
Vila Rica 337
New York 338
Último carnaval 339
Fogo-fátuo 340
Inocência 341
Remorso 342
Milagre 343
A cilada 344
Perfeição 345
Messidoro 346
Samaritana 347
Um beijo 348
Criação 349
Maternidade 350
Os amores da aranha 351
Os amores da abelha 352
Semper impendet... 353
O oitavo pecado 354
Salutaris porta 355
Assombração 356
Palmeira imperial 357
Diamante negro 358
Palavras 359
Marcha fúnebre 360
O tear 361
O cometa 362
Diálogo 363
Avatara 364
Abstração 365

Cantilena	366
Sonho	368
Ruth	369
Abisag	370
Estuário	371
Consolação	372
Penetralia	373
Prece	374
Oração a Cibele	375
Eutanásia	376
Introibo!	377
Vulnerant omnes, ultima necat	378
Fructidoro	379
Aos sinos	380
Sinfonia	381

Documentação e iconografia 383

Impressão e acabamento
Cromosete
GRÁFICA E EDITORA LTDA.
Rua Uhland, 307 - Vila Ema
Cep: 03283-000 - São Paulo - SP
Tel/Fax: 011 6104-1176